KB017908

염상섭 문학

대를 물려서

염상섭 장편소설

대를 물려서

해설 정종현(인하대)

글누림

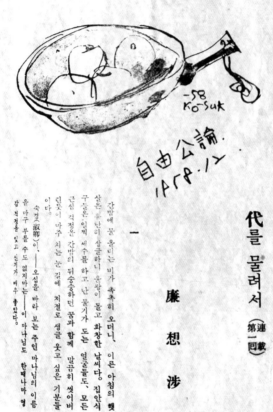

代를 물려서 (連載)(第一回)

廉想涉

一

간밤에 물 올리는 비가 축축히 오더니, 이른 아침의 햇
살은 유난히 쌀쌀하니 윤발이 돌고 화창한 날씨다. 집안식
구들은 일찍 세수를 하고 난 물기가 도는 얼굴들도, 모든
근심 걱정은 간밤의 뒤숭숭하던 꿈과 함께 말끔히 씻어버
린듯이 마주 치는 눈길에 저절로 생글 웃고 싶은 기분들
이다. ── 오십을 바라 보는 주인 마나님의 이름
숙경(淑卿)이. ── 오십을 바라 보는 주인 마나님의 이름
을 마구 부를 수도 없지마는 ── 이 마나님도 한떼나마 영
감 걱정을 잊고 신기가 매우 좋았다.

차례

대를 물려서

1

간밤에 물 올리는 비가 촉촉이 오더니, 이른 아침의 햇살은 유난히 상글하니 윤광이 돌고 화창한 날씨다. 집안 식구들은 일찍 세수를 하고 난 물기가 도는 얼굴들로, 모든 근심 걱정을 간밤의 뒤숭숭하던 꿈과 함께 말끔히 씻어 버린 듯이 마주치는 눈길에 저절로 생글 웃고 싶은 기분들이다.

숙경(淑卿)이, 오십을 바라보는 주인마나님의 이름을 마구 부를 수도 없지마는, 이 마나님도 한때나마 영감 걱정을 잊고 신기가 매우 좋았다.

"어머니! 저 오늘 어쩌면 좀 늦을지 모르겠에요"

큰아들 익수(益壽)는 언제나 마찬가지로 이른 아침을 먹고 후딱 책가방을 들고 뜰로 나려서면서 대청마루 끝에 나가는 아들을 보내려고 나섰는 숙경부인을 치어다보며 인사로 말을 건다.

"응! ……"

하며 어머니는 아들의 모자에서부터 반들반들한 구두 끝까지 한번 훑어보았다. 봄 아침의 신선한 기분에 어울리게 수수하면서도 깨끗한 차림새가 마음에 들어서 웃음을 띠어 보이며

"왜? 어디 가니?"

하고 다시 물었다.

"명동서 저녁때 잠깐 들러달라기에 말예요."

"으응……"

어머니는 그저 고개만 끄덕였으나, 입가에서는 웃음기가 스러졌다. 아들은 휙 나가 버렸다.

'명동'이란 신성(信聖)이 집 말이다. 어제 학교로 전화를 걸어와서, 신성이 어머니 옥주(玉珠)가 부른 것이었다. 무슨 일이냐 하였더니, 오랜만에 저녁이나 같이 먹자고 청하는 것이었다.

오후 다섯 시, 익수는 약속한 시간을 대어서 명동에를 갔다. 물론 '태동(泰東)호텔'이라는 간판이 붙은 정문으로는 들어가지 않고, 뒤로 돌아서 살림하는 안채로 들어갔다. 큰길로 난 삼층 양옥의 호텔에 연달아 지은 조선식 살림채이지마는 이쪽으로 와서 보면 버젓한 대문이며, 외따른 여염집 같다.

"아이, 어서 와요 선생님 바쁘신데 귀한 걸음 하시는구면."

책가방을 든 익수가 중문께서 기척을 내며 주저주저하려니까, 안방에서 옥주마님이 대청으로 나서며 반가이 소리를 친다. 아낙네들이 마루에서 오락가락하고 안방 건넌방에도 안손님들이 있는 눈치가 무슨 잔칫집 같다. 건넌방에서 상그레 웃으며 사르를 치맛자락을 끌고 나오

는 신성이가, 노란 저고리에 연분홍 치마를 입고 조선 버선까지 신은 것을 보고 익수는 혼인집에를 왔나? 하고 깜짝 놀랐다. 시집 갓 간 새 색시 같다. 학생복을 입은 것만 본 익수의 눈에는 신기하고 예쁜 기생과도 같아서, 마주 보기가 도리어 이편이 열적은 지경이었으나 딴사람이 된 것같이 더 예뻐 보였다.

"오늘이 쟤 생일이지."

건넌방에서 저의 동무들이 우우 몰려온 뒤에, 익수가 맞아들이는 대로 들어가 앉으려니까, 옥주가 앉지는 않고 테이블 모서리에 기대서며 말을 꺼낸다.

"네……."

익수는 말끝을 길게 빼면서, 그런 줄 알았더라면 무슨 프레젠트를 장만해 가지고 왔을걸 하고 생각하였다.

"잠깐 앉었어요. 옷 좀 갈아 입구 올게."

하고 옥주는 안방으로 건너간다. 집 속에서 별안간 무슨 옷을 갈아 입는다는지? 생일 밥을 주려나 하였더니, 어디를 나가는 눈치 같다.

차를 가져다 놓은 식모아이는 양복장에서 신성이의 양복인지를 넌지시 꺼내어 가는 눈치다. 이 방에는 처음 들어와 보았지마는, 신성이의 공부방인 모양이다. 양복장과 가지런히 천정에서부터 드리운 커튼은 그득 찬 커단 책탁자요 삼간방의 한 반은 중형 피아노가 차지를 하고 있다. 아랫목 쪽으로 놓인 테이블에는 학교 책과 악보가 정연히 꽂힌 책꽂이 앞에 조고만 타이프라이터가 놓여 있다. 신성이는 음악대학 피아노과 3년생이다.

신성이의 학교 동무들이 가는 기척이더니, 조금 있다가 나들이옷을 입고 핸드백을 든 옥주가 방을 들여다보며

"자, 나가자구. 손님을 청해다 놓구 대접두 않구 끌구 나가서 미안하지만 집안은 어수선해서."

하며 무슨 조용한 이야기나 하려는지 끌어낸다. 신성이도 보통 통학복으로 연회색 투피스를 산뜻이 입고 미리 뜰에 나려와 기다리고 섰다. 스물한 살이나 되었으니, 몸 가지는 거나 기분이 턱 자리가 잡히고 점잖은 데가 있지마는 오늘은 제 생일이라 해서 그런지 기분이 들먹들먹하고 노냥 생그레한 웃음기가 입가에 떠돌았다. 신성이가 익수와 알게 된 것은 부산에 피난 내려가서 두 집이 다시 서로 연신이 잦게 된 때부터이었지마는, 그때는 어렸기도 하였고 이즈막까지도 그저 아는 집 학생으로만 여겨왔던 것인데 웬일인지 어머니가 생일날 청한다니까 청하나 보다 한 것이었다. 실상은 청하나 보자고 내버려 둔 것이 아니라, 교환대의 빨간 불이 소리 없이 반짝 켜지듯이, 마음 한구석에서 조고만 불똥이 화끈 튀는 듯하면서 새삼스러이 가만히 안익수란 남자를 곰곰 생각하여 보게 된 것이기도 하다. 그럴 때마다 요새 며칠을 두고 아늑한 감정에 포근히 안기는 것 같아서 저절로 미소가 입가에 서리곤 하였던 것이다.

"어딜 가 볼까? 안 선생은 시장할 텐데 우선 저녁부터 먹구…… 오랜만에 양식을 좀 해 볼까?"

생일을 기껏 차려 주었어야 먹성이 없고 입이 짧은 당자는 시들해하니, 저 좋아하는 양요리를 먹이자는 것이다.

"아니, 생일 잔치두 이차회가 있나요? 괜히 나 땜에 나오셨다면 미안하군요."

고지식한 익수는 마음으로 미안해하였다. 아버지 때부터 더구나 사변 후에 몇 해 동안 이것저것 신세를 진 박옥주 여사의 앞에서는 언제나 자연 고개가 수그러지는 것이요 음식 끝에 불러다가 먹이는 것이 아니라, 이렇게 마음먹고 하는 대접을 받기가 과분한 생각이 드는 것이었다.

"양식을 먹자면 호텔 식당두 솜씨가 제법이라누. 하지만 나두 바람두 쐴 겸 나온 거지."

지천으로 있는 집의 음식보다는 역시 남의 집 음식이 당기는 것이었다. 태동호텔은 그리 크지는 않지만 그래도 방이 근 삼십 개나 되고, 한식 양식의 설비가 갖추인 조촐한 식당도 있다. 해방 후 경영한 지 십여 년, 그럭저럭 경험도 쌓고 신용도 얻었고, 환도한 뒤로는 혼잣손으로 움직여 나가건마는 마침 때를 만나서인지 인제는 든든히 자리가 잡혔다. 돈 잡고 마음 편하니 옥주는 요새로 부쩍 몸이 나서, 원체 작지 않은 키에 버젓한 여걸풍이 돌고 어느 회사 여사장인가도 싶어 보이지마는, 딸에다 대면 그리 예쁠 것은 없어도 살갗이 얇고 상큼이 생긴 얼굴이라, 거벽스럽다기보다는 무척 똑똑하고 곱살스러운 성깔이 배어 보이기도 한다. 어려서부터 고생을 모르고 자랐고 동경 유학까지 한 인텔리니만치, 장사꾼처럼 이악스러워 보이지도 않고 어딘지 모르게 인품이 있어 보이기는 하나, 여염집 부인이라는 인상은 주지 않는다. 작은 집, 돈푼 있고 신수 좋은 부연 늙은이가 등을 뚜덕뚜덕 하는 그런 그늘

13

밑에서 곱게 늙어 가는 유한마담 같아도 보인다.

익수와 신성이는 학교 이야기를 주고받으며 앞에서 나란히 걷는다. 옥주 앞에서는 좀 기가 눌리는 듯한 익수지마는, 대학원을 나왔고 버젓한 중고등학교 선생인 익수는 신성이 앞에서는 총각이라는 생각도 잊어버리고 제법 어른인 기분으로 굽죌 데가 없다. 신성이도 대학생이니만치, 늘 만나는 남자는 아니지마는 시스럽다든지, 마음 한 구석에 거리끼는 것이 있어 서슴는다든지 하는 부자유한 기색은 조금도 없이, 즐거운 한때를 푸근히 느끼는 쾌적한 기분으로 가만가만히 대꾸를 하는 눈치다.

마주치는 사람을 피하여 한 걸음 뒤떨어진 옥주는 두 젊은 애의 뒤를 바라보며, 똑 오뉘 같구나! 하는 생각이 떠오르면서, 익수도 자기가 난 아들인 듯한 착각이 휙 머리를 스쳐 갔다. 그러나 금시로 얼굴이 흐려졌다. 익수의 부친 안도의 생각이 불현듯이 난 것이다.

"어떻게 됐을꾸? ……."

오늘은 두고두고 생각한 끝에 익수를 데려다가 마음먹고 대접하려는 것이요, 그보다도 자기 딸 신성이와 함께 교제를 시켜 보겠다는 결심을 하고 이렇게 데리고 나온 길이니만치, 그 아버지 안도의 안부를 걱정하고 가엾은 생각이 한층 더 간절하였다.

안도는 초대 국회의원이었었다. 그는 국회의원이었기 때문에 육이오 사변 말기에, 실상은 말기가 아니라, 구이팔 수복 좀 전에 가엾게도 붙들려 갔던 것이었다. 물론 도중에서 죽이지 않았으면 평양으로 데려갔을 것이다. 그때가 마흔 셋이었으니, 여간한 일 아니면 살아 있을 것이다. 좀 더 유명하였더라면 신통치 않은 소식이나마 생사는 풍편으로라도 들을 수 있겠는데⋯⋯잘못하면 탄광(炭鑛) 같은 데로 보낸다니, 그 지경이 되었다면 차라리 그 고생을 안 하고 죽는 것이 낫지! 하고 애처로워 한 것이 몇 번인지 모르는 옥주의 심경이었다.

이 세상에 안도의 슬픈 운명에 자나 깨나 눈물을 짓고, 해결될 날을 기다리고 있는 사람이 자기만이 아닌 것을 옥주는 모르는 것이 아니다. 익수의 어머니 숙경이의 해가 갈수록 깊은 애수에 젖어 가는 심정을 잘 짐작할 수 있다. 거기에다 대면 자기의 향의(向意)쯤 아무것도 아니다. 그러나 안도는 자기에게도 평생을 두고 잊힐 수 없는 커다란 존재인 것이다.

2

"아 참, 인사가 늦었지만 요새 어머니께선 어떠서? ……"

반도호텔에 들어가서 식당 한구석 테이블에 자리 잡고 앉으면서, 옥주는 말을 꺼냈다.

"오늘두 좀 오시라 하구 싶었지만, 거북해 하실까 봐 되레 미안해서……"

이것은 사실이다. 익수 어머니는 호락호락히 아무 데나 나서는 아낙네가 아니었다. 체모 있는 집안에서 자라났기도 하였지마는, 비록 자기 남편이 이북에 잡혀가고 이런 꼴로 살망정, 아니 그러니까 더구나 고까운 생각에 뉘게나 아무렇게 휩싸이려 하지 않았다. 남편이 초대의원으로 당선될 때에 모두가 떠받들고 위엄에 싸였던 것이 어제 같은 것을 생각하고도 자기의 위신이나 프라이드를 자기 자신도 꺾을 수가 없었다. 더구나 박옥주쯤 이름부터 기생 같다고 저만쯤 내려다보는 것이었다.

"어머닌 그저 그러시죠"

이 두 여인끼리의 사이가 왜 그런지 원만치 못한 것을 짐작하는 익수는 그저 지나는 인사로 대꾸를 하였다.

"나두 좀 가 봬야 할 텐데 원체 바빠서……."

옥주는 속으로는 익수 어머니를 대수롭지 않게 생각하는 것이요, 안도가 그렇게 되기 전까지도 은근한 질투가 그래도 삭지 않았었지만 지금 와서는 이런 일은 잊으려는 작정이다.

"그러문요. 바쁘신데 어떻게……. 어머니도 늘 말씀은 하시면서 혼잣손에 웬 헤어나실 새가 있어야죠"

익수는 역시 이 부인에게 가족적으로 신세를 졌다는 생각에 모친을 대신하여 이렇게 인사를 하였다.

"그리게 어서 며누님을 보세야지. 한시름 놓구 놀러두 다니시며 속상하는 것두 잊으시구 할 텐데……."

옥주는 속생각이 있어서 한마디 슬쩍 던져 보았다. 그러나 익수는 픽 웃고만 만다.

옥주는 벌써 전부터 사윗감을 머릿속으로 고를 제 익수를 첫손꼽고 있던 것이다. 재산이나 집안 형편으로 말하자면 볼 거야 없지마는, 첫째가 안도의 아들이니 말이라 할까? 첫째가 인물이 출중하고 둘째가 안도의 아들이니 놓치기 아깝다 할까? 어쨌든 전에도 눈여겨보았던 것인데, 안도가 그렇게 되고 나니 안도가 가엾어서도 자기가 거두어 데리고 살고 싶다는 생각이 부쩍 들었다.

대학원까지 마치게 하는 데는 저 아버지 친구 한동국(韓東國)이가 뒤를 보아준 힘도 크지마는, 옥주도 성의껏은 조력을 하여 왔다고 생각하고 있다. 그 역시 안도를 생각하여서랄지? 위인이 될성부르고 마음에 들어서이었든지? 하여간 졸업하기가 무섭게 일류중학교에서 모셔 가고, 대학원을 마치고 나자 고등학교의 독일어 시간도 맡아 본다 하니 수재(秀才)에는 틀림없다. 전공(專攻)하는 것이 사회적으로 화려한 것은 못되나, 장래는 두고 봐야 알 일이다. 옥주도 정치가라는 데에 차차 멀미가 나 가기도 하였지마는 과학만능(科學萬能)시대가 또 한 번 되돌아와서 원자시대요 우주시대요 하며 세계의 과학자가 머리를 싸매고 야단인 것을 보면, 익수를 풋내기 수학선생이라고 얕잡아만 볼 수 없을 것 같고, 예술입네 음악입네 하고 서둘러대는 신성이에게는 어느 의미로 중화제(中和劑), 진정제(鎭靜劑)로 익수 같은 똑똑한 수재면서도 실제적인 인물이 알맞을지 모른다는 생각도 드는 것이다.

다만 하나 흠절은 신성이가 무남독녀 외딸인데 저편도 남의 집 장남이라는 점이다. 피차에 내놓기가 어려운 처지다. 데릴사위를 해서 늙게는 의지를 하고 살겠다는 생각이요 안 씨 집에서도 더구나 가장이 저렇게 된 뒤니 당장 아들이 벌어먹어야 하겠으며, 그렇지 않기로 남의 집 장손을 뺏어 온다는 것은 안 될 말이다. 이런 점도 옥주는 생각 못한 바가 아니다. 그러나 아주 뺏어 오는 거와는 다르다. 저 버는 것은 큰집에 대라지. 어차피 데릴사위를 하면은 사위 덕 볼까? 장래는 이 호텔까지 내주고 말 건데! 죽으면 호텔까지 딸에게 내주고 말리라는 생각을 하면 더구나 마음에 드는 익수가 탐이 난다. 아니, 안도의 아들이니 무엇을 주어도 아깝지 않고 믿음성스럽다는 것이요, 귀한 딸에 웃돈을 놓아서라도 주겠다는 결심이 혼잣속으로만도 든 것이다.

이것은 안도를 잊지 못하는 향의의 일념으로 전후 타산을 않고 다만 순정에서 우러나온 결심이기도 하다. 안도에게 쏟아 보지 못했던 정, 안도에게 미치지 못했던 정성을 딸에게 물려주어서 그 자식에게 풀게 하고 기껏 쏟아 주게 하는 것이, 죽어 가는 그 사람, 아니 어쩌면 벌써 이 세상을 떠났을 그에게 통하는 길인 것 같은 생각이 드는 것이다. 또 그것은, 사십 고개를 넘어선 오늘에야, 이십여 년 전 젊었을 적에 맺혔던 마음의 매듭을 마지막으로 시원히 풀어 버리는 단 하나의 수단이요, 만일에 벌써 그이가 원혼이 되어 떠돌아다닌다면 명복이라도 빌어 주는 도리인 듯이 생각하는 것이다.

"참 그런데 상수(尚壽)는 잘 있대?"

"일전에 다녀갔는데 대위가 됐답니다."

익수는 웃으며 대답을 한다. 익수의 동생 말이다. 대학은 채 마치지 못했으나 영어를 곧잘 해서 통역장교로 뽑혀 군인이 된 것이었다. 지금 의정부에 가 있다.

"그 사람두 아마 스물댓 됐을 텐데 어서 장가를 들어야지."

"하하하. 오늘은 왜 이리 장가 걱정이 잦으십니까."

옥주는 혼자 생각이 있어 한 말이지만, 옆에 앉은 신성이는 약간 상기가 되며 생긋하였다.

화려한 식당 안은 차차 미국인들이 꼬여 들어 붐벼 갔다. 화제가 어느덧 악단 이야기로 번져서 요전에 다녀간 마리아 앤더슨 이야기가 나오더니, 미국 악단의 최근 소식을 신성이는 흥이 나서 들려주고 앉았다. 그러는 동안에도 신성이는 머리가 딱딱할 줄 알았던 수학선생님이 아주 맹문이가 아니고 곧잘 장단을 맞추어 주는 것이 일변 신기도 하고 반갑기도 하였다.

"……그러구 보니, 무슨 유행이나 허영으루가 아니라 우선 미국에라두 갔다 와야 얘기가 되지 않겠에요."

결국 신성이의 결론은 이것이었다.

"그러문요. 졸업하면 아무래두 미국쯤은 한번 갔다 와야지."

익수의 대꾸에 신성이는 생글 웃기만 하고 어머니의 얼굴을 치어다보았다. 어머니를 조르고 있는 문제이니 어머니더러 대답을 하라는 뜻이다.

"그건 고사하구, 당신은 언제 가시게 되는 거요?"

옥주는 슬쩍 말을 돌렸다.

"저요? 저야 끈 떨어진 망석중이라더니 무슨 줄이 닿야죠."

하고 익수는 쓸쓸히 코웃음을 쳤다. 여기에도 자기 부친이 그렇게 된 데에 큰 타격을 받았다기보다도 절망이라는 말눈치다.

"뚫으면 길야 나서겠지. 아무려면 대학원까지 나와 가지구 중학교 선생으루 늙을라구. 가만있어."

옥주는 무슨 도리나 있는 듯이, 가만있으라고 활수 좋은 소리를 한다.

"아버지가 계셔서 정치적 생명이 계속 됐더라두 만년야당(萬年野黨)으로 계셨을 거니 별수 없었겠지만, 지금 와선 뉘 아들이라면 얼굴부터 치어다보니 될 것두 안 되게쯤 된 켯속이거든요 허기야 저 같은 놈이 정치니 정당이니 아랑곳이나 있겠습니까마는."

"별소리를 다아. 그때야 여당이니 야당이니 하는 것두 없었지만, 그 뭐야? 협상파니 뭐니 해서 껄려가신 거 아니구 어쨌단 말야?"

옥주 여사는 안도의 이야기가 나오니까, 뉘게 대하고가 아니라 화를 바락 낸다.

그러나 옆에서 신성이가 가만히 귀를 기울이며, 김이 무럭무럭 나는 비프스테이크를 썰어서 오물오물 먹는 것을 무심히 건너다보다가, 그저 맛있게 먹는 것만 고마워서

"어떠냐? 맛있지? 그래두 우리 식당 것만은 못하지?"

하고 금시로 웃으니까

"아이, 어머니는……."

하고 딸도 따라 웃는다.

"너두 어서 가서 본바닥 요리를 먹어 봐야 하겠구나. 앤 집에서 갈비 찜을 해 줘두 누린내가 난다, 닭볶이를 해 줘두 노리다 하구 갖은 까탈음을 부리면서, 양요리하면 그저 아무거나 손을 대는구면."

하고 딸의 흉을 본다.

"지금부터 김치 안 먹구두 배길 연습을 해 두는 거예요."

신성이는 해죽 웃었다.

"참 그런데, 앤 독일을 가겠다니 야단야. 양요리의 본바닥은 그만둬 두 음악의 본 바닥인 빈에는 갔다 와야 하겠다니 무슨 재주로 학빌 대우."

하고 다시 아까 이야기로 돌아왔다.

"사실, 나두 미국엘 가서 몇 해 연구하구선 독일로 건너갈 계획이었지만도"

익수는 기가 막힌다는 듯이 껄껄댄다. 신성이는 귀가 반짝해서 멀끔히 치어다보다가,

"그럼 언제 떠나시는지, 선생님만 따라 나서면 되겠군요?"

하고 새새새 웃는다. 그것이 익수에게는 퍽 듣기 좋았다.

"근데, 어학이 문제예요. 학곤 인제 일 년밖에 안 남았는데, 영어는 그저 그렇다 하더라두, 독일어는 겨우 천자(千字文)쯤 뗀 셈이나 되는지? ……첫째 시간이 있어야죠"

신성이는 일 년만 있으면 유학 간다는 것은 기정사실로 쳐 놓고, 늘 하는 걱정을 혼잣소리처럼 한다. 눈만 뜨면 피아노로 달려들어야 하고, 학교에 갔다 와서는 영어회화 강습에 가야 하고, 연주회에 독창회에 쫓아다녀야 하니 사실 바쁜 몸이었다.

"그거야 뭐 걱정 있니. 여기 독일어 선생님이 계신데! 일주일에 한 번씩만이라두 일요일 같은 때 회화만 배우렴."

어머니는 손쉽게 한마디로 집어치운다. 그러나 신성이는 들은 체 만 체 해 버린다.

"온 천만에! 그야말로 고등학교 아이들에게 하늘 천, 따 지쯤 가르치는 정돈데요"

익수도 겸손만이 아니라 이런 대학생을 상대로 한다는 것이 어려운 일이요, 다 자란 계집애와 접촉을 한다는 것이 거북하고 무서운 일 같기도 하여 질겁해 말마감을 하는 것이었다.

"그야 배우는 아이들야 하늘 천, 따 지부터겠지만……"

옥주는 지나는 말로 대꾸를 하고 일어나서 전화를 걸고 온다고 나간다. 언제나 밖에 나와서 좀 거레를 하게 되면, 무슨 일이 없나? 호텔에 전화를 걸어 보는 버릇이지마는, 오늘은 집에 남은 손님들을 두고 나왔기에 그것도 궁금해서다.

전화를 걸고 들어오더니 호텔에 한 선생이 와서 기다리고 있다고 하면서

"삼열(三悅)이두 같이 왔다니 아마 네 생일이래서 그런 거지? 어떻게 알았을꾸?"

하고 딸을 치어다본다.

"응, 진옥(珍玉)이가 다녀갔으니까 걔게 들은 게지."

진옥이는 영문과지만 여학교 적부터 동창이요, 삼열이는 여학교 때부터 쭉 이태 선배로 작년에 영문과를 나와서 지금은 모교에서 교편을 잡고 있다. 진옥이는 삼열이 집 근처에 사는 관계로 예전부터 형제처럼 지내지마는, 신성이와는 부모끼리 교제가 있어 늘 소식은 듣고 좀 가깝게 생각할 뿐이지 별로 친한 새도 아니요, 생일이라 해서 아버지를 따라 청치 않은 손님으로 왔을 리는 없다.

일어설 때도 됐지마는, 기다리는 사람이 있다니 총총히 서둘러 나왔다. 호텔 문밖으로 나서며

"잘 놀았습니다. 덕분에 생전 달러 구경두 못하는 놈이 반도호텔 식당에를 다 와 보구요"

하며 익수가 인사를 하니까

"비꼬지 말어. 세상을 그렇게 살려면 못 써."

하고 옥주는 웃음엣소리로 가볍게 나무랐다. 부친이 그 지경이 되고 집안이 어려워지니까 젊은 애 마음도 뒤둥그러져 가는가 싶어 싫었다. 익수는 아무 의미 없이 무심코 한 말이나, 생일 대접을 받고 하는 인사로서는 재미없었다고 신성이에게 미안한 생각도 들었다.

"같이 안 가겠어? 한 선생두 만나볼 겸."

같이 가서 양주병이라도 내놓고 놀려는 생각으로 떨어져 가려는 익수를 붙들려 했다. 익수는 좀 망설였다.

"실은 구경이라두 가려 했었는데, 나는 갈 수 없게 됐구, 둘이만 가두 좋겠지만 생일 임자를 보러 왔다면 애두 잠깐 가 만나 봐야 하겠구……."

익수는 잠자코 따라섰다. 잠깐 만나만 보고 둘이 다시 나와서 구경을 가고 싶어서가 아니라 큰길 하나만 건너서면 그만인데, 지척에 와 있다는 것을 알고도 모른 척하고 빠져 달아났다는 것을 알면, 영감 부녀가 다 노엽게 생각할지 모르겠고 또 인사가 아닐 것 같아서다. 사람이 신세를 진다는 것이 그렇게 어렵다는 생각도 들었다. 그러나 가기가 싫은 것이 아니라, 삼열이 앞에 신성이와 함께 나타나는 것이 재미없기 때문이다. 재미없다기보다도 생일에 자기만 초대를 받고 신성이 모녀와 함께 놀러 갔다가 오는 것을 이야기로 전해 듣는 것과도 또 달라서, 당장 눈앞에 보면 삼열이가 얼마나 눈이 커대질까 싶고 미안해서 차라리 피하려는 것이었다.

그러나 또 다시 생각하면 이것은 자기 혼자 지어서 하는 생각이지,

신성이가 자기에게 무슨 아랑곳이나 있는 사람인가? 그렇게 말하면 삼열이는 또 자기와 어쨌다는 거야? 실쭉해 하거나 오해를 하거나 마음대로 하라지. 그저 아버지와 절친한 친구요, 한때라도 신세를 졌을 뿐 아니라, 노인 대접을 해서라도 자주 문안을 해야 할 텐데 이 계제에 모른 척하고 가기가 안됐달 따름이다, 고 익수는 고쳐 생각하는 것이었다.

그러나 익수만큼 분명한 사람으로서 삼열이한테 실쭉해 하거나 오해를 하거나 제 마음대로 하라고, 혼잣속 생각으로라도 뿌리치는 생각을 하는 것은 너무나 독선적이라 할 것이다. 그야 의리로나 도의상으로나 삼열이에게 떳떳하지 못한 일은 조금도 없다. 그러나 이때껏 사귀어 온 우의(友誼)라는 것이 있지 않은가? 당장 자기도 신성이와 함께 삼열이 앞에 나타나는 것이 미안하다는 생각이 들지 않았던가!

3

　태동호텔 로비의 소파에 딸과 나란히 앉았던 한동국 영감이 들어오는 사람들을 보고 허리를 반쯤 들며

　"어!"

하고 저편의 인사 대답을 한다. 옆에 앉았던 삼열이는 발딱 일어나서 옥주 모녀에게 인사를 하면서 익수에게 잠깐 곁눈을 주었으나, 벌써 얼굴빛은 심상치 않은 것을 익수도 알아차렸다.

　"바쁘실 텐데 어떻게 이렇게 오셨에요?"

　옥주는 한동국이에게 인사를 하며 다가왔다. 한동국이가 이번 선거에 입후보를 하였으니 바쁠 것이라는 말이다.

　"좀 이야기가 할 게 있어 그러지 않아두 들르려던 차인데 아니, 오늘 이 영애(令愛) 귀 빠진 날이라면서?"

하고 한 영감은 껄껄 웃는다. 육십은 바라볼 것 같은데, 혈색이 벌거니 좋고 흉치 않은 넙죽한 얼굴에 정력이 차 보이는 품이, 건장한 몸집과

함께 이 판에 입후보도 하고 나설 만하다.

"아이 이 영감님이! 남의 귀한 딸 귀 빠진 날이라니 그런 상스런 말을 쓰시는 입버릇으룬 당선이 떼 논 당상이겠군요. 호호호……."

와 하고 모두들 깔깔댔다.

"아니죠. 저 보기엔 점잖은 말씀과 상말을 섞어 쓰시니까, 꼭 당선되실 것 같은데요."

들어서는 맡에 삼열이의 날카로운 눈길과 마주치고, 이 영감 역시 인사를 받는 둥 마는 둥 하며 모른 척하는 바람에 좀 기가 줄어서, 옆에 벙벙히 섰던 익수가 자기의 존재를 내세우느라고 한마디 하였다.

"허허, 그것두 옳은 말야. 그럼 자넨 그 점잖은 편으루 뭐, 무데기가 맛인가, 한 표 부탁하네."

또 깔깔들대었다.

"인제 아니까 호별방문(戶別訪問)이시군요. 그래 내게까지 선거운동이세요?"

옥주도 웃음엣소리를 하며, 아까 들어올 때부터 눈에 띄던 꽃다발로 시선이 갔다. 삼열이는 좀 열적은 낯빛으로 선뜻 과자상자 위에 놓인 꽃다발을 집어 신성이 손에 쥐어 주었다.

"선생님, 고맙습니다."

신성이는 좋은 낯으로 받으면서 소파에 앉았는 동국이에게 꼬박 절을 하였다. 그러나 꽃다발을 쥐면서도 삼열이가 덜 좋은 기색을 보자, 무언지 모르게 파뜩 일깨 주는 것이 있는 것 같아서 꽃다발을 든 채 서서 눈을 깜박깜박하며 혼자 생각에 팔려 있다.

"그래, 애, 넌 생일 밥을 누군 주구 누군 안 주기냐? 하하하."

한동국 영감은 신성이의 인사 대답으로 웃음엣소리를 하였다. 그러나 그 말이 익수에게는 좀 예사로 들리지 않았다. 삼열이도 부친과 똑같은 생각이었지마는, 아버지는 점잖지 않게 그런 소리는 왜 하시누 하고 속으로 화가 났다. 사실은 익수를 불러다가 집에서 먹여도 좋을 것을, 모녀가 데리고 나가서까지 상빈(上賓) 대접을 한 눈치에 시기가 난 것이다. 시기 정도가 아니라 영감도 은근히 놀랐다.

"아니, 영감 같으신 귀빈을 어떻게 감히 딸자식 생일쯤에 누지(陋地)에 행차를 하시랄 수가 있겠에요 어서 일어나세요 약주 한잔 두둑이 드릴께요 호호호."

"아 이건 이 마님이 날 댁 산소 묘직으로 아시는군. 하하하……."

영감은 일어서며

"말야 바른대루 말이지, 이번엔 호별방문을 했다가는 걸리는 판인데, 마침 네 생일이라기에 잘됐구나 하구 과자봉지나 사 들고 왔다마는……."

하고 또 옆 사람들을 웃긴다.

"그럼 선생님, 절더러 선거운동을 하라시는 거예요? 학생두 선거운동 할 수 있에요?"

신성이가 일부러 깜짝 놀라 보인다.

"응, 되다뿐야. 대학생은 상관없어. 그야 운동은 내가 하지만, 넌 그저 안방 속에서 어머니께 거들어 줍시사구 귀띔만 해 드려. 아, 여관조합 이사(理事)시겠다, 태동호텔은 반도호텔만 못하다던? 내 선거구에 있는 여관업자에게 한마디만 하시면 일령지하(一令之下)에 띠그를 할 텐데!"

동국이는 취기는 없는 모양인데 한잔 김 같은 수작만 한다.

"그야 어렵지 않죠. 여관에 육 개월 이상이라든가? 그렇게 오래 묵고 있는 손님은 없겠지만, 선전야 잘 되겠죠. 영감 분부신데 뭘 못 하겠습니까! 하지만 얘, 세상에 공짜란 건 없다더니 현금주의도 이건 좀 심하구나!"

옥주는 곧잘 이 영감과 기롱을 하는 터이지만, 젊은 애들 듣기에는 좀 근질근질하기도 하다.

"아이 전, 그럼, 그런 과자 무서워서 손두 안 대겠에요."

신성이는 새침하니 또 부러 노해 보였다.

"허허허……. 선거운동이란 무언 줄 아니? 후학을 위하여 일러둔다만……."

하며 영감은 무슨 말을 꺼내려다 마는 것인지, 말을 뚝 끊고 한참 뜸을 들여서

"……그저 다 그런 거야."

하고 어벌쩡해 버린다. '후학을 위하여' 무엇이 다 그렇다는 것인지? 선거 철학이나 무슨 명언을 토하는가 했더니 젊은 애들이 듣는데 실토를 하기란 낯간지럽다는 것인지? 하여간 익수와 신성이는 뒷말을 못 들은 것이 유감이었다. 그러나 실상은 신성이의 생일이라는 말을 듣고, 귀여운 생각에 무어나 저 좋아할 것을 골라 사 들고 와서 보고 싶은데, 점잖지 않게 손수 쭐레쭐레 들고 올 수도 없고 해서 딸을 끌어내서 들려

가지고 온 것이다. 그러나 선거 때라 속이 들여다보일 것 같기도 하고, 잘 사는 집이니 청을 하는 것 같은데다가 불청객이 자래(自來)니 열적기도 하여서 그저 엄벙뗑하는 것이었다. 그러면서도 역시 실사교는 하느라고 여관조합이 어쩌고 하는 변죽을 울리는 말은 잊지 않았다.

그러나 한동국이, 이 영감을 사람이 좋지 않다고 하는 사람은 없다. 예전에는 지사연(志士然)했는지는 몰라도 독립운동도 했고, 해물지심(害物之心)이 없는 사람이라, 두루춘풍으로 지내니, 뉘게나 실인심(失人心)한 일이 없다. 다만 신성이를 똑 둘째며느리로 삼았으면 좋을 텐데, 하고 눈치를 보며 누가 건드릴 세라고 좌우를 경계하는 것이 좀 과한 욕기인가 싶은데, 그거야 당자의 위인이 탐낼 만도 하려니와, 겉으로 보기에는 아무것도 아닌 듯싶지마는, 이 태동호텔의 건물은 그만두고라도 명동거리의 지대(地垈)만 해도 지금 시세로 얼마나 되겠기에! 그것이 도틀어 나중에 뉘 것이 되겠느냐는 것을 생각할 제, 당대의 주인인 박옥주 여사의 눈이야 아직 시퍼렇지마는, 누구나 욕심이 아니 날 리 없으니 한동국 영감을 나무라기만 할 수도 없다.

익수는 아무쪼록이면 빠져 달아나고 싶으나, 좋은 분위기에 휩쓸리기도 하였고 옥주가 붙들고 놓지 않으니, 한 영감의 대접을 하여서라도 모시고 살림채로 옮겨 가서 안방으로 따라 들어가는 수밖에 없었다.

한동국 영감이 아랫목에 좌정하기를 기다려 금시로 교자상이 들어왔다. 사돈 영감이나 온 줄 알았는지 찬간에서는 벌써 알아차리고 마련해 놓았던 것이다. 익수는 반도호텔에서 배가 불러 왔으나, 술을 모르는 사람이라 좋아하는 꿀떡도 들어 보고, 연해 화채를 마시고 하는 동안에 심심치는 않았다. 술은 날이 저물어서인지 주인마님도 마주 들면서 대작을 하는 대로 늙은이끼리 놀게 내버려 두었다.

생일 집 저녁상에 국수장국이란 우습지만, 겸상을 보아 들여오니까, 신성이는 삼열이를 끌어다 놓고 윗목에서 대객을 하고 있다. 그러나 삼열이는 종시 말이 없이 기분이 활짝 피지 못하는 눈치다. 신성이는 인사로 저(箸)를 드는 체만 하고 권하기에 진땀이 빠졌다.

'아니, 이이가 왜 이래? ……'

하고 짜증이 나서 살며시 익수의 눈치를 엿보려니까, 삼열이는 되레 신성이의 눈치를 몰래 치어다보고는 그 눈을 돌려서 익수의 눈길이 어디로 가는가를 살피는 것이었다.

신성이는 그러한 데까지 신경을 쓰는 자기도 틀리다는 생각이 들었지마는, 그중에는 성이 가신 생각에 화가 와락 치밀었다.

'뭐야? 제가 그러니까 남을 의심하는 거지.'

하고 팩 쏘아 주고 싶은, 먹은 것이 목까지 치미는 듯한 느글느글한 기분이었다.

제가 그러니까라는 것은, 언젠가 진옥이가 묻지도 않는데

"요새 삼열 언니가 교제를 하나 봐. 괜히 영어를 모를 데가 있다구, 안익수라는 이 있지 그이 집에를 날마다 간단다."

하고 서운한 듯이 샘이 나서 하는 말을 들었기에 말이다. 그때부터 자랄 대로 자란 신성이는 겉짐작은 있었던 것이었었다.

하지만 삼열이가 까닭 없이 비틀어져서 자기한테까지 의심을 품고 헛눈치만 살살 보는 것이 불쾌해서 신성이는

'뭐야? 저의끼리 연애를 하면 했지 누가 아랑곳이나 한다기에!'
하고 혼자 화를 버럭 내다가는 또 어쩌다가

'두구 보라지. 인제 나두 독일어 공부하러 날마다 다니면서 희살을 놓아 줄 걸'
하고 신성이는 코웃음을 치며 짓궂은 생각도 드는 것이었다. 그러나 내가 오늘은 왜 이렇게 덩달아 남을 의심하구 미워할꾸? 하는 반성도 하여 보았다. 그러고 보니 국수를 다 먹고, 말없이 상을 슬며시 물려 놓는 삼열이가 어른 앞이요, 학교 선생이니까 자중해서 그렇기도 하려니 싶다.

넌지시 아랫목 쪽의 익수를 건너다보다가, 무엇인지 열심으로 한동국 영감에게 설명을 하고 있는 것은 유도탄 이야기인지? 우주비행 이야기인지? 하여간 그 옆모습의 윤곽이 어느 마음에 드는 초상화에서 보던 인물의 곡선미 같다는 생각이 들면서, 미남자라기보다는 사내답게 신수가 좋은 얼굴이라고 다시 한 번 치어다보았다.

4

　호텔의 교환대에서 자동차가 왔다고, 이 안채에 대고 전화가 오니까, 한동국 영감은 하던 이야기를 뚝 끊고

　"응! ……."

하며 팔뚝의 시계를 보더니 벌떡 일어난다. 아까 타고 왔던 차를 선거 사무실로 돌려보내면서 여덟 시 반에 맞으러 오라고 일러두었던 것이다. 인제야 주흥이 나서 한참 놀려던 판이던 박옥주 여사는 시계침과 함께 몸을 놀리는 바쁜 노정객(老政客)을 붙들 수도 없고, 하여 잠깐은 멀거니 치어다만 보았다.

　"바쁘신 몸, 귀하신 몸이 이렇게 와 주셔서 미안하군요"

　주인마님은 젊은 아이들이 우우 따라 일어나서 한 영감의 시중을 들며 갈 차비를 차린 뒤에야 한마디 하고 상 앞에서 일어섰다. 무관한 터니까 그렇겠지마는, 비양거리며 좀 꼬집는 말씨였다. 거만도 해 보였다.

　"약속한 시간이 있어서……. 다 늦게 사서 하는 고생이기는 하지

만……. 허허허.”

없는 돈에 이 턱 저 턱 끌어대서 자유당 공천 후보만치야 못하지만 무소속으로서는 과히 남에 지지 않게 하자니, 아니 당장 이 마나님한테서도 백만 환이나 울궈다가 썼으니 변명 삼아서라도 자연 이런 군소리가 나오는 것이었다.

삼열이가 부친의 가방을 들고 나니까,

“넌 좀 더 놀다 오려무나, 자네두 앉아 있게.”

하고 익수한테도 말을 걸며 영감은 가방을 달라고 딸에게 손을 내민다. 그러나 잠자코들 배웅을 하러 따라나섰다. 삼열이는 물론 아버지 차를 같이 타고 갈 생각은 아니지마는 처져서 더 놀고 싶지는 않았다.

“자, 들어가라구, 아직 이른데.”

차를 떠나보내고 나서 옥주가 익수와 삼열이를 끌었으나, 책가방까지 들고 나온 익수는 그저 인사만 하고 달아난다. 삼열이는 어쩐지 익수의 뒤를 따라가기가 싫은 생각이 들었으나, 딴 길로 돌쳐설 수도 없어서 신성이 모녀와 헤어져 이만침 떨어져 찬찬히 걸었다. 으레 그럴 줄 알았지마는 버스 정류장에서 둘이 만나 나란히 섰다. 삼열이는 웬일인지 오늘같이 이 남자가 밉고 싫은 생각이 든 일은 없었다. 그러면서도 남자가 좀 더 친절히 탁 터놓고 말을 걸어와 주었으면 하는 간절한 기대를 가지고 조마조마하게 기다려지는 것이었다.

“시원하니 좋구면요 좀 걸어 볼까?”

그 말이 어쩌나 반갑든지! 삼열이는 이 남자가 금시로 미워진 것은 공연히 저 혼자의 트집이지, 생각하면 아무렇지도 않고 제대로인 것을 자기가 신경과민으로 지나치게 생각한 것 아닌가 하고 돌려 생각할 여유가 생겼다. 꼭 뭉쳤던 체기나 뚫린 듯이 가벼운 한숨을 쉬며

"아무려나 해요."

하고 기분 좋게 남자를 따라섰다.

복작대는 불바다의 명동거리로 다시 들어서 천주교당 마루턱에를 오니까 겨우 좀 어둑하고 조용해져서 인제야 마음 놓고 나란히 걷게 되었다. 그러나 아무도 입을 열지는 않았다. 회복된 평정한 마음으로 봄밤의 산들바람이 뺨을 스쳐 주는 것도 고맙고 정다운 듯 쾌적한 기분이었다.

그러나 이것도 잠깐 한때뿐, 피차에 말이 없으니 저편의 감정이 어떤지? ……무슨 생각을 하는지? ……궁금하고 또다시 제각기의 의혹과 머리를 드는 충동에 엇갈린 공상에 팔려서 도리어 숨이 가쁠 지경이다. 더구나 익수는 과식을 해서 상기가 되어 그런지, 신성이 모녀의 관대(寬待)를 받은 끝에 좀 흥분되어 그런지도 모르겠다. 삼열이도 발끈하였던 반동으로, 유난히 남자의 체취가 달가운 듯이 포근한 분위기에 싸여가서 그러하였다. 두 남녀는 여전히 잠자코 걷는다. 익수는 아까부터 삼열이가 좀 다르다는 눈치를 못 챈 것은 아니지만, 말로 나타내서 변명을 할 건덕지가 없는 일이요 또 비굴하게 그러기도 싫었다. 삼열이도 신성이를 두고 시새는 눈치를 보이지를 않으려 하니 자연 입이 무거워질 수밖에 없었다.

"태동호텔, 늘 들르세요?"

삼열이는 그래도 이 남자가 신성이와 자주 만나지나 않는가 싶어서

살짝 말을 꺼내고 말았다. 나이 스물다섯, 아버지가 영어는 해 놓고 볼일이라고 서두는 통에 영문학과를 택하여 졸업을 하자, 이것도 아버지의 이름 덕이라 할지, 순조롭게 모교에서 교장이 데려다가 교사를 시켰으니까 할 따름이지, 외국 유학을 하겠다든지 출세를 해 보겠다는 생각보다는 어서 시집이나 가서 안온히 가정을 지키고 들어앉았고 싶어 하는 삼열이다. 그러한 점으로는 신성이와 다르다. 조숙한 탓도 있겠지마는, 여자란 어서 때를 놓치지 않고 시집을 가야 하는 것으로 생각하는 것이요, 또 시집이 가고 싶기도 하기는 하였다. 아버지의 정치운동이란 데서 멀미가 나서 그런지, 서울 태생의 기질이나 자라난 가풍으로 그러한지 유명하여진다는 것이 도리어 머릿살 아프고, 여자가 출세하는 것이 싫지는 않으면서 엄두가 안 나고 시들한 것이다. 또는 이해타산이겠지마는 시집을 갈 바에는 스물다섯이 넘기 전에 가야 하겠고, 단란한 가정이란 것을 생각할 제, 익수가 제일 알맞은 배필이려니 싶어 은근히 기대가 큰 것이다. 첫째 인물이 좋고 사람이 믿음직스럽다. 직업으로 말해도 지금 세상에 학교 교사인데, 좀 있으면 대학 교수는 될 것이니 더 말할 것이 없다. 그 집에 드나들며 지내보니 가품이 좋고 인심들이 좋은 중에도, 익수의 모친 숙경 여사는 전에 일본 교육을 받고 여학교만 나왔다지마는 대학을 안 나와서 그런지 안존하니 구식 가정부인 같은 데가 자기 어머니처럼 얌전해서 존경하고 싶은데, 웬일인지 자기를 전부터 마음에 드는 눈치로 귀여워하여 왔을 뿐 아니라, 아버지도 익수와 교제를 하거나 익수의 집에를 가거나 일가에 다니는 것처럼 총찰하는 일은 없다. 그것은 부친끼리 중학 동창이요 정치노선이 같다 해서도 절친한 사이니 그렇겠지마는, 전에야 어른들끼리의 교제가 있었을 뿐이지, 아이들끼리 왕래가 있게 되기는 수복 후의 일이다. 한동국 영감이 수복하던 해 섣달그믐에 돈 봉투를 갖다 놓고 가면서,

"너희들두 인젠 커댔으니 정초에 내게 세배쯤 와야지, 하하하. 모두들 오너라, 하루 놀자구나."

하고 말한 뒤에 한 번씩은 곁들이는 너털웃음을 터뜨리고 간 일이 있었다. 동국이는 생사를 모르는 친구의 가족을 명절 미처니 위로 삼아 찾아왔던 것이요, 그 길에 아이들도 데려다가 새해에 쓸쓸치 않게 위로해 주고 싶었던 모양이었다. 어쨌든 익수의 어머니도 세찬인지, 남편이 없어진 생과부를 생각한 동정금인지는 모르겠으나, 마음에는 축가는 것 같고 미안한 생각이 들면서도 퇴할 수가 없어서 돈도 받고, 해가 바뀌니까 싫다는 아이들을 달래서 사남매를 세배 보낸 일이 있었다. 그때가 익수는 스물두 살이던가? 서울대학 이년생이었고, 삼열이는 열아홉이든지 했었다. 하여간 그때부터 이 두 남녀의 교제가 시작되었던 것이었으나, 실상은 동국이가 자기 딸과 익수와의 교제를 터 준 것이라 할지 모르겠다.

그러한 내력이 있느니만치 삼열이의 익수에게 대한 향의는 대단하고 누가 건드릴 세라고 신경이 예민한 것이다.

오늘 일만 해도 대수롭지 않은 일인데 학생시절처럼 혼자 빼쭉 토라지고 의심을 내고 하는 것이다. 그렇게 속이 얕은 것은 아니건마는,

"아니, 내 왜 처녀 있는 남의 집엘 마구 드나들라구……"

익수는 선생이 학생에 대하는 말버릇으로 껄껄 웃다가, 그래도 의심

을 풀어 주어야 하겠다는 생각이 들어서

"생일인지 뭔지두 모르구 잠깐 들르라기에 들렀을 뿐이지."

하고 솔직히 대꾸를 하였다.

삼열이는 마음이 개운해진 것 같았다. 그러나 그것을 어디까지 믿어야 좋을지 알 수가 없다. 어느 어머니가 아무 생각 없이 딸 생일에 사윗감으로 알맞은 총각을 불러서 둘을 데리구 놀러 다닐라구? 다시 곰곰이 생각하는 것이었다.

무심코 하늘을 치어다보니 부연 구름이 축 처졌다. 꽃필 때도 되었지만 요새는 비도 잦다고 생각하면서 삼열이의 머리에도 요 전날 익수의 집에서 비를 만나서 멈칫거리다가 우산을 빌려 쓰고 오던 일이 떠올랐다.

스프링 안에 가벼이 온기가 서리면서 제법 봄이 온 듯이 훗훗해진다.

왼편 극장 쪽으로 꼽들이면 환한 전찻길이 될 텐데, 으슥하고 호젓한 맛에 마주 건너서 좁다란 길로 들어섰다. 누가 끌고 말고가 없이 무언중에 합의가 되어 두 사람의 발은 맞은 것이었다.

익수는 좀 더 침침한 길로 들어서자 퍼뜩 이상한 생각이 떠올랐다. 지금 삼열이가 생각난, 바로 그 비 오던 날 밤 빗방울 소리에 귀를 기울이며, 말이 뚝 끊기고 잠잠하던 한동안 서로 눈길을 피해 가면서 전신이 화끈 달아오르던 그러한 충동에 사로잡히는 것이다. 컴컴한 거리에서 보이지는 않지만, 옆에서 걷는 삼열이의 얼굴도 그때처럼 발갛게 피어올랐을 것이, 가만히 새어 나오는 숨결 소리로 짐작할 수 있다.

그날 밤에는 집안이요, 피차의 직업의식도 있어 자제하고, 아무렇지도 않았다는 낯빛으로 웃으며 헤어질 수가 있었지마는, 익수는 그날 밤에 받은 인상이 머리에 떠오를 때면 그것은 다만 한순간 여자의 얼굴에 반짝 비쳤다가 금시로 훅 꺼진 것이건마는, 언제나 행복한 추억이랄지, 이상한 흥분을 전신에 느끼면서 피가 쫙 퍼져 나가는 것을 느끼는 것이었다. 오늘은 더구나 속이 트릿해서 몸이 비비 꼬이는 것 같다.

또 한동안 무거운 침묵이 흘러간 뒤 익수는 참다못해 자기의 숨소리를 죽이면서 슬며시 왼손으로 삼열이의 바른 손길을 더듬어 찾았다. 머릿속에서는 조금 전까지도 간간히 떠오르던 노랑저고리에 분홍치마 자락을 늘인 신성이의 얼굴이 아주 스러져 버렸다.

삼열이는 넌지시 남자의 손길을 피하면서 반걸음쯤 뒤로 물러섰다. 난생 처음 닿는 남자의 손길이다. 해방 후에 그 흔한 악수를 남자와 한 번도 해 본 일도 없지마는, 싫은 것이 아니라 주춤한 것이었다. 그러면서도 손끝을 붙들렸던 가냘픈 감촉이 마음을 설레이게 하고 고맙기까지 하였다. 지나치는 사람이 한 두엇 있지만, 보는 사람도 없는데 왜 대담히 손을 꼭 맞쥐지 못했나 하는 후회가 금시로 나면서, 남자의 팔길이 금방 자기의 목덜미를 얼싸안아 줄 것만 같아서 조마조마한 일순간을 기다리며 뒤로 물러섰던 발길을 재우쳐 나란히 서 걸었다.

무색한 듯이 잠자코 걷는 남자의 눈치를 컴컴한 속에서 가만히 살피면서, 이이가 노하지나 않았나 하고 애가 씌었다.

"어째, 비가 올 것 같군요"

흥분을 가라앉힌 익수가 존대하는 말씨가 되며 천연히 딴전을 하는 것을 듣고서야, 삼열이는 안심이 되었다. 그러나 실상은 처녀의 숫저운 생각보다도 아무래도 신성이에게 대한 시기심이 덜 삭아서 또 발칵 반발을 하여 손길을 뗴밀고 물러섰던 것이기도 하다.

빗방울이 뚝뚝 떨기 시작하였다.

"또 비군요."

익수는 실상은 저번 날 비 오던 날 밤을 일깨려고 한마디 하였다. 비가 오는 것이 좋기도 하였다. 홧홧한 얼굴에 드문드문히 떨어지는 가는 빗방울이 시원도 하고 촉촉이 기분을 가라앉혀 주는 듯싶다. 그러나 삼열이는 여전히 입을 다물고 대꾸가 없다. 가쁜 숨소리가 가늘게 들릴 뿐이다.

빗발이 좀 쫴치니까 익수는

"우리 어디 다방에나 들어가 거서 갈까?"

하고 다정히 의논을 하였으나, 삼열이가 아무 대답이 없는 것을 보고는 지나다 눈에 띄우는 다방으로 들어섰다. 여자를 데리고 다방에를 와 본 일도 처음이지마는, 삼열이도 남자와 단둘이 얼려 와 보기는 처음이다.

비가 우둑거리는 바람에 와짝 북적거리는 다방 속을 헤맨 끝에 간신히 한 귀퉁이에 자리를 잡고 앉으니까, 환한 데서 얼굴을 대하고 몇 해 만에나 만난 사람들처럼 마주 보고 웃었다. 그 해죽 웃는 삼열이의 얼굴이 왜 그리 딴 사람같이 예쁘고 반갑든지! 익수는 만족하고 혹시나 노했나 싶어 애가 씌우던 것이 날아갔다. 피차에 무슨 꿈에서 깨인 것만 같았다. 그러나 아까운 꿈이면서도 또 얼마든지 이어 나갈 꿈같기에 그리 서운치는 않았다.

바깥의 빗소리는 좀 더 세차 갔다.

'어디 종용한 데루 갔으면!'

익수의 머릿속에는 이런 공상이 떠나지를 않으면서도

"좀 늦어두 내일 수업 준비엔 상관없겠죠!"

하고 실제 문제를 꺼냈다.

"아니, 난 어서 가 봐야 하겠에요."

똑같은 공상에 젖어 앉았더니만큼 삼열이는 질겁을 해서 낯빛이 살짝 변해지며, 남은 차를 반쯤 마시다가 곧 일어설 듯이 놓고, 겁을 집어먹은 눈동자로 가만히 남자의 기색을 살핀다.

5

마루의 시계가 열 시를 쳤는데, 비는 찔끔거리고 웬일인가 하며, 숙경 마님이 대문간으로 귀를 기울이고 자리 속에 누웠으려니까, 우르르 하고 자동차 소리가 가까워 오더니 문전에서 뚝 그친다.

'차까지 태워 보내나?'

아들이 왔나 보다고 반가우면서도 이때껏 이 집 문전에서 자동차 소리가 난 일이 없는데 희한한 일이요, 신성이 집에를 간다고 했으니 거기서 늦었는가 싶어 말이다.

윗목에서 꼬박꼬박 졸고 있던 식모가 깜짝 놀라 문을 열러 나가는 뒤를 따라, 마님도 주인을 기다리는 듯이 전등이 환한 마루로 나섰다.

"왜 이리 늦었니?"

"네. 오늘이 그 애 생일이라나요. 한 선생두 오셨더군요"

아들은 비를 피해서 축대로 후딱 올라서며 대답을 한다.

"응, 그래? ……저녁은 안 먹겠구나? 차는 거기서 태워 주던?"

"네. 비가 오니까요."

익수는 긴 잔사설을 꺼내기도 싫고, 한참 좋은 끝에 들먹거리는 기분을 혼자 가만히 한 번 되씹어 보려는 생각에 대충 대답만 하고 서재인 아랫방으로 내려왔다.

그러나 마님은, 여자끼리의 잔치일 텐데 옥주가 딸의 생일에 한동국이까지 청하였더란 말이 의외이기도 하거니와, 한동국이까지 청하면서, 가고 안 가는 것은 고사하고 어째 자기에게는 아무 말 없이 아들만 슬며시 불러 갔는지 좀 의아하고 궁금하였다.

익수는 지금 택시로 삼열이를 옥인동(玉仁洞)까지 데려다 주고 오는 길이었다. 생전 제 돈 들여서 자동차를 타 본 일이라곤 없고 또 그럴 형편도 못 되지마는, 비는 쏟아지고 늦어는 가는데 그래도 그대로 가겠다고 나서는 삼열이를 비를 맞혀서 보낼 수가 없어 다방을 뛰어나와 가지고, 그나마 세가 난 택시를 비를 맞아 가며 간신히 붙들어 태워 가지고 온 것이었다. 종용한 데를 찾더니, 을지로 2가에서 인왕산 밑까지 달리는 동안에 조용히 단 둘이만 나란히 앉았을 수가 있었다.

방에 들어와서 옷을 갈아입고 난 익수는 고단도 하여 아랫목에 깔아 놓은 자리에 누울까 하다가, 테이블로 가서 학교 시간표를 들여다보고는 그래도 내일 가르칠 과목을 한 번은 훑어 봐 두어야 하겠다고, 의자에 걸터앉으며 담뱃갑을 끌어다녔다. 어쩌다 피로할 때나 피우는 담배지마는, 흥분이 아직도 가라앉지 않아서 머리를 좀 식히자는 것이다. 삼열이를 저의 집 문 앞까지 데리고 가서 데밀고, 옥인동서 여기 사직동(社稷洞)으로 도는 동안이 불과 오 분도 못 걸렸을 것이니 들떠 난 감정이 잦을 새도 없을 것이다.

살림을 하랴, 두 누이동생 공부를 시키랴, 모든 것을 절약으로 버티어 나가지마는, 담배만은 그리 헤피 피우는 것도 아니요, 머리를 아껴서라도 국산품 중에서는 제일간다는 고급품을 택하여서 그런지 첫 모금이 더욱 향기롭다. 인에 배지 않은 담배라, 이 사람에게는 코로 연기가 나오는 것이 아니요, 입으로 뿜어서 코로 냄새를 맡는 담배다. 하지만 지금 유난히 향긋이 맡이는 것은 담배 냄새가 아니라, 코끝에서 아직도 사라지지 않는 그 여자의 얼굴에서 은은히 끼치던, 있을까 말까한 크림 내, 머릿내다.

선들한 밤공기를 타고, 파르스름히 피어올라 가는 담배 연기를 가만히 노려보고 있는 익수의 눈에, 구름 속의 환상(幻想)처럼 떠오르는 것은 조금 아까 로케이션을 하듯이 자신이 실연을 하던 장면이다. 한때 장난이 아니라, 여자의 얼굴이나 머리에 비를 맞히지 않으려는 일념으로 자기의 양복저고리를 홀떡 벗어서 머리에서부터 '장옷'처럼 뒤집어 씌워 가지고, 뜀박질을 하듯이 서로 끼고 급한 걸음을 걸으면서도, 빗줄기는 눈앞을 가리우고, 조고만 양복저고리 밑에서 허둥대던 꼴이다. 그러나 이것은 반평생 우연히도 처음 당해 본 일이요, 일생을 두고 잊지 못할 추억이기도 하다. 컴컴한 조고만 우비 속에서 생그레 하고 하얀 이빨을 반짝이면서 눈웃음을 치던 그 여자의 만족해하던 귀여운 얼굴! ……코끝에 어린 이 향내는 크림 내, 머릿기름 내가 아니라, 아마도 그 입, 그 눈에서 뿜어 나온 처녀의 체취가 자기의 온몸에 배인 것만 같다.

손길을 맞잡게 된 것만 다행히 생각하고 꿈속에 파묻혔거니 라는 동안에 어느덧 내리게 되자, 택시를 삼열이 집 동구 모퉁이에 세우고, 익수는 모자와 책가방을 차 안에 놓아둔 채, 비가 쏟아지는 속을 선뜻 앞서 내리면서 윗저고리부터 훌떡 벗어서, 뒤미처 고개를 소곳하고 나오는 삼열이의 머리 위에 빗방울이 듣지 않게 얼른 뒤집어씌워 주었다. 삼열이는 찔끔하며 얼떨결에 손을 내저었으나, 봄비로서는 세차게 좍좍 쏟아지고 급한 판이라, 싫다 좋다 힐냉이(힐난)를 할 겨를 없이, 머리에 들씌운 양복저고리를 두 손으로 반짝 치켜들고는 익수에게로 달겨들었다. 하도 미안해서 혼자만 이 고마운 급제(急製) 우산을 받을 수 없어서였다. 어쨌든 퍼붓는 비가 무서우니 얼굴을 맞댈 듯이 하며 얼싸안고 그대로 달음질을 쳤다.

익수는 즉의득묘(卽意得妙)로 좋은 일을 했다는 생각에 의기양양하였지마는, 딸려 가는 삼열이는 학교에 나가서는 학생 앞에서 버젓한 선생님이지마는 쌔근쌔근 매달려 갔다. 오랫동안 공상으로만 넘겨다보던 행복이 이렇게도 쉽사리 자기 몸에 닥쳐왔나 싶어 그저 꿈속 같았다.

쌔근거리는 여자의 숨소리는 익수의 귀에 애처로우면서도 세상에 처음 듣는 음악의 하모니 같기도 하였다. 삼열이는 두근거리는 가슴이 미어질 것같이 숨이 가빴다. 남자에게 대한 고마운 생각과 함께, 왜 그런지 이를 어쩌나? 어쩌나? 하는 생각뿐이었다. 더구나 공교롭게도 돌부리가 발끝에 채워서 고꾸라질 뻔하면서 남자에게로 실리게 되자, 삼열이는 이대로 이 자리에 쓰러져도 한이 없겠다는 고비에 찬 생각이 들었다. 그래도 실상은 이만쯤 와서 한숨 돌리고 나서, 그제서야 남자의 넙죽한 손바닥 김을 어깨에 푸근히 느끼면서 남자의 품에 꼭 껴안긴 것을 깨달았다.

그러나 대문 밑에까지 다 와서, 철철 흐르는 낙수를 피하여 추녀 밑으로 뛰어들려 할 제, 목을 바짝 휩싸더니 왈칵 들여대는 남자의 뺨이 코끝을 스쳐 가면서 더운 김이 얼굴에 화끈 끼치자, 삼열이는 가만히 그러나 잽싸게 고개를 외로 꼬며 양복저고리 자락으로 막고 빠져 나왔다.

"선생님 미안해요 고맙습니다."

삼열이는 아무 일 없었던 듯이 천연히 그러나 목 밑까지 치미는 웃음을 참으면서, 양복저고리를 부리나케 입고 섰는 익수에게 꼬박 인사를 하였다.

익수는 열적기는 하였으나 하마터면 소리를 내서 커닿게 웃었을 만치 유쾌하고 행복하였었다. 그러나 안에서 문을 열러 나오는 동안 익수가 내미는 손에 삼열이는 서슴지 않고 악수를 하였다. 그것은 자기의 이성으로 돌아가 평범한 인사로 응한 것인지도 모르지마는……

익수는 피우던 담배를 끄고, 책꽂이에서 기하(幾何) 교과서를 꺼내어 서표를 찔러 놓은 데를 폈다. 그러나 머릿속에는 딴생각뿐이다. 삼열이가 지금쯤 무얼 하고 있을까? 자기처럼 공상에 팔려서, 얼굴이 새빨개졌다 해쓱해졌다 하지나 않을까? 하는 생각에 책이 눈에 들어오지 않는다. 아까 택시 속에서, 운전대의 백미러에 비칠까 봐 넌지시 손을 맞잡고 있을 때, 삼열이의 얼굴이 발갛게 활짝 피어오르는가 하면, 또 금시로 혹 꺼진 듯이 해쓱해지면서 입귀와 손끝에 잔 경련이 일고

하던 것이 생각나기에 말이다. 그거야 흥분과 자제하여야 하겠다는 반성이 뒤바꿈질을 하거나, 쾌락에 몸을 실리고 싶은 유혹과 무언지 모를 불안이 섞갈려서 그렇거니 하는 짐작이 대강은 들지만, 요새 스물다섯이나 되는 처녀가, 더구나 중학교 선생님인데 그렇게 숫저울까 의심도 난다. 그뿐인가? 둘이 얼굴을 맞부빌 듯이 끼고 가서 마지막에는 살짝 돌아서는 것이 처녀래서 그러한지? 좀 이해하기 어렵다.

'흥, 분명한 확증을 보아야 하겠단 말인가? '엔게이지 링'이라두 받아야 하겠다는 건지?'

익수는 자기도 전후파적(戰後派的) 모던에서는 뒤떨어진 존재거니 생각하지마는, 요새 아가씨 쳐 놓고는 완고 축에 드는구나 하며 혼자 웃으면서, 실상은 그런 것이 더 좋기도 하였다.

'허나, 그만하면야 약혼반지 이상 아니겠기에! 오죽하면야 얼굴에 비 한방을 맞히지 않겠다구 저고리를 벗어 씌워 줬을까! 좀 더 친했더라면 발을 진창에 대지 않게 업어다라두 주었을걸!'

하고 익수는 혼자 허허 웃고 싶다.

기하 책은 덮어 치우고, 이번에는 독일어 독본을 꺼내 놓았다. 고등학교 이년 것이니 안 보고 가기로 누워서 떡 먹기지마는, 가다가는 문법에 엉뚱한 질문이 나오기에, 좀 정신 차려 보아야 하겠다고 생각하였다. 그러나 책을 펴놓고 나니, 머리에 떠오르는 것은 독일에를 가야 할 테라고 걱정을 하던 신성이 생각이다. 저는 문법이 어렵다던 말눈치던데, 저의 어머니는 회화를 가르쳐 달라던가? ……

'일주일에 하루쯤야 어렵지 않지만……'

아까 옥주가 지나는 말로 하던 것이 생각난 것이다. 그러나 몇 줄 읽어 내려가다가는 눈앞에 분홍치마 자락이 알찐거린다. 빛깔이 하도 고와서인지 인상에 깊다. 그보다도 그런 것을 입으리라곤 생각지 않던 아이가 입은 것을 보니, 설빔한 아이들을 본 것 같아서 신기해 그런지 모르겠다.

또 몇 줄 들여다보다가는 신성이가 미국 유학부터 마치고 독일로 갈 작정이라던 말이 생각나서

'예라, 이까짓 건 해서 뭘 하랴!'

하는 화증이 났다. 사실, 아버지가 납치되지 않고 뒷배를 보아주었던들, 마음먹었던 대로 되었을지는 모르지마는 지금 당해서는 모든 것이 절망이다.

하지마는 무슨 말끝에든가, 옥주 여사가 '가만있어.' 하고 생각이 있다는 듯이 하던 그 말을 생각하면, 무슨 길을 뚫어 줄 자신이 있는 말 같아서 일루의 희망이 아직은 있는 것 같기도 하다. 공상은 터무니없이 자꾸 꼬리를 잇달아 나갔다.

신성이를 데리고 미국으로 가서, 신성이는 음악 공부를 하고 자기는 원자과학 로켓 제작……우주정복에 실질적 계획이 무엇인지라도 들여다보고 왔으면 하는 꿈이 성취되는 것이요, 구라파로 건너가서 독일, 오스트리아를 휘돌아오면 얼마나 좋겠는가! ……

주책없는 어린애 공상 같으면서도, 역시 수단 좋은 박옥주 여사가 가만있으라고 했으니 무어나 될 듯싶기도 하다.

끝없는 공상이 이렇게 휙 도니, 신성이의 존재가 별안간 커다랗게 클

로즈업 해온다. 노랑저고리에 분홍치마가 또 눈앞에 알찐거린다.

익수는 정신을 다시 가다듬으려 애를 쓰면서 책을 들여다보았으나, 역시 눈에 들어오지를 않는다.

'허어, 이거! 내가 이도령이로군! 딴은 그 옷맵시하구 춘향이랬으면 좋긴 좋아!'

하고 익수는 코웃음을 치며, 또 귀찮은 생각이 나서 책을 집어치워 버렸다.

'하지만 내가 신성이한테 독일어 문법이라두 가르친다면 삼열이는 뭐랄꾸?'

아까 그 양복저고리 속에서 보던 예쁘던 얼굴이 머리에 떠오르면서 이때껏 공상을 한 것이 주책없는 생각이었다고 속으로 꿈질하였다.

6

"그래 장하게 차렸던?"

아침 밥상에서 모친이 역시 어제 일이 궁금해서 다시 말을 꺼낸다.

"실상은 집에선 뭐 차린 것두 없구 부산스럽다구, 생일 임자가 양식을 좋아해선지, 반도호텔루 껄구 가서 저녁을 멕이더군요."

익수는 숨길 것도 없으니 실토로 보고를 하려는 것이었다.

"돈두 많구면. 생일 음식두, 자기 호텔 식당, 다 제쳐 놓구⋯⋯."

하며 모친은 웃었으나, 한동국이라든지 그렇지 못할 손님이 닥쳤으면 그럴 수도 있으려니 싶었다. 그러나 양식 대접은 저만 혼자 받았고, 나중에 집에 다시 끌려가서 보니 생일음식도 떡 벌어지게 차렸더라면서, 동국이는 청한 것도 아닌데 삼열이에게 꽃다발과 초콜릿 상자까지 들려 가지고 왔더란 말을 듣고는 눈을 깜박깜박하며 무엇을 생각하는 눈치였다.

"삼열이까지 데리구? 흥, 돈두 있구 봐야 할 일이다."

숙경 여사는 부럽기도 하고, 자기 신세를 생각하며, 저절로 자탄이 나오는 것이었다.

"허지만, 아무리 선거가 중하기루 점잖은 딸자식까지 데리구 다니면서 체모 사납게 꿉적꿉적 절을 하다니! ……"

하며 숙경이는 냉소를 하였다. 그것은 동국이를 비웃는 것이라기보다는 아끼는 마음에서다. 아무리 옥주가 돈을 벌어서 여걸풍을 피면서 활수 있게 쓴다기로, 한동국이쯤 됐으면야 그까짓 돈푼에 굽실거리며 청치도 않은 딸의 생일쯤에 부녀가 불청객이 자래로 동원(動員)을 해서 잘 뵈려 든다니, 생각할수록 분한 노릇이다. 비판적으로 공정히 말해서도 그렇지만, 자식 앞에서도 말할 수 없는 시기가 치밀어서 말이다.

학교 시간이 급해서, 바삐 밥을 떠 넣으면서 익수는 싱긋 웃더니

"그러지 않아두, 그 마님, 내게까지 선거운동 다니느냐구 무안을 주던데요."

하고 어머니의 마음을 알아차리고서인지는 모르겠지마는, 공연히 부채질을 하는 소리를 한마디 한다.

"선거운동이 뭐냐? 아마 이번에 선거 비용에 보태쓰라구, 돈 백만 환이라두 보낸 게지!"

어머니의 핀잔주는 듯한 툭 쏘는 말이다. 익수는 모든 것을 무심코 보았으나, 어머니의 말을 듣고 생각하니 짐작이 든다.

"너희는 다 모르는 일이다만, 너 아버지께서 5·10 선거에 출마하셨을 때, 한참 돈에 꿀리던 판인데 그댓돈 십만 원을 무명씨(無名氏)루 기부해 왔구나! 지금으로 말하면 오십만 환 백만 환 돈이나 되는데, 눈이 번

해서 이런 독지가두 있구나 하구 얼마나 좋아했었겠니! ……"

숙경 여사는 이때까지 자식들에게 알리려 하지 않던 이야기를, 멀리 붙들려 간 남편을 생각하면서, 이후에라도 자식들이 알아 두라고 말을 꺼내고 말았다.

"헤에, 그랬에요? 전 처음 듣는 얘긴데!"

익수는 숟가락을 든 손을 쉬면서 얼굴을 든다.

"그게 나중에 알구 보니, 그이더란다! 아마 모르면 모르지만 돈 백만 환이라두 이번엔 유명씨루 보낸 게지."

숙경 여사는 코웃음을 친다.

"웬 지금 세상에 자유당두 아니요 무소속인데, 뭐 헌금(獻金)하듯이 자진해서 돈을 내놓겠에요."

익수는 이런 소리를 하면서, 이때까지 들어 보지 못하던 말에, 가엾은 아버지 사적이니만치 궁금증이 나서

"그러기루 왜 익명으루 보냈을까? 그인지는 어떻게 알게 됐나요?"
고 채쳐 묻는다.

"그땐 영감이 살아 있으니까, 나중에 성이 가신 일이 있을까 봐 내놓구 할 수가 없어 그랬을 것이구, 돈야 결국 영감이 무리꾸럭을 했거나 했겠지만, 선거비에 쩔쩔 맨다니까 듣기에 딱해서, 자기의 봉창 돈이라두 내놨는지? ……"

여기까지 말을 꺼낸 숙경 여사는 학교에 가기가 바쁜 아이들을 데리고 긴 잔사설을 하기가 안 되어서 말을 뚝 끊어 버렸다.

익수는 대강 짐작이 들어서 잠자코 말았으나, 막내딸 미수(美壽)가 상

에서 일어나면서

"응, 알았어. 그래, 그때 백인 사진에두 그이가 있더구먼."
하고 학교 시간이 아직 넉넉하니까, 윗목 구석에 서 있는 구년묵이 사
방탁자에 놓인 앨범을 들어다가 그때 사진을 찾아내서 신기한 듯이 들
여다보고 섰다.

십 년 전, 아버지가 초대 국회의원으로 당선되던 날 저녁에, 축하하
러 꼬여 든 손님과 선거 사무원들 틈에 끼어서 전등불 밑에 박힌 커다
란 사진이다. 중학 삼년인 미수는 다섯 살짜리로, 아버지와 나란히 섰
는 어머니의 손을 붙들고 백인 것이요, 그때 생각이 어렴풋하지마는,
집안에 있는 사진 쳐 놓고는 큰 잔치 때처럼 제일 화려해서 마음에 드
는 것이요, 이즈막에는 아버지 생각이 날 때마다 들춰 보곤 하는 것이
다.

"이거 봐요, 저 뒤에 요만하게 얼굴만 뵈지 않어?"

십 년 동안 두고 보던 사진인데 누가 모를까마는, 지금 어머니한테
처음 듣는 그런 말을 듣고 나니, 어린 마음에 더욱 고마워서 그러는 것
이다.

"얜, 학교 안 가구, 시간 늦는다. 누가 못 보던 사진이냐?"

어머니는 사살을 하였다. 숙경 여사는 그때 일만 해도 좋게는 생각이
안 들어서이다.

"어디, 나 좀 보자."

익수도 바쁜 시간이건마는 상 앞에서 물러나며 손을 내민다. 오랜만
에 그 사진이 보고 싶고, 그때 그러했던 옥주 여사가 어째 얼굴만 내보

이고 저 뒤에 숨어 있었든지? 이때껏 무심히 보아왔지마는 다시 한 번 자세히 보고 싶었다.

"이거 봐요 그땐 이이 퍽 젊었었지?"

미수는 이런 소리를 하며 앨범을 아랫목에 앉았는 오빠에게 주고 저희들 공부방인 건넌방으로 급히 달아난다. 하여간에 이 아이들은 옥주와 그만큼 오래 친해 왔으면야 아주머니란다든지 할 텐데, 언제나 이이라 한다. 그것은 옥주를 싫어해서도 아니요 누가 일러서 그러한 것도 아니다. 원체 이 집의 가풍으로 남과 쉽사리 얼리지도 않고, 어머니의 기품이나 천성을 따라서 그런지도 모르겠다.

앨범을 받아서, 자기 아버지의 웃고 섰는 얼굴과 여러 사람 뒤에 조고맣게 내다보이는 박옥주 여사의 웃는 얼굴을 새삼스레 가만히 들여다보다가, 익수는 아무 말 없이 옆에 놓았다,

"그때두 중간에 선 한 선생이 이리 나오라구 앞으루 끌어내려 했지만, 한사쿠 뒤루 숨어 버렸단다."

어머니는 먹먹히 잠자코만 있기가 안되어서 한마디 하고는, 자기도 앨범을 들어 한가운데 섰는 영감의 얼굴을 한참 들여다보고는, 그 옆에 섰는 자기의 얼굴이 지금보다는 훨씬 젊은 데에 놀랐다. 남편을 잃은 뒤 칠팔 년 동안 생과부로 썩은 것을 알겠다. 그러나 똑같이 영감을 여읜 뒤 칠팔 년 동안에 이 여자는 그때보다도 더 젊었으니 이것은 웬일인가 하고 옥주의 사진을 노려본다.

익수는 싱긋 웃기만 하고 일어섰다. 어머니의 말을 알듯 모를 듯하기도 하다.

"하지만, 말이 났으니 말이지, 너의 아버진 깨끗하셨단다. 저편이 따랐으니까 말이지……. 누구나 그렇겠지만 만일에 조금치라두 더러운 정이 들었더라면, 그렇게 두구두구 연을 끊지 못하구 생각하면서 찾아다니겠니? ……"

가엾은 영감의 인격을 위하여, 그보다도 점잖은 아들들과 시집을 보낼 딸자식들을 위하여, 한마디 하고 싶었다. 자식들이 박옥주를 두고 아버지를 의심하면 두 사람에게 대하여 다 같이 미안하기 때문이다. 그것은 빤히 아는 일이었다.

"아이, 새삼스레 그런 말씀은 왜 하세요 무슨 말씀인지 자세히 모르겠습니다만."

익수는 어머니의 그런 묵은 하소연이 듣고 싶지도 않거니와, 알고는 싶은 궁금증이 있으면서도 정면으로 터치하기가 거북하고 싫기도 하였다.

"어쨌든, 나두 그런 경험이 있었다만, 그이가 너 아버지한테 깨끗이 극진했었던 건 내 잘 알지. 그럴 거야! ……자기 영감이 죽은 뒤에는 어떤 생활을 하는지 그야 뉘 알랴마는……."

이것은 익수의 귀에도 그리 듣고 싶지는 않은 말이었다. 그것은 아버지를 위하여 하는 말인지? 박옥주 여사를 치켜 세는 말인지? 또 혹은 박옥주 여사의 경우를 빗대어 놓고, 어머니 자신의 심경이나 자기의 결백을 자식들 앞에 자랑하려는 것인지? 수수께끼 같은 말이기도 하였다.

지금 와서야 처음 듣는 말이지마는, 박옥주 여사와 아버지의 묵은 인연이 어떠하였었던 것인지 궁금하거니와, '나두 그런 경험이 있었지마는……'이라고 하니, 그런 경험을 하게 된 상대자는 누구이었더란 말인가? 하며, 익수는 어설픈 웃음을 띠워 보이면서 총총히 자리를 뜨려니까 안방 이야기가 건넌방에도 들렸든지 큰딸 희수(喜壽)가 치장을 차리고 책가방을 들고 나오면서 안방에 대고

"어머닌 쓸데없는 소리! 오늘은 왜 괜히 흥분이 되세서 그러세요."
하고 탄하며 눈살을 찌푸린다.

"내가 뭐 어쨌니? 얘기가 났던 끝이니 말이지."

숙경 여사는 좀 머쓱한 낯빛으로, 나가는 아이들을 보내려고 안방에서 나오면서, 그래도 아랫방에서 나오는 아들을 내려다보며

"허지만 얘, 그 마님이 신성이하구 너를 껄구 반도호텔인가 갔던 것을 삼열이가 알았다면 재미없지 않니? 삼열이가 가엾지 않으냐?"
하고 모친은 아까 그 말을 들을 때부터 애가 씌우던 말을 하고야 말았다.

익수는 잠자코 휙 나가 버렸다. 어제 어머니가 묻는 데는 일일이 알려 바치기가 거북해서 태동호텔의 차를 타고 온 것같이 대답을 하여 두었지마는, 이실직고로 삼열이를 기껏 흡족하게 해 주었다는 말을 들으면, 과연 어머니가 좋아할지? 가만히 생각을 하여 본다. 삼열이를 그처럼 귀여워하고 두둔은 하지마는, 정작 그렇게까지 가까워진 것을 알면 어머니 성미에 좋아할 리 없을 것 같기도 하다.

'대관절 어머니께서 삼열이를 그렇게 좋아하시는 건 무슨 까닭일꾸?'

익수는 인제야 차차 모든 것이 짐작이 드는 것 같기도 하다.

'나두 그런 경험이 있었다만, 그이가 너 아버지한테 깨끗이 극진했던

건 잘 안다' 고 술회하던 어머니의 말눈치로 알듯 싶기에 말이다.

어려서도 언젠가 어머니한테서 들은 기억이 남아 있지만 더욱이 아버지가 그렇게 되신 뒤에도 몇 번이나

"너의 아버지하구, 한 선생하구, 외갓집 아저씨하구 중학교 적부터 꼭 붙어 다니는 단짝이었단다. 대학에 가서두 그랬지만 세상에 나와서두 이날 이때까지……."

그런데 그중에서도 아버지가 외할아버지 눈에 들어서 자기가 그리로 시집을 갔었더라는 옛이야기였다. 그때는 그런 줄로만 알고 그대로 무심히 들어 두었던 것인데, 지금 와서 곰곰 생각하니 어머니는 외할아버지의 뜻대로 아버지와 결혼을 해서 아무 불평 없이 살아 왔으면서도, 마음 한구석에는 역시 그때의 오빠의 친구요 남편의 친구인 한동국이를 좋게 여겼고 늙게까지 그때 그 생각을 잊지 않고 있는 것이나 아닌가? 하는 짐작이, 이모저모로 익수의 추측에 이어 가닿아 들어가는 것이었다.

'어찌된 켯속인구? 공교히두 두 쪽이 다 마음에 없으면서두 만나 살구……. 그러나 만나 사는 동안에는 그럭저럭 마음에 들든 말든 껄려 살구…….'

익수는 결혼이란 문제가 당장 제 앞에 닥쳐온 일이니 절실히 생각하여 보는 것이었다.

그러나 하여간에 아버지가 붙들리자, 구·이팔이 됐는데 옥주는 소문을 듣는 길로 위문을 와서 살림에 보태 쓰라고 돈 봉투를 놓고 갔고, 한동국 영감도 뛰어와서 이것저것 같이 걱정을 해 주면서 돌보아 주다

가는 부산 피난 때 단단히 신세를 지게 되었던 것이었다. 이런 것 저런 것을 생각하면 고맙기야 짝이 없고 누구를 층하를 두거나 싫고 좋고가 없지마는, 그래도 어머니가 가깝게 생각하는 한동국 영감보다는 박옥주 여사가 훨씬 가깝고 호흡이 맞는 것 같다. 신성이야 별문제이지마는.

또 가만히 생각하면, 한동국 영감은 어머니와 친숙하대서 싫은 생각이 드는 것은 아니지마는, 박옥주 여사는 어째서 그렇든지 간에 당장 곰살궂게 귀여워해 주는 눈치니, 대범히 사리를 따져서 생각하려면서도 얕은 정이 그리로 쏠리는 것도 사실이다. 그러나 박옥주 여사의 호의를 받고 안 받는 것과 신성이와의 교제는 별문제라고 익수는 엄정히 구별해 생각하려 한다. 더구나 모친의 말처럼 삼열이와의 교제나 향의와에 무슨 관련을 가지고 생각해 볼 아무 이유도 없지 않으냐고 스스로 반문하는 것이다.

7

한참 짙어 가던 봄빛이 활짝 퍼져서 꽃놀이도 그 언제 일이던가 하고 잊어버릴 때쯤 되니까 인제는 선거운동(選擧運動)도 한고비를 넘어서 투표 날만 손꼽아 기다리면서, 한동국 영감은 몸이 느른하면서도 마음만은 더 초조하여졌다.

삼열이는 아버지의 선거운동에 직접 나서서 쫓아다닐 새도 없는 몸이지마는 그래도 학교 갔다가 집에 돌아오면, 아버지의 시중을 들기에 반(半) 비서 노릇은 하여야 하겠고, 온 집안이 그저 선거일을 섣달 대목같이 바라보고 떠들썩하니 그 분위기에 휩쓸려서도 어리둥절히 그날그날을 보내느라고, 몸과 마음이 시달려 차차 지쳐 가기도 하였다. 그동안 한 번도 익수의 집에는 갈 새도 없었고 만나지도 못하였다.

그날, 비가 쏟아지던 날 밤에 남자의 양복저고리 속에서 둘이 얼싸안고 문전에까지 와서, 그대로 헤어지고 말은 뒤에 벌써 삼 주일은 되건마는 한 번도 못 만났다. 틈을 타서 가 보고 싶은 마음은 간절하고 또 가자면 아무리 바빠도 못 갈 것은 아니지마는, 어쩐지 낯이 뜨뜻해서 전처럼 예사롭게 찾아갈 수가 없어서 교수(教授) 준비에 좀 어정쩡한 데가 있어도 혼자 해치우고 가고 싶은 닳는 마음을 지그시 누르고 지내 왔다. 그리면서도 혹시나 익수가 들러주지나 않을까 하고 은근히 기다렸으나, 여전히 발그림자도 아니하였다.

그러나 익수 역시 궁금은 하고 만나고 싶은 생각이야 간절하나, 무상시로 드나들던 집도 아니요, 선거와는 아랑곳도 없는 자기니, 선거 사무를 거든다든지 또 혹은 인사로라도 들러본대야 사무소로 가면 몰라도, 저녁에 집으로 간다면 한동국 영감을 만날 수 있을 것도 아니니 쑥스러워서 나서지를 못하고 말았다. 또 가만히 그날, 밤의 삼열이의 태도를 생각하여 보면, 그다지 쌀쌀한 것은 아니었지마는, 우연히 그렇게 될 수밖에 없었던 계제인 것인데 자기가 체면 없이 마구 덤볐던 것만 같아서, 열적은 생각이 들고 저편의 감정이나 의사를 알 수가 없어서 좀 신중히 체모를 차려야 하겠다는 생각이 들어서 삼열이의 학교로 전화도 걸어 보지 않고, 집으로 전같이 찾아오기만 기다리며 이때껏 지내왔던 것이다.

그러나 숨김없이 바른대로 말하면, 바로 그날 신성이 모녀에게 끌려서 반도호텔에 갔던 생각이 머리의 한구석에 늘 생생히 남아 있어서 마음을 헷갈리게까지 하는 것은 아니라고 자기는 생각하면서도 감정이 외곬으로 쏠리지는 못하는 것이었다.

'좀 두고 보자지……'

이러한 여유 있는 생각이 드는 것은 부조(父祖) 적부터 젖어 내려 온,

부녀자에게 체통 없이 마구 굴어서는 안 된다는 점잖은 생각이 들어서 저번 일을 반성한다든지, 여자에게 한 걸음 내놓다가도 멈칫하고 물러서는 그런 소극적인 일면이 있는 때문만이 아니다. 역시 문득 문득 신성이의 그날 조선옷 입은 맵시가 몹시 인상에 짙게 떠오르고, 더구나 마음먹고 청해다가 신성이와 함께 데리고 다니며 놀게 하려던 박옥주 여사의 의사가 무엇이던가를 생각하면, 자연 좀 두고 보자고 느긋한 마음이 들기도 하는 것이었다.

그래도 투표가 끝나고 밤을 도와서 개표를 하던 날, 익수는 밤늦게까지 라디오로 개표 결과를 들으면서, 내일은 당락(當落—당선, 낙선)간에 한동국 영감에게 인사를 가야 하겠다는 생각을 하고는 좀 마음이 긴장하여졌다. 무어 어린애들의 교제라고 누가 총찰을 하는 것도 아니건마는, 서로 버티고 시의(猜疑)가 있어서 그런 것이건마는, 하여간 오랜만에 삼열이를 만날 생각에 익수는 다시금 가슴이 뛰놀기도 하였다.

익수가 저녁때 집에를 돌아오니까 어머니가 내다보며

"애, 한 선생이 당선됐구나!"

하고 전에 없이 매우 흥분된 눈치로 웃는다.

"네! 그래요? 그럼 좀 가 봬야 하겠군요."

실상은 익수도 궁금은 하면서도, 신문사 앞에 사람이 새까맣게 모여서서 개표 결과를 찾아보는 것을 원광으로 보면서도, 그 속에 끼어 서서 한동국이의 이름을 찾아내려고 애를 쓸 성의까지는 없고, 집에 가서 라디오로 듣겠거니 하는 생각이었던 것이었다.

"응, 그래! 잠깐 다녀오렴."

늙은 어머니는 자기의 기쁨을 감추는 것도 같고, 팔 년 전에 남편이 당선되던 날의 그 기쁨을 회상하면서 눈물이 글썽하는 것도 같았다.

"어머니두 같이 가시면 어때요?"

익수는 무심히 이런 소리를 하였다. 아버지의 친우(親友)일 뿐 아니라 가족끼리도 자별히 지내는 사이니, 먼 데도 아니요 옥인동까지 가기가 어려울 것도 없기에 한 말이다.

"나야 언제 간들 상관있겠니. 어서 너나 가서 인사를 하구 오렴."

어머니의 말은 예사로웠으나 그 말끝이 눈물에 젖은 듯이 흐려지며 이상히 들리었다. 익수는 불현듯이 아버지 생각이 나서, 가슴이 콱 막히며 더 말이 아니 나와 멈칫하다가

"그럼 잠깐 갔다 오죠"

하고 어머니한테 자기의 얼굴을 안 보이느라고 몸을 피하려는 듯이나 후딱 나와 버렸다.

'아버지두 그대루 계셨더라면……'

아버지가 납치만 안 되었더라면, 오늘 우리 집도 당선 축하로 질번질 번하였으려니 하는 생각을 하면, 지금 어머니의 속이 어떠하랴 싶어서 익수는 어린애 마음같이 구슬프기도 하였다.

숙경 여사는 아들을 내보내고 나서 불현듯이 남편 생각도 나고, 하여 간 한동국이가 당선된 것이 고맙고 좋아서 뒤숭숭해진 마음을 진정하려고, 부엌일은 저녁밥을 짓는 식모에게 맡겨 놓고 어두워 가는 방 안에 가만히 앉았으려니까, 자동차 소리가 대문 밖에서 우르르 난다.

'누가 올꾸?'

하고 잠깐 깜짝 놀라서 귀를 기울이고 있는데

"형님 계세요?"

하고 누가 마중을 나갈 새도 없이 들어오면서 소리를 친다. 옥주의 목소리다. 숙경이는 이거 웬일인가? 하고 마루로 나서며

"어서 오세요"

하고 반가이 맞았다. 속으로는 그리 반가울 것도 없고 어쩌다가 들러주어도 구살머리쩍은 살림을 보이기도 싫고 상빈(上賓)을 만나는 것 같아서, 공연히 거북하기만 한 것이지마는.

"오랜만입니다. 안녕하세요? 밤낮 찾아뵌다면서, 이렇게 별안간 와 뵙긴 미안합니다. 오늘 한 선생 당선되신지 아시죠? 지금 거기 가는 길인데요……."

옥주는 뜰에 선 채 화려히 웃는다. 사실 숙경 여사로서 생각하면 자기보다 나이가 얼마 차가 지지 않건마는, 옥주는 주름 하나 접혔을까 며느리같이 젊고 예뻐 보였다.

"온 딴소리! 어서 올러 오세요. 그러지 않아두, 지금 우리 집 큰애가 인사를 갔는데요"

숙경 여사는 인제는 이것저것 다 잊어버리고, 그저 고맙다는 생각뿐이었다.

"어서 옷 입구 나오세요 같이 가 인사를 하시지 않겠에요 오는 길에 들러서 안됐습니다마는, 차를 타구 왔기에 같이 모시구 가려구……."

"네, 나야 언제 인사를 가든지. 온 그렇게까지 생각해 주서서 고맙습니다."

역시 숙경 여사는 박옥주에게 눌리는 것 같아서 분하고 싫으면서도 남편 없고 돈 없으니 하는 수가 없었다.

"그러지 마시구 어서 나오세요 요기서 요기지만 어둬지는데 그래두 차가 있으니까…… 언젠가 댁 영감께서두 당선되시던 날……"

옥주의 그 말을 들으니, 숙경 여사는 가만히 생각할 수밖에 없었다. 어떻게 들으면 옥주의 그 말이 자기의 속생각이나 동국이와의 예전 갈피를 알고 하는 말 같아서 불쾌하지마는 저번에 아이들이 꺼내 보던, 자기 남편이 당선되던 날 저녁에 화려히 박은 기념사진이 머리에 다시 떠오르자, 어쩐지 오늘 같은 데 가서 같이 축하하여 주고 싶기도 하고, 이 여인의 호의를 무시하는 것이 미안한 생각도 들었다.

"그럼 같이 가세요 옷 입을 동안 좀 올러 오세요"
하고 숙경 여사는 안방으로 들어갔다.

숙경 여사는 무슨 잔칫집에 나들이나 가는 듯한 좀 달뜬 기분으로 아이들도 좋아서 시중을 들어주는 대로, 후딱 옷을 갈아입고 따라 나섰다.

문밖에 나와서 세워 놓은 차에 오르려니까, 차 속에 앉았던 신성이가
"아주머니 안녕하세요"
하고 인사를 하며 자리를 비킨다. 예전 같으면 '사모님'이라고 부를 터인데, '아주머니'라고 반갑게 부르는 것이 좀 귀 서투르기는 하지마는 듣기 좋기도 하였다.

"응, 이때껏 여기 있었구나? 좀 들어오질 않구……"
숙경 여사의 인사도 전보다는 자별하였다.

자동차 안에는 맥주 궤짝이 시트 앞을 가로막고 있다. 그것을 보니 숙경 여사는 빈손으로 나선 것이 안 됐고나 하는 생각이 들었다.

"그래 학교 잘 다니니? 오랜만에 보니까 넌 더 이뻐졌구나!"

숙경 여사는 사실 그렇게 보이니까 인사로 무심히 나온 말이었다.

신성이는 생글하며 고개를 외로 꼬았으나 옆에 앉은 옥주 여사도 만족한 듯이 가볍게 소리를 내서 웃었다.

8

한동국이의 집에는 대문간에서부터 불빛이 퍼져 나오면서, 무슨 큰 잔칫집처럼 대낮같이 환한 마당에서 사람들이 우글거리고 법석이었다.

두 안손님이 여학생 아이를 데리고 들어서니, 누가 대수롭게 알까마는, 자동차로 와서 딱 세워 놓고 그 차가 가지를 않는 것을 보고는 어느 장관 부인이 오셨나 하여 길을 틔우고 야단들이다. 그러나 생각이 좀 덜 들은 눈치다. 무소속으로 당선이 된 주인 선생을, 어느 장관 부인네들이 패를 지어 축하를 왔을 리가 있을까 말이다.

"아 어서 오세요 밤중에 이렇게까지⋯⋯."

주인마님은 안방의 손님을 젖혀 놓고 나와서 반갑게 맞았다. 까무잡잡하니 오종종한 중년 부인이, 그 기걸스러운 남편과는 걸맞지 않을 것 같으나, 또 그러니까 뜻이 맞아 사는 것이기도 하였다. 이 주인마님은 이렇게 경사스러운 날은 처음 당하는 일이라 그저 쩔쩔매면서도, 박옥주 여사가 선거에 부조로 백만 환 템이나 내놓았다니, 들어앉았는 여자 마음에 놀랍고 고마워서 그저 설설 기는 눈치다. 그 거동을 보고 숙경 여사는 이 늙다가 만 중늙은이라기보다도 중젊은이의 뒤나 따라다니는 신세로구나! 하는 생각에 혼잣속으로 혀를 차기도 하였다.

안방에서는 안손님만 아니라 친척들인지 젊은 아이들도 주인 선생이 사랑에서 들어오기를 기다리며 득실거리고, 들락날락 분주하였다.

박옥주와 김숙경이, 두 안손님이 왔다는 내고(來告)에 사랑에 있던 주인영감이 연해 큰 기침을 하며 쓱 안방에를 들어서니까, 좌중은 남녀 간에 쭉 일어서서 경의를 표하였다. 마악 들어와서 아랫목에 좌정을 하였던 옥주와 숙경이 두 마님은 같이 일어나서 반가이 한동국이를 맞으면서 똑같이 눈물이 글썽하였다. 그저 고맙다는 감격의 눈물이었지마는, 두 여자의 생각은 제각기 달랐다. 더욱이 숙경 여사는 남편의 생각이 파뜩 떠오르면서, 그때 그날 남편이 당선되던 날 지낸 일이 주마등 같이 머리를 스쳐 갔던 것이었다.

"아, 바쁘신데 어떻게 이렇게 오셨에요"

주인영감은 너무 좋아서 흥분해 그랬겠지마는, 달려드는 박옥주 여사와 악수를 하고 한참 흔들었다. 옆에 섰는 김숙경 여사는 좀 무색한 기색으로 그 손이 풀리기를 기다렸다. 물론 그 손이 다음 차례로는 자기에게 오리라는 기대를 가지고서는 아니었지마는, 좀 보기에 열적었다.

한동국은 옥주와 손을 풀고 숙경이에게로 손을 내밀려다가 멈칫하며

"이렇게 오실 거까지 뭐 있에요. 익수 군이 사랑에 와 있나 본데, 이따 가실 때 데리구 가십쇼"

하고 정중히 인사를 한다. 숙경이는 마음이 후련히 좋아지면서 또 눈시울이 뜨거워졌다. 악수를 안 해 주는 것이 도리어 고마웠다.

한동국 영감은 바쁜 몸이라 안방에 들어 앉아, 아낙네들의 대거리를 할 새는 없었다. 금방 대청으로 돌쳐 나서려니까, 사랑에서 쫓아 들어온 젊은 축과 맞다닥뜨렸다. 신문기자들이었다. 사랑에서는 여러 정객(政客)들에 에워싸여 있었기에 말도 못 붙였다가, 이 틈을 타서 쫓아 들어와 붙든 것이다.

신문기자는 질색이면서도 반가웠다. 한동국 영감은 연해 핫하하……너털웃음을 터뜨리며 젊은 기자들과 악수에 바빴다.

"축하합니다. 기대가 많습니다. 그런데 만년 무소속으룬 고단하실 텐데 어디루 가실 텁니까?"

어느 기자의 입에선지 쏘아붙이는 수작이다.

"아, 이 사람아, 가긴 어디루 가? 국회루 가지!"

하고 한동국 의원(아직 금배지는 안 달았지마는)이 또 껄껄대니까, 눈이 똥그래서 밖에 귀를 기울이고 앉았던 옥주가 벌써 알아차리고, 발딱 일어나서 마루로 나서며

"당신네들두 딱하지. 그걸 지금부터 물으시면 어쩔 테예요? 보나마나 뻔한 일이지! 정세(情勢―政勢)따라 마음 드시는 대루 할 거 아네요?"

하고 또랑또랑 말마감을 해낸다. 돈 백만 환을 들였으니까 그 값은 빼야 하겠다는 이해타산뿐만 아니라, 그까짓 것은 고사하고 자기의 마음먹은 대로 움직이게 하자니, 이 영감이 무슨 딴소리를 할까 봐서 앞질러 나선 것이었다.

"아, 그러니, 사모님! 분명히 말씀 좀 해 주세요."

또 한 젊은 기자가 옳다 됐구나 하고 옥주에게로 달려들었다. 그 '사모님'이라는 말에 안방 아랫목에 앉았던 숙경 여사는 귀가 번쩍하며 얼굴을 쳐들었다. 그러나 손님 대객하랴 사랑에 술상 차려 내갈 분별하랴, 갈팡질팡 한참 분주한 주인마님에게는 귓가로도 들리지 않았다.

"그까짓 소리, 그만두고 자아 나가서 술이나 한 잔 먹자구."

한동국 영감은 슬쩍 휘갑을 쳐서 기자들을 데리고 사랑으로 나갔다.

"안 군, 자네 자당 오셨데. 안에 들어가 뵙게."

마침 가려고 나서던 익수와 마주치자, 영감은 말을 걸어 주었다. 그러지 않아도 삼열이를 좀 만나보고 가야는 하겠는데, 이 분주 통에 대지르고 안에를 들어갈 수도 없고 하여 망설이던 판에, 익수는 눈이 번쩍 띄어 그 길로 안마당에를 들어섰다.

"얼마나 기쁘십니까? 진작 좀 와 뵙는다면서……."

마루로 나서는 주인마님에게 익수는 축대 아래에서 모자를 벗으며 공손히 인사를 하였다.

"아, 어서 올라와요. 어머니 오셨어. 애 안 선생 오셨다."

마님은 반색을 하며 안방에다 대고 딸에게 소리를 쳤다. 인제는 내 사위가 다 되나 다름없거니 하는 혼잣속으로의 친근감뿐만 아니라, 사실 딸이 공부하러 다니는 터이니 '선생'이라 해서 딸부터 불러대는 것이었다.

"아, 전 잠깐 뵙구 곧 가야 하겠습니다."

익수는 열어 놓은 안방 영창 밑으로 다가서며, 방 안에다 대고 옥주에게 인사를 하려니까, 윗목께로 마주 앉았던 삼열이와 신성이가 부리나케 일어서며 웃음으로 목례를 한다. 신성이도 웃는 낯으로 반기었지마는, 삼열이가 부끄러운 듯이 한눈을 팔며 곁눈으로 웃는 그 모습이란, 익수는 여성에게서 처음 보는 표정이라, 가슴이 콱 찔리며 전신의 피가 얼굴로 기어오르는 것 같다.

"이건 무슨 소리야? 어머니 모시구 가야지. 저 건넌방으루 들어가요. 애 어서 이리 나오너라."

마님은 또 삼열이를 불러 놓고 자기는 찬간에 볼 일이 바쁘니 뜰로 내려선다. 왜 그런지 수줍어서 주춤하고 섰던 삼열이가 마루로 나서려니까, 건넌방에 있던 마나님들은 벌써 알아듣고 방을 내느라고 우르르 몰려나왔다.

신성이 모녀는 가만히 말눈치에 귀를 기울이며 삼열이의 거동을 넌지시 보고 앉았다. 신성이보다도 옥주 여사의 기색이 날카로워졌다.

숙경 여사는 어디에를 내세워도 본때 있고 은근히 자랑인 아들이 떡 나타난 것도 마음에 든든하고 좋거니와, 이렇게 융숭한 대접을 받는 것이 마음에 흡족해서 입가에 저절로 웃음이 떠올랐다. 조금 전에 옥주가 마루로 나가서 주인영감을 가로막고 기자들에게 말대꾸를 대신하면서 사모님 소리를 듣고 할 제, 못마땅해 하던 생각도 잊어버렸다.

"어머닌 내 있다 모셔다 드리겠지만, 올러오지 뭘 그래? 좀 앉았다 같이 가자구."

옥주도 잠자코만 있을 수 없어 한마디 거들었다. 익수는 그보다도 삼열이가 마루 끝에 나서서 웃음을 감추고 말뚱히 바라보는 눈길과 마주

치자, 그대로 돌쳐설 수도 없어 얼떨결에 구두를 급히 벗고 건넌방으로 따라 들어갔다. 똑 저번 신성이 집에 갔을 때 같다는 생각이 들었다.

익수는 들어서며 여기가 삼열이의 방이로구나 하는 짐작이 들었으나 방 치장을 둘러볼 새도 없이 눈이 삼열이의 하얀 손으로 먼저 갔다. 꼭 붙잡고 싶은 충동을 참으면서 마주선 채

"그동안 왜 한 번두 안 들렀에요?"

하고 밖에서도 들릴 만큼 한 소리로 벅차오르는 가슴을 느꾸며 순탄히, 그러나 나무라는 듯 원망하는 듯 말을 걸었다.

삼열이는 생글 웃으며 치어다보던 눈을 금시로 내리깔고 입에서는 금방,

'부끄러워서요! ……노하셨을 것 같애서요!'

하고 말이 나올 듯 나올 듯한 것을 참으며, 또 다시 남자의 얼굴을 살짝 치어다보고는 목소리를 낮추어서

"어쩐지 위태위태해서요"

하며 생글 웃고는 얼굴이 발개진다.

"뭬 위태해요?"

익수도 따라서 수군수군 대거리를 하면서, 그 말과 그 말하는 표정이 우습고 귀여워서 그대로 꼭 끼어안고 싶은 충동을 또 지그시 참기에 전신이 부르르 떨리고 목이 메어 올랐다.

"어서 이리 앉으세요"

삼열이는 자기 책상 앞에 깔아 놓은 방석을 아랫목 한가운데로 끌어다 놓고 얼른 나왔다.

"신성이 나 좀 봐."

마루에서 삼열이는 안방에 대고 손짓을 하였다. 귀한 손님을 혼자 앉혀 둘 수도 없고 여러 사람이 보는데 젊은 남자 앞에 혼자 앉아서 대객을 하는 수도 없고 하니, 신성이와 함께 들어가서 놀자고 끄는 것이었다. 그러나 신성이는 벌써 눈치가 다르다는 생각이 들어서 선뜻 일어서지를 않으려니까.

"나가 보렴."

하고 옥주 여사는 벌써 알아차리고 딸을 어서 일어서게 하려 하였다. 옥주는 신성이보다도 더 은근히 시기가 나고 자기 속으로만 생각하고 있는 일이지마는, 계획이 틀려지나 보다 싶어 마음이 닳고 걱정이 되었다. 사실 지금 세상엔 남부럽지 않은 딸자식을 가지고도 사위를 고르기가 얼마나 어렵기에! 무슨 덕을 보자는 것도 아니요, 한동국이에게 시기가 나서 경쟁을 하자는 생각은 아니지마는, 인물 그만하고 제 앞가림은 넉넉할 사람이요, 더구나 안도의 아들이니 또 군소리 같지마는 놓치기가 아깝다.

눈치 빠른 신성이는 세상에 나서 처음으로 시새는 마음이 슬며시 들었다. 익수한테로 가고 싶은 마음은 별안간 와락 간절하여지면서도, 어쩐지 삼열이가 싫은 중이 들어서 여전히 멈칫거리다가, 그래도 삼열이가 마루에서 기다리고 있으니 모른 척할 수도 없어 일어나 나갔다. 윗목에 쭉 늘어 앉았는 젊은 애들의 눈은 무슨 아까운 보배나 놓친 듯이 실쭉한 낯빛으로 나가는 신성이의 뒷모양을 바라보았다. 신성이는 삼열이에게 끌려 건넌방으로 들어갔다.

"방이 너무 뜨겁군요. 바람 쏘일 겸 아이들 노는 데나 가 보시지 않겠에요?"

사실 부엌에서 불질이 심하니까 뜨겁기도 하였지마는 옥주는 건넌방이 궁금해서 가 보고 싶었다. 그러나 숙경이는 웃고만 말았다. 예전 세상과 다를 뿐 아니라, 한집안 속같이 지내고 늘 만나 노는 저희들끼리니, 늙은이가 끼면 파흥만 될 것 같아서 가만 내버려 두고 싶었다. 그러나 옥주는 역시 궁금증이 났다. 무엇보다도 자기 딸에게 대하는 익수의 눈치가 보고 싶었다.

"참 그런데 선생님, 저번에 말씀한 독일어 문법 말예요 제가 댁으루 갈까요? 문법두 문법이지만 회화가 급해요……."

별 신통한 이야깃거리가 없으니, 신성이는 화제 삼아 조르는 말눈치다.

"하하하……. 인제 우리 집에 개인 교수 간판이나 내걸까요. 독일어는 어느 요일, 영어는 어느 요일……날짜를 지정해서."

익수는 껄껄 웃으며 넌지시 삼열이의 기색을 살피듯이 치어다보았다. 그러자 마침 옥주가 들어서면서

"그래, 그래두 좋겠구먼. 왜 요새 국민학교 과외공부 없나? 부수입이 쏠쏠히 괜찮을걸."

하고 말참견을 하는 바람에 모두들 깔깔대었다, 그러나 삼열이는 속으로 뜨끔하였다.

'이 계집애두 찾아다니려는구나!'

하는 생각을 하니, 내 그저 제 생일날 살짝 청해 가지고 다니더라니! 하

며 벌써 그때부터 눈치가 다르던 것을 낌새 챈 자기의 추측이 틀림없었다고 속으로 혀를 내어 둘렀다. 이것은 좀 당해 내기 어려운 강적에 맞부딪친 것도 같아서 겁이 났다. 더구나 저편은 모녀가 나서서 서두는 모양이니, 어름어름하다가는 꼴사납게 될 것만 같아야 새 정신이 반짝 드는 듯싶다. 넌지시 익수의 눈치를 살폈다. 익수의 신성이나 신성이 어머니에게 대한 표정이 어떤가를 감정(鑑定)하여 보겠다는 생각이지마는, 불현듯이 앞에 앉은 남자가 그립기도 하였다. 그럴 바에는 저번 비오던 날 바루 저 대문 앞에서, 하자는 대로 왜 응하지를 않았던구? 하필 약혼반지를 받아야 맛인가? 하는 후회에 가까운 생각도 든다.

'허지만 천착스럽게 그건 무슨 소리!'

하고 삼열이는 도리질을 하였다. 그립다가 오랜만에 만나니까 괜히 상기가 되어 이렇거니 하고, 부풀어 나고 달떠 가는 자기의 마음을 가라앉혀야 하겠다고 생각을 가다듬으려 하였다.

9

안방에 상이 들어가니까 건넌방에서들도 다시 건너왔다. 큰 상이 셋이나 띄엄띄엄 놓였는데, 아랫목 상에는 익수와 신성이가 어머니들 곁에 마주 앉게 되었고, 가운데 상에는 젊은이들이, 윗목 상에는 늙고 젊은 아낙네들이 둘러앉았다.

어중된 시간이기에 저녁들을 안 먹고 나온 일행은 시장한 끝이라 국수며 전유며 편육들이 맛깔스러웠다. 가운데에 판을 차리고 앉은 젊은 축들은 판을 차리고 맥주를 쭉쭉 들이키며 떠들어대나, 그건 고사하고 저쪽으로 익수와 마주 앉은 해끄무레한 젊은 사람의 눈길이 자꾸 이리로 오는 것과 몇 번이나 마주쳤다. 아마 눈에 띄우는 여학생이 끼어 있으니까 자연 관심이 가서 그러는가 하였더니, 차차 주기가 오르자 눈치가 험상스러워지며 익수를 몹시 노려보는 것이 불쾌도 하였다. 주인마님이나 삼열이의 융숭한 대접을 받고, 예쁜 여대생을 데린 유한마담 같은 모녀가 왔다 갔다 하며 떠받들고 하는 눈치에, 아니꼽다는 까닭 없는 시기로 그런 것인지도 몰랐다.

"사모님, 이리 잠깐 나옵쇼 선생님 들어오십니다. 동부인해서 한 장 찍게 해 주세요"

한잔 마신 취흥에 들뜬 목소리다. 마님은 내다 봐야 어정쩡한 얼굴이지마는, 전에도 몇 번 와서 사진을 찍어간 어느 잡지사의 사진부장이라는 짐작은 들었다. 이 사람은 오늘은 잡지사 일로 왔다기보다도 한동국이를 잘 알고 마음으로 성원해 오던 터라, 축하로 카메라를 메고 와서 사랑에서 주연(酒宴)이 벌어진 데서도 찍고, 무소속이니만치 벌써부터 자파(自派)로 끌려는 공작인지, 여야(與野) 쌍방에서 달려 온 요인(要人)들에게 옹위되어 앉았는 것도 찍고 한 뒤에는, 안으로 달겨든 것이다. 잡지에도 쓰겠지마는 마음먹고 하는 서비스였다.

"이거 늙은이들의 얼굴이나 백여 무슨 생색이 날꾸? 신성이하구 너희들두 이리 오구……"

사랑에서 셋째아들 철희(哲熙)를 데리고 들어온 영감은 축대에 올라서며 너털웃음을 터뜨렸다. 우으들 마루로 나섰다. 마님은 무상옷이라도 깨끗한 차림새지마는, 그래도 사진을 찍자면 옷을 갈아입어야 하겠는데, 그럴 새도 없이 붙들려서 내외가 나란히 서기가 무섭게 플래시가 번쩍하였다.

"자 이번엔 선생님 내외분 마루에 걸터앉으시게 하구, 모두들 나오세요"

사진반이 서둘러댔다.

"아, 명명 마님이 앞으루 나오세요"

부산한 중에도 한동국 영감은 뒤를 눈여겨 돌아다보다가 옥주가 눈에 띄니까, 찾았다는 듯이 말을 걸고서는, 숙경 여사가 안 보이니까

"애, 사직동 아주머니 나오시게 해라."

하며 딸에게 이른다. 예전부터 통내외하고 무관히 지내는 터라 아이들더러도 아주머니 하고 부르게 해 왔다.

옥주 여사는 젊은 애들이 모시는 대로 아무 신짝이나 끌고 마루에서 내려와서 아이들 틈에 끼워 섰자니까, 주인 선생은 그래도 자기 곁으로 와서 앉으라 하여 길을 터 주는 대로 그 곁으로 가서 앉았다. 그러면서도 옥주는, 숙경이가 어디에 끼어 서서 박이는지 궁금도 하고 미안한 생각이 들었다.

'안도가 당선되던 날에도 나를 앞으로 끌어내리려고 했지만, 뒤에 숨어서 조고맣게 백였었지……'

하는 생각이 들어서 옛 꿈이 되살아왔는가 싶다.

지금 뒤에서 마루 위에 선 채 박이고는 싶으면서도 얼굴이 찍히거나 말거나 아무려면 어떠랴 하고 그 전날 일을 생각하며, 남편의 운명과 자기의 팔자를 되씹듯이 생각하는 숙경 여사의 감회도 여간이 아니었다. 남의 잔치에 와서 왜 그런 생각을 하랴, 하고 한동국이를 위해서는, 오늘 이 잔치를 자기가 팔 걷고 나서서 도웁고 싶으면서도, 어디 가서 어떻게 죽을상으로 쭈그리고 있을지 모를 남편의 모습이 눈앞에 얼찐거려서

'여기를 괜히 왔구나!'

하는 쓸쓸한 생각이 또 머리를 쥐어 찢는 듯싶다.

언뜻 생각하니, 자기 오라버니가 오지 않은 모양이다. 사랑에 왔으면 아이들이 들어와 무슨 말이 있을 텐데, 그런 말이 없는 것을 보면, 시기로 그런지? 궁축해 들어앉아서 고마운 생각에 그런지는 모르겠지마는, 자기는 시기도 아무것도 아니다. 고맙고 기쁘기는 적어도 박옥주보다 더하면 더하겠지마는, 역시 남편이 걸려서, 또는 자기가 이 꼴이 되었거니 하는 고마운 생각에 그저 길치로 물러서려는 생각뿐이다.

플래시가 또 한 번 번쩍한 뒤에, 사진을 찍고 난 사람들이 우르르 헤어지니까, 익수는 앞에 섰던 삼열이를 꾹 찔러 가지고

"난 갈 테예요. 어머니께 말씀해 줘요."

하고 한마디 귀뜸만 해 놓고는, 미리 손에 들고 있던 모자를 쓰며 사람 틈을 비집고 나와 버렸다. 어머니와 같이 가야 하겠지마는, 옥주의 차로 올 것이요 아낙네들이 인사를 하고 거례를 하며 나서기를 기다리려면 한이 없겠기에 멀지도 않은 데니 혼자 훌쩍 나선 것이다. 골목 안을 이만침 나오자니까 뒤에서 사뿐사뿐 가벼운 여자의 발자취가 나며 급히 쫓아온다.

"선생님……."

뛰어온 것은 아닐 텐데 가쁜 숨결이다. 익수는 마악 꺾이는 모퉁이를 돌쳐서려다가 발을 멈칫하고 서서, 금방 헤어진 사람이건마는 반색을 하며 두 손을 활짝 벌렸다. 삼열이는 잠자코 그 손에 자기 손을 내맡겼다.

저녁나절부터 이 골목 안은 한 씨 집에 오고 가는 사람이 끊일 새가 없었지마는, 밤이 들어가니 한동안 인적이 끊이고 조용하다. 별빛에 비

쳐 보이는 눈에 분명히 들어오는 것은 하얀 네 손길과 두 얼굴뿐이었다. 그러나 아무 소리 없이 주위의 적막과 함께 둘로 엉키었던 네 손길이 풀리더니, 이번에는 하얀 두 얼굴이 하나로 휩싸이면서 캄캄한 골목 안은 검은 물속으로 잠겨 들어가는 듯이 일순간 잠잠히 소리가 없다.

동구 밖에서 우르르 자동차 소리가 가까워오면서, 클랙슨이 요란히 울리는 데에 놀란 얼굴이 둘로 갈라지자, 헤드라이트가 골목 안에까지 흘러 들어온다.

"어서 들어가요."

남자의 목소리는 턱에 닿는 듯하였으나, 분명한 자의식(自意識)에 돌아가면서 침착하게 가만히 속삭였다.

두 남녀는 저번 비 오던 날 밤에 서로 섣불리 건드려서 휘저어 놓은 정열과 충동이 거진 한 달 동안이나 억눌렸었던 반동으로, 터놓은 물보(洑)처럼 넘쳐흐르는 애욕의 물결에 걷잡을 새 없이 발길이 휩쓸려 나가고 말은 것이었다.

그러나 이것은 누구의 탓을 할 일도 못 되고, 누가 더 책임을 져야 할 일은 아니다. 그보다도 삼열이는 쫓아 나오기까지 하지 않았는가! 누가 손을 대어 보지도 않은 숫것(정한 것)이요, 인제야 행복의 부리만 따 보았는데, 사위스럽게 탓이니 책임이니 따지는 것은 무슨 딴 수작이냐? 삼열이는 아까 건넌방에 신성이를 데리고 가서 익수와 수작을 하는 것을 옆에서 듣고 의혹과 시기가 펄쩍 나고, 닳는 마음을 견디어 낼 수가 없었던 것이었다. 그러고 보니, 훌쩍 가는 사람을 그대로 보내기가 서운해서 뒤쫓아 나온 것은 개절치 않은 짓이라고 하기보다는, 아무

79

리 공상이 빚어낸 것이라 하더라도, 그 질투와 불안에 대한 진정제(鎭靜劑)이기도 한 것이었다.

집안 경사에 화려한 기분이기도 하였지마는, 삼열이는 도취하여 버렸다.

"오! 안 군! 왜 벌써 가나?"

동구로 휘어들어 온 지프차 속에서 석희(碩熙)의 목소리가 나자, 길을 피하여 갈라진 두 남녀는 주춤하였다.

"오빠요?"

헤드라이트 속에 들어선 두 남녀는 어색해서 몸 둘 곳이 없었으나, 캄캄한 차 안의 사람은 보이지를 않는다.

"응, 아버지가 당선되셨다지? 라디오를 듣구, 인제야 오는 길야……."

하며 석희가 멈춘 차에서 내리었다. 육군 중령의 복장을 입은 키대가 후리후리한 헌헌장부(軒軒丈夫)다. 아버지 닮아 광대뼈가 좀 내민 듯하고 푸둥푸둥하니, 기운꼴이 차 보이는 커다란 몸집에 군복을 팽팽히 미어질 듯이 깍듯이 입었다. 중령 계급장을 달았다.

"아 어서 들어가요. 그래두 용히 빨리 왔구먼."

악수를 하면서 익수는 반겨 하였다.

"그래두, 말이 되나. 좀체 만나기가 어려운데."

석희도 익수를 매부감으로 여기느니만치, 더구나 누이가 배웅을 나온 눈치에 호의껏 하는 말이었다.

남매는 익수를 보내고 같이 들어왔다. 마악 가려고 나서던 숙경이와 옥주 모녀는 석희가 들어서는 바람에 그 인사를 받느라고 주춤하며, 삼열이한테 익수가 먼저 갔다는 이야기도 못 듣고 말았다.

석희는 일선 가까운 부대에서 대대장(大隊長)으로 처자를 데리고 가 있다. 아버지의 정치생활이 시원치도 않고 거기에 불만이 있어 아버지의 뒤를 따르겠다는 생각도 없었지마는 한동국 영감도 자식들을 정계에는 내세우지 않겠다는 생각이었기 때문에, 제 소원대로 군대로 내보낸 것인데 하여간 중령까지 올라간 것이다.

둘째아들 창희(和熙)는 재작년에 E대학 경제과를 나온 뒤에 그해 가을에 미국에를 가서 지금 집에는 없지마는, 한동국 영감이 신성이를 둘째며느리로 삼지 못해서 하는 것은, 바루 이 아이의 배필로는 똑 알맞다는 생각으로이다. 그리고 셋째가 아까 사랑에서 손님 접대에 제법 한 몫 거들고 있다가, 아버지를 모시고 들어와서 같이 사진을 박인 학생 아이다. 지금 K고등학교 삼년생인 수재라는 것만으로도 이 집 자녀들은 훌륭하다는 소문이요, 또 그러기에 박옥주 여사도 한동국 영감이 연해 둘째아들을 자랑할 때마다 은근히 그리로 마음이 솔깃하여지곤 하였던 것이다.

그러나 가끔 옥주가 창희 말을 꺼내도, 신성이는 그리 깊은 인상이 있는 것 같지도 않고, 귀 담아 듣지도 않는 눈치기에, 그만 내버려 두었던 것이다. 그러니 저희끼리 좋아하는 눈치라면 또 모르지마는, 그럴 바에는 눈에 드는 안도의 아들 익수에게로 마음이 가는 것이었다.

그런데다가 정치가의 부침(浮沈)이란 알 수 없는 일이다. 옥주는 해방 후에 각층 각파의 정치가와 많이 지내보았기에, 뜨내기로 생각하는 말이 아니었다. 또 하나는, 실상은 한동국이가 질질 끌려오면서도 무어나 자기에게 끼아치는 것이 싫은 것은 아니지마는, 너무 가까워져서 샅샅이 아는 처지니, 그러한 데로 귀한 딸을 내어 주기가 싫다는 생각이기도 하다. 박옥주 여사로서는, 아주 몰라서야 되겠는가마는, 그래도 좀 어수룩한 데가 있어서 앞으로 희망을 붙일 수 있는 맛에 혼인을 하는 것이, 속을 때 속더라도 믿음직하고 재미가 있는 것이지 하는 역설적인 생각이지마는, 그렇다면 익수나 익수 집안일은 빤히 들여다보지를 못해서 사위를 삼겠다는 것인지? ……그러한 배짱이기에 오늘날 박옥주가 된 것이지도 모르겠다. 하여간 한동국이와 너무 가깝고 너무 잘 아는 것이 왜 그런지 싫다는 것이다.

석희의 인사가 끝난 뒤에 두 마님은 문밖에 나와서 기다리던 차를 타면서, 그제서야 익수가 먼저 간 것을 알았다. 삼열이가 어름어름 하는 소리를 듣고는 벌써 신성이는 샐쭉하여졌다. 삼열이와 나란히 서서 사진을 찍기도 하였지마는, 익수가 삼열이에게 수군수군하고 가 버리는 것도 분명히 보았었고, 뒤미처 삼열이가 살짝 빠져 나가는 뒷모양도 분명히 보았기에 말이다. 옥주도 짐작이 들어서 고개를 갸웃하면서 덜 좋은 내색이었다.

이튿날 아침 어떤 신문에는, 어제 밤에 박인 사진이 잡지사에서 박여 간 것인 줄만 알았는데 사진까지 나고, 박옥주 이야기도 가십 삼아서 사모님이니, 늙은 여비서니, 아니 그런 것이 아니라 실상은 태동호텔 마담인즉 필시 숨은 파트론이라느니 하고 들쑤셔대면서 잘못하다가는 첩이라는 말까지 나올 듯싶이 꼬집어 놓았다 박옥주 여사는 그 기사를 읽고, 웬일인지 금시로 한 십 년은 젊어진 것처럼 좋아서 입가에 웃음까지 피어오르기도 하였지마는, 한편으로는 한동국이에게 누(累)가 미치지나 않을까 하는 겁도 났다. 그런지 며칠 후엔가 한동국이 집에서 보내온 그날 밤의 사진을 신성이가 자세히 들여다보다가 불쑥 이런 소리를 하였다.

"어머니, 어머닌 한 선생 이쪽 옆에, 이렇게 웃구 앉았는데, 그 집 마님은 저쪽으로 앉아서 외면을 하시구 있지 않아요? 그런데 사직동 아주머닌 요렇게 조 뒤에 얼굴을 반만 내밀구 박으셨군요"

하고 사진 박힌 형용을 그려낸다.

옥주 여사는 또 한 번

"어디 보자."

하고 사진을 들여다보면서 해죽 웃고만 말았다.

10

한동국 의원은 임시이지마는, 우선 태동호텔 안에 연락사무소를 차려 놓게 되었다. 인왕산 막바지 옥인동 집 사랑이란 것이 비좁기도 하거니와, 누구나 한 번 다녀가면은 집 찾기에 애를 썼다고 군소리를 하는 것도 듣기 싫고 미안하던 터에, 당선이 되고 보니 아무래도 찾아오는 사람은 많아지고 국회 가까이 연락사무소라도 두어야 하겠다고 걱정을 하니까, 옥주 여사가 선선히

"우리게 방 하나를 치어 드리죠"

하고 자청해서 나섰기 때문에 일이 쉽사리 정해진 것이다.

한동국이가 당선이 되고 나니 더욱이 적극적 응원이 하고 싶은 여자의 생각이기도 하지마는, 자기 집으로 끌어들여서 해로울 것 없다는 따짐도 없지는 않았다. 그러한 이해타산으로만 아니라 정리로서도 자기가 앞에 있어서 모든 것을 거들뜨려 주고 싶은 생각에, 속으로는 비서 노릇이라도 하고 싶은 성의가 있는 것이었다.

한동국 영감도 무슨 기대는 생각이 있었던 것은 아니지마는, 의외로 일이 잘 된 것만 좋아서 말이 난 그 이튿날로 선거사무소에서 쓰던 테이블이며 의자 나부랭이, 집기들을 실려 보내고 젊은 아이들을 따라 보내서 사무소를 꾸미게 하였다.

옥주는 구질구질한 세간을 받아들여, 함께 거들며 사무실을 차려 놓고 보니 눈에 차지 않아서, 마음이 내킨 길이라, 위층의 여름에나 쓰고 내버려 둔 응접세트를 끌어내려다가 손질을 말끔히 하여 들여놓게 하고, 그 길에 지배인에게 일러서 방 전화까지 하나 당장 매어 달게 하였다. 그만만 해도 한결 번채가 나서 좋았다.

그러나 지배인 장수일(張秀一)이는 마담의 분부이니 거행은 하면서도 속으로는 눈살을 찌푸렸다. 한동국이에게 사무실을 빌려 준다고 발론을 할 때부터, 아무 생기는 것 없이 사람만 분잡히 드나들고 전화 하나라도 받아 주어야 하고 시중만 들게 될 것이니, 영업에 방해라고 반대를 하는 것은 지배인으로서 의당 할 말이기는 하지마는, 하필이면 그 정해준 방이 마담의 사무실과 맞붙은 방이냐는 데에 장수일이의 불평은 한층 더하였다.

말 딴은, 한동국이의 손님들은 뒷문으로 통행하게 하여 영업에 방해가 안 되도록 길치로 몰자니, 저 구석 후미진 자기 방 옆이 알맞고, 마침 겨우내 폐방을 하여 두었던 마루방이 비어 있기에 그리로 정했다는 것이다. 사실 여기는 객실들과도 동떨어져 있고, 살림채로 드나드는 초입이라 통행이 편리하고 조용한 맛에 영감이 살아 있을 때부터 자기 혼자의 사무실로 쓰던 데지마는, 또 뒷문이 조붓한 뒤뜰을 건너 빤히 보이니 찾아오는 손님이 잦은 사람의 사무실로는 알맞는 자리이긴 하다.

그러나 이 주인마담의 조용한 사무실에를 거침없이 마구 드나드는 특권을, 이 집안에서 혼자만 가지고 있던 지배인 장수일로서 생각하면, 그 특권을 또 한 가지 자기네들만이 지켜온 비밀과 함께 별안간 새로운 침입자에게 소리 없이 빼앗기는 것만 같아서 불만이다. 근자로 마담의 한동국이에게 대한 태도가 버쩍 달라진 눈치를 보고도 이상하다는 생각이 들어 왔었지마는, 이렇게 되고 보면, 못마땅하다거나 잠시 한때 시기나 질투로 문제가 아니라 커다란 위협과 불안을 느끼지 않을 수 없다. 마담의 눈 밖에 난 것만 같다. 더구나 상대가 쟁쟁한 국회의원이다. 늙었다 해도 젊은 사람 외딴칠 성성한 활동객이다. 아무리 생각해도 잘못 걸려든 것만 같다. 자기네들 사이가 어떻든지 간에, 한동국이가 크게 노는 위인이라면 이까짓 호텔 하나쯤 물고 늘어질까마는, 어쨌든 이때까지는 옥주가 자기 말대로 따라 왔고 이래 봬도 큰살림인데, 제 혼잣손으로 쥐었다 폈다 했는데, 인제는 자기의 존재가 한 사무원밖에 안 되고 길치로 물러앉아서 숨도 크게 못 쉬게 될 것 같으니 수일이는 지금부터 바르르 떠는 것이다.

장수일이를 지배인으로 들여앉힌 것은 물론 옥주였다. 피난통에 영감을 여의고 수복해 올라와서 자기 손으로 다시 개업을 하게 되자, 전에 영감이 부리던 지배인은 늙기도 하였지마는 만만치가 않아서 싹 갈아 버린 것이었다. 늙은 자가, 주인이 없어지니까 제판으로 휘두르려 하고 느물거리는 것이 눈꼴사납기도 하였지마는, 고분고분하고 약삭빠른 젊은 애가 아무래도 마음에 들고 만만하니 부리기가 알맞았던 것이다. 부린다는 것보다는 첫서슬에는 혼잣손에 벅차서, 의지가 되었던 것이다. 하여간 그때만 해도 수일이는 아직 삼십 전의 새파란 청년이었으나, 이 호텔을 시작할 때부터 데리고 있었으니 똑똑한 아이가 그만 경력은 쌓았던 것이요, 또 이런 영업에 닦여 났어도 반질반질하거나 때가 쪼르르 흐르는 그런 위인이 아니기 때문에, 옥주는 인간적으로도 좋아한다. 요새로 수일이의 이상히 뜨는 그 눈찌에서도 그 눈치를 못 차리는 옥주는 아니지마는, 그것은 다만 젊은 애의 애교로 모른 척해 둘 뿐이다.

사실 옥주는 혼자 생각하여 보아도 한동국이를 사람으로도 좋아하고, 또 딴생각이 있어서 이용하려는 꿍꿍이속이 있어서, 사무실을 빌려 주고 끌어 들이기는 하더라도 이 호텔의 경영까지를 내어 맡기자는 생각은 해 본 일도 없거니와, 장수일이를 놓쳐서는 아쉽다는 생각이다.

어슬녘에 한동국 영감이, 인사 겸 사무실이 어떻게 되었나 보러 왔다. 옥주는 자기 사무실에서 전화로 동국 영감이 왔다는 말을 듣고 현관까지 나가서 맞았다.

"핫하하……. 오늘부터 곁방살이 신세가 돼서 폐가 많습니다만, 가만계세요. 인제 빌딩 하나 짓구 나갈 거니! 핫하하……."

불이 마악 들어오고 식사 때가 가까운 무렵이라, 조용한 현관에서 한동국이의 웃음소리만 화려히 퍼져 나갔다.

"가만있지 않으면 누가 어쩌나요?"

옥주는 그 호쾌(豪快)한 웃음소리만 들어도 무슨 복덩어리나 맞아들이는 듯싶이 좋아서 하하거리었다. 출세란 좋은 일이지마는, 내가 낙선이 되었던들 이 여자에게 이런 관대(款待)를 받아 보았으랴고도 한동국이는 속으로 코웃음도 쳐 보았다.

사무실에서 가만있을 수만 없어 나온 장 지배인과 함께 옥주 여사는, 한 의원을 모시고 들어와서 자기 방 옆의 새로 차려 놓은 사무실로 안내를 하였다.

"흥……. 어느 틈에 전화까지 매구! 수고하셨군요. 고맙습니다."

한동국이는 방에 썩 들어서며, 휘휘 둘러보고는 만족한 듯이 입이 벌어지며 옥주에게 은근히 인사를 하였다.

"이만하면 국회의원 사무실루 면무식(免無識)은 됐죠?"

옥주는 의기양양해서, 생색을 낸다느니보다도 자기 마음에도 만족해서 웃었다.

"아니, 방 세전은 얼마나 받으시려는지 이건 좀 과분하군요. 난 오늘 바빠서 아이들한테만 맡겨 두구 들여다 보지두 못했는데! 허허허."

한동국이는 옥주에게 쓸어맡겨만 둔 것을 변명하는 말이었다.

"호호호……. 오죽 영업이 안돼서야, 여관에서 방세(貰)를 놓겠나요? 방세만은 두둑이 줍쇼그려."

하고 옥주는 깔깔 웃다가 말을 돌려서

"그러지 않아두, 고단하실 때나, 국회에서 늦으실 땐 와서 주무시게 침대를 하나 놔 드리구 싶었지만, 터전이 좁아서 어디 들여 놓을 데가 있어야죠"

하며 좀 더 생색을 낸다. 한동국이는 거기까지 생각하여 주는 것이 고마웠지마는, 옆에서 듣는 장수일이는 사무실에 가당치도 않은 침대는 왜 놓아 주고 싶어 했단 말인가 하고 속으로 코웃음을 쳤다. 옆방 마담의 사무실에 달린 호화로운 침실이 수일이의 머리에 떠올라서도 또 더 불쾌하고 이 여자가 얄미워 보였다.

"허기야 정 늦어서 집에를 못 가게 되면 폐를 끼칠 때도 있겠지만, 그땐 버젓이 손님으루 와서 묵지. 허허허."

한동국이는 이렇게 대꾸를 하면서도 딴은 침대를 하나 사다가 한 구석에 놓았으면, 고단할 때 편히 쉬기도 하고 좋겠다는 생각이 들었다.

"그럭허세요. 원체가 밥장순데, 밥두 팔아 주시구, 손님두 많이 끌어 주세야지요."

옥주는 역시 웃음엣소리로 한 말이나, 지배인 장수일이는 그 말이 또 듣기에 메스꺼웠다.

"자, 인제 제 방으루 가시죠. 이때껏 제 방 구경 못하셨죠?"

옥주가 자기 방으로 끌려니까, 한동국 영감은 눈이 뚱그래지며

"아니, 마나님 방을 구경 못하다니? 아 난 곧 가야 할 텐데……."
하며 안채의 안방으로나 끌고 가는가 싶어서 주저주저하다가, 바로 옆방이 자기의 호텔에서 쓰는 사무실이라는 말에, 한동국이는 또 한 번 눈을 번뜩이면서

"허! 그래? 잘 됐구면요 이웃사촌이라니, 잘 부탁합니다."
하고 껄껄 웃으며, 지갑을 꺼내서 문 밑께로 섰는 젊은 아이들에게 가다가 저녁이나 먹으라고 돈을 쥐어 주고는 옥주를 따라 옆방으로 건너왔다. 수일이는 방문턱에서 인사를 하고 가 버렸다.

한동국이는 옥주의 사무실에 쓱 들어서자 발을 멈칫하며

"허! 이건 호화판인데! 태동호텔 왕국이로구먼! 국회의원 사무실로는 면무식은 했다더니, 태동주식회사 사장실에 대면 좀 낯이 뜨뜻한데!"

하고 둘이만 되니까, 한동국 영감은 말씨가 달라지면서 호들갑을 떤다.

"미안합니다. 별건 없지만, 우리 방 바꿔 드릴까?"

옥주도 깔깔대었다. 아무것도 없다 하여도, 한가운데 놓인 응접세트며 방세간들이 번질번질 윤이 나고, 여자의 방이라 그렇겠지마는, 화분 하나, 인형 하나, 장식하여 놓은 품이 산뜻하고 화사한 중에도 향그러니 역시 여자의 냄새가 코에 맞히는 듯싶다. 한동국 영감은 방 안의 깨끗한 공기를 휘저어 놓을 것 같아서 선뜻 들어서기가 어려웠다.

방주인이 권하는 상좌로는 앉기가 거북해서, 한동국 영감은 옆의 소파에 가서 덜썩 주저앉으면서, 눈에 띄는 맞은편 커튼을 턱으로 가리키며

"저긴 뭔가요?"

하고 물었다. 문의(紋儀)가 곱다란 짙은 쑥색의 두툼한 방장 같은 커튼이 높은 천정에서부터 바닥에까지 두 조각이 포개서 축 늘어져 있는 것이었다.

"쓰지두 않는 침실예요"

옥주는 대수롭지 않게 대꾸를 하며 마주 앉으려다가, 다시 무슨 생각이 났는지, 커튼 위로 손을 넣어 스위치를 탁 켜면서 휘장 한 자락을 떠들쳐 들고는

"전에 영감이 서재 겸 침실루 쓰던 건데, 들어와 보세요"

하고 한 손으로 커튼 자락을 든 채 앞장을 서 들어간다. 환한 샹들리에 밑에 호사스러운 양단 이불에 덮인 더블베드가 우선 눈을 끌기에, 한동국 영감은 호기심에 끌려서 벌떡 일어나 따라 들어갔다.

침대 머리맡 테이블에는 볼그레하게 활짝 핀 카네이션 화분을 중심으로, 전기스탠드며 탁상전화가 정돈되어 놓인 옆에 울긋불긋한 잡지가 서너 권 포개 있다. 죽은 주인영감이 웬 독서를 했으려고, 서재를 가졌다기로 이런 시끄러운 호텔 속에 꾸며 놓았을까마는, 딴은 커다란 책장이 위턱으로 서 있고 그 위에는 라디오도 얹혀 있다. 구석의 삼각탁자에는 서양인형이며 자기(瓷器)항아리들이 층층이 빔으로 장식되어 있는 것도 그럴듯하여 보이기는 하였지마는, 발치 쪽으로 호사스러운 양복장이 자리 잡고 있는 것이라든지, 거울이 번쩍이는 세수터전이 깨끗이 정비되어 있는 것이, 아닌 게 아니라 아낙네의 침실 같은 기분이기도 하고, 쓰지도 않는 침실이라기보다는 따뜻하고 향기로운 사람 운기가 몸에 끼치는 듯싶다.

"허, 이런 비밀한 선경이 있는 줄은 몰랐구먼. 허허허……."

한동국 영감은 감탄인지 비양거리는 것인지 모를 이런 소리를 하며 또 껄껄 웃었다.

"호호호……. 비밀은 무슨 비밀!"

옥주는 그 말에 무슨 이상한 뜻이나 품긴 듯이 좀 좋은 기색이다가

"언제 우리 집엘 자주 오시기나 하셨기에? 세도 재상집 댁대령하러 다니시기에 바빠서 그렇기두 하시겠지만……."

하고 지지 않고 비꼬아 주었다.

사실 부산서 올라와서 다시 개업을 한달 제는 가끔 들러서 의논의 대거리라도 하여 주고 하였지마는, 영업이 자리가 잡히니까 공연한 쌩이질이나 될 것 같고, 또 저편이 그리 늙지도 않은 과수댁이니 남의 이목도 있어서 자연 발이 멀어졌던 것이다. 영감의 대소상 때고 무슨 때 인사로 혹시 들러야 안채로 다녀갔을 뿐이지, 영업 터로 찾아온 일은 저번의 신성이 생일날쯤일 것이다.

"아따, 이 마님아! 그러기에 내일부터는 태동주식회사 사장 마님의 고문이랄까 비서랄까, 날마다 대령을 해서 시측(侍側)을 한단밖에!"
하고 한동국이는 농을 터놓고 붙이며, 침대 모서리에 걸터앉는 길에 테이블에서 잡지 한 권을 들었다. 화려한 표지부터 일본서 오는 영화잡지다.

"아니, 길을 막구 물어 봐요. 누가 비서를 두겠구, 누가 비서감이겠기에?"

옥주 여사의 말은 실없으면서도 심각한 데가 있었다. 한동국이는 그 말은 귓가로 듣는지? 하지만 속으로는 반갑게 들리면서도 모른 척하고, 뒤적뒤적하던 잡지를 휙 내던지고 벌떡 일어나며

"아, 가 봐야 하겠군. 오늘은 너무 수고해 주셔서 고맙습니다."
하고 인사를 깍듯이 하면서 사무실로 나와 모자를 집었다.

"왜 이러세요 진지 잡숫구 가세요"

옥주는 모자를 뺏었다.

"그럼 이왕이면 우리 나가십시다."

옥주는 당선 축하로 한잔 내자는 생각이 있던 터요 한동국이는 이사

온 턱을 내겠다는 것이었다. 실상은 월전 신성이의 생일날 밤에 뒤채의 안방에서 오랜만에 재미있게 술을 먹다가 말고 헤진 것이 섭섭해서도 피차에 한자리 차리고 놀고 싶은 심정들이었다.

"잠깐 앉아 계세요. 내, 잔무 처리를 할께니요."

하고 옥주가 농담 비슷이 말을 걸고 데스크로 가서 앉아서 서류를 뒤적거리는 눈치에, 한동국이는 일단 주저앉았지마는, 좀 어색한 생각이 들어서 자기의 사무실을 다시 한 번 가 보려고 건너갔다.

옥주는 호텔 사무실에서 가져온 전표를 뒤적거리며 후딱 일을 해치우고 나서 한참 무슨 생각에 팔려 앉았다가, 서랍에서 편지지를 꺼내 놓고 몇 줄 획획 쓰다 말고, 쭉쭉 찢어 휴지통에 넣어 버리고는 다시 쓴다. 편지를 다 써서 봉해 가지고는 뉘게 들킬까 봐서인지, 급히 손수 들고 현관으로 나가서 자동차 운전수를 불러들이더니

"저번 갔던 사직동 댁, 안 선생 댁 알겠지? 이거 갖다 드리구 그 마님 모시구 곧 와."

하고 이른다. 한동국이가 당선되던 날 인사 가는 길에 익수의 집에 들러서 숙경 여사와 동행을 하였으니, 운전수도 그 집을 잘 알겠기에 말이다.

"네, 네……."

하고 운전수는 뛰어 나갔다.

한동국이를 붙들어 놓고 보니, 단 둘이만도 재미가 없지는 않겠지마는, 누구 하나 말동무가 있어야 좋을 성싶어서 생각한 끝에 숙경이를 부르자는 생각이 난 것이었다. 처음에는 옛 친구끼리 모여서 당신 생각

이 나기에 청한다고 썼다가, 그까짓 말쯤에 나설 것 같지가 않아서 찢어 버리고 이실직고로 한 선생의 당선 축하연을 우리끼리 하고 싶으니 아무리 바빠도 잠깐만 다녀가 달라고 청자를 놓은 것이다.

11

보이의 안내로 숙경 여사가 활짝 열린 문턱에 그 청초한 모습이 나타났을 제, 한동국이는 어지간히 놀랬지마는, 숙경 여사도 이런 줄은 몰랐다는 듯이 약간 실망하였다. 당선 축하연이라니, 으레 안채의 안방에 여러 손님이 모여 앉아서 번적거릴 줄로만 짐작하였던 것이, 호텔로 끌어들이는 것부터 이상하다고 생각하였는데, 단 둘이 마주 앉아서 양주병을 가운데 놓고 주인댁부터 벌써 두 뺨이 발그레하여 있으니, 의외이기도 하고 심사가 좋을 수 없었다.

"아, 어떻게 여길 다 오셨나요?"

한동국 영감은 짐작이 들자, 도리어 옥주에게 고마운 생각까지 들면서 엉거주춤 일어나며 친구의 아내를 반가이 그러나 정중히 맞았다. 숙경 여사는 그저 웃음으로만 인사를 때우고 들어와서 권하는 대로 자리에 앉았다.

한소끔 인사들이 끝나기를 기다려서 주인마담은

"한 선생님 사무실을 우리게로 차리구 오신 것 모르시죠?"

하고 오늘 이 회합의 내력을 설명하려고 말을 꺼냈다. 숙경 여사는 눈이 휘둥그레졌으나, 자기의 놀란 빛을 감추느라고 또 그저 천연히 웃어만 보였다. 그러나 속으로는 혀를 찼다.

'그 마님이 어찌자구 영감님이 한다는 대루 내버려만 두는 건구?'

하고 화가 발끈 났다. 그것은 다만 시기로만이 아니다. 당선 확정이 되던 날 밤에 옥인동 집에서, 신문기자들이 안마루 턱에까지 쫓아 들어왔을 때, 옥주가 안방에서 쪼르르 내달아 가로막고 말참견을 하던 것이라든지, 사진을 찍을 때도 앞줄로 나서서 주인선생과 나란히 박은 것은 말고라도 신문에까지 가십거리가 된 것을 생각하면, 허구 많은데 어찌자고 태동호텔로 기어들어 박옥주의 그늘 밑에서 무슨 덕을 보자는 생각인지 딱한 노릇이라고 숙경 여사는 한동국이의 얼굴이 뻔히 보이는 것이었다. 그것은 결코 무슨 시기나 질투가 아니라, 한동국이의 정치 활동, 정치 생명을 위해서 조금도 이로울 일이 없다고 쾌쾌히 배척하고 싶은 성의에서이었다. 적어도 숙경 여사 자신은 그렇게 믿고 있다.

"왜? 한 선생님이 우리 집에 오신 거 싫으세요?"

옥주는 숙경이의 덜 좋은 눈치를 벌써 알아차리고, 직통으로 쏘아붙이며 생글 웃어 보이다가,

"그러지 말구, 형님! ……"

하고 말을 걸어 놓고는, 형님이라고 터놓고 부른 것이 좀 어색하여서

"인젠 형님이라구 해두 좋겠죠?"

하고 째꾹하듯이 숙경이의 얼굴과 맞닿을 만치 들여다보며 따진다. 숙

경 여사는 역시 웃어만 보이며 고개를 끄덕였다. 거기에 마음이 놓인 옥주는 한층 신이 나서,

"형님! 우리 이 기회에 한 선생님 모시구 한 선생님을 떠받드는 후원회 같은 걸 만들어 보십시다요."

하고 양주를 몇 잔이나 하였는지 좀 주기에 들뜬 눈치이기도 하였다.

"그야 더 말할 것 없지마는……."

숙경 여사도 한동국이에게 좋은 일이라면 마음에 맞지 않은 옥주의 발론이지마는 반대는 하고 싶지 않았다.

"아니, 위대한 정치가의 뒤에는 반드시 여자의 힘이 있다 하지 않아요? 형님! 우리, 아무리 힘이 없더라두 어디 위대한 정치가를 하나 낳아 보십시다요."

옥주는 웃지도 않고 열심으로 지껄대는 것이었다.

"허허허. 예서 더 위대해졌다가는 대통령에 무투표 당선이 되라구?"

한동국이는 어쨌든 무조건한 호의가 고마웠고, 그것이 여자들의 공론이니 더욱이 감격하였다.

"난, 선생님이 이렇게 오시게 된 이 기회에 선생님을 중심으로 무슨 구락부라든가 정치 연구회 같은 것을 우리끼리 만들어 봤으면 하는 생각두 해 봤는데……."

"그거 좋죠. 뭐 힘드는 일두 아니구……."

한동국이는 덮어놓고 찬성이면서, 이 여자도 정계에 나서 보려는 야심이 있고나 하는 짐작에 웃음엣소리처럼

"그런 줄 알았더면 이번에 우리 같이 출마를 하시게 했더면 좋았는

걸……."

하고 슬쩍 떠보았다.

"호호호……. 이번엔 안돼요. 천둥벌거숭이처럼 뛰어나가기만 하면 된답니까! 염려 맙쇼. 요담엔 어디 한 다리 끼어볼 거니까요."

옥주 여사는 매우 비위에 맞는 소리를 해준 것이 좋아서 숙경 여사에게로 더 대든다.

"형님두 나오세요 ……."

형님두 나오라는 바람에 숙경이는 자기더러도 요담께에는 입후보를 하라는 말인 줄 알고 깜짝 놀랐더니,

"뭐, 젖멕이가 달렸으니 걱정입니까, 살림에 얽매시는 거 아니구, 뭣 하자구 잔뜩 들어앉아서 속만 썩이시는 거예요. 날마다 소일 삼아 나오십쇼. 한 선생님이 내대고 성이 가서 하시거던, 내 방으루 와서 같이 노시구 책두 보시구 하십시다요. 우리두 밤낮 쭉지구 들어앉았기만 할 때가 아닙니다! 자꾸 늙어만 가는데 뭐나 해 보다가 죽어야지……."

옥주 여사는 생김새 보아서는 어디서 그런 여걸풍이 나오는지, 웃음엣소리가 아니라 기가 나서 퐁퐁 퍼붓는다. 그러나 숙경 여사는 하하하……하고 소리를 내서 웃을 뿐이다. 지나는 웃음엣말 같기도 하나, 딴은 옳은 말이라고 생각하는 것이요, 자기의 사정을 그만큼 생각해 주는 호의에 끌려서도 새삼스레 이때껏 생각하여 오던 옥주와는 다르다는 눈으로 고맙게 쳐다보는 것이었다.

"허허……. 그러고 보니 선거사무장으로 지금부터 김숙경 여사를 골라 잡으셨단 말이지?"

한동국 의원은 덤덤히 앉았기만 안되어서 또 한마디 곁들였다

"가만 계세요. 이 마님을, 아니 우리 형님을 정치 훈련을 시켜 드려서, 영감님, 안도 선생의 뒤를 잇게 해드려야두 하겠지마는……."

옥주가 안도의 이름까지 쳐드는 말에, 숙경 여사는 남편 생각이 나서 얼굴빛이 좀 흐려졌다.

"……그러나 그보다두, 우리는 영웅 한 분을, 호호호 영웅은 조시세(造時勢)라 하지 않습니까? 그 조시세할 영웅을 우리 손으루 만들어 내자는 말예요!"

옥주의 말에는 열이 있었다. 그만치 자기에게 호의와 정성을 쏟아 주는 듯한 그 말에, 한동국이는 도리어 좀 얼떨한 낯빛이었으나, 또 역시 껄껄 웃으며

"왜 이리 맨드는 게 많은가요? 세종로나 종로 한복판에 동상이라도 세우듯이 일대의 대정치가를 두 분이 만두 빚으듯이 그렇게 손쉽게 만드시겠는지? 허허허."

하고 입이 이만치나 벌어졌다.

그러자 식사 준비가 되었다는 통고인지 전화가 오니까, 주인댁은 응, 응……대답만 하고 끊더니

"형님, 우리 선생님 사무실 좀 가 보실까?"

하고 자리를 뜬다. 그 길에 옥주는 바루 앞에 놓인 테이블 위의 축 늘어진 탐스러운 국화 화분을 번쩍 들고 나와서 옆방 한동국이의 사무실 한가운데 응접 테이블에다가 놓았다. 갓 이사 온 쓸쓸한 방 안이 금시로 환해졌다.

"형님, 여기다 맞붙여서 형님 테이블을 하나 놔 드릴까?"

옥주가 이 방 임자의 자리로 꾸며 놓은 자리를 가리키며 해해 웃으니까, 모두들 따라 웃었다. 아까 숙경이더러 날마다 이 사무실로 놀러 나오라고 권한 말이 있기에 하는 말이었다.

보기 좋게 한옆으로 축 늘어진 국화 화분에 끌려서 쭉 둘러앉아서 또 한참 이야기에 팔렸다가 다시 옆방으로 건너오니까, 문 밑에 웨이트리스가 서서 공손히 손짓으로 안내를 한다. 방 안은 그동안에 하얀 크로스가 덮인 식당으로 변모되어 또 다시 신선한 기분이 돌았다. 식탁에 놓인 시크라멘의 화분이 더 눈을 끌었다.

김숙경 여사는 자기도 한동국이의 당선 축하연을 하고 싶었던 생각을 하면서 마음에 걸리기도 하였으나, 당장 보는 기분에 흥치가 나기도 하였다.

"형님두 한잔 하셔야지. 축배 아닙니까."

옥주는 우선 한 순을 따르면서, 마다는 숙경이의 잔에도 술을 쳤다. 아까는 양주를 먹은 모양인데, 이번에는 맥주와 청주가 식탁에 올라 있다. 옥주가 상당한 주량인 줄은 알지마는 이렇게 혼주(混酒)들을 하여 될까? 하고, 숙경 여사는 애가 씌우기도 하면서 술잔을 건드리지는 않았다.

그것은 고사하고 술은 서너 순 돌았으나, 마냥 둘이만 노닥거리는 수가 늑장을 부리는 것 같아서, 숙경이는 얼쯤얼쯤 하고 얼른 일어서야 하겠다고 생각하였다. 그러나 주린 귀신은 아니지마는, 오랜만에 보는 양식이요, 저녁을 안 먹고 나왔으니 속이 비어서 냄새만 맡아도 구수한

데, 혼자만 넙적넙적 먹는 수도 없고 딱한 사정이기도 하였다.

"형님, 그래두 한 잔 하세야지. 젊었을 적 색시시절 생각만 가지구 계시는구먼."

옥주는 빡빡하게 술 한 잔도 안 드는 숙경이가 딱한 듯이 자기의 잔을 내어서 주고 김이 모락모락 나는 술을 또 치고는

"이 잔, 한 선생께루 돌리세요"

하고 명령하듯이 다짐을 둔다. 술 경우는 자세 모르지만 딴은 축배로 한 잔 한동국이에게 권해야만 인사가 되기는 하겠고 또 받은 잔을 어서 돌려 보내야는 될 형편이다. 숙경 여사는 권에 못 이겨서 술잔을 입에만 대어보고 내려놓았으나 이 잔을 어떻게 처치해야 좋을지 망단하다. 예전에 영감이 반주를 하다가 흥에 겨우면 억지로 한 잔 권하는 것을 받아 마시는 체만 하고 넌지시 쏟아버리곤 한 일도 있지마는 이건 마주 보는데 어디다가 쏟아버리는 수도 없고 딱한 사정이다. 그것은 고사하고 생전 남편에게도 따라 보지 못하던 술을 쳐서 한동국이에게 권한다는 것은, 시집가는 처녀가 선보이는 것보다도 부끄럽고 열적은 일이다. 한동국이와는 처녀 적부터 마음만으로는 친한 동무이지마는 시스럽기가 시아재비보다 더하면 더하다. 영감이 없어진 뒤로는 한자리에 앉는 것조차 더욱 거북한 처지이다. 또 그러나 가만히 생각하면 왜 예사롭게 생각지를 못하고 늙어갈수록 나이 아깝게 무안을 타는 자기의 마음을 알 수가 없다.

그래도 이 술잔만은 비워서 돌려야 하겠다. 숙경 여사는 왜 그런지, 한동국이에게 술을 쳐서 권한다는 그것만으로도 마음이 설레이는 것을

101

가라앉히려고, 접시의 것을 안주로 찬찬히 먹어 가면서 저편의 눈치를 넌짓넌짓이 보다가는 틈을 타서, 잔의 술을 죽자고나 하고 홀깍 마시고 조고만 유리잔을 두 손으로 받들어 내밀면서 일어섰다.

한동국 영감은 저 잔이 자기에게로 오려니 하는 짐작은 있었지만, 숙경 여사가 일어서기까지 하는 것을 보고는 황급히 마주 일어나면서, 잔을 받아서 역시 두 손으로 따라 주는 술을 마음껏 공손히 받았다. 그러나 받은 술잔을 앞에 놓고 앉은 한동국이는 잠깐 고개를 떨어뜨리고 무연(憮然)한 낯빛이다. 끌려간 친구의 생각이 새삼스럽게 난 것이었다. 지금쯤 이북의 어느 구석에 쭈그리고 앉았을 안도가 눈에 번히 보이는 듯싶어서, 그 아내 숙경 여사가 따라 준 술잔을 입에 대기가 싫었다.

벌써 눈치를 챈 옥주도 역시 안도 생각에 잠깐 마음이 흐려졌으나 금시로 웃는 낯으로

"선생님, 그 술잔 어서 내주세요."

하고 술을 권하면서

"선생님두 만년(萬年) 셋방살이루, 무소속으루만 계시겠에요? 어떻게 어서 자리를 잡으세야지?"

하고 말을 얼른 돌렸다.

"허! 이거 길을 잘못 들었군! 사무실은 셋방살이지만 무소속이 무슨 아랑곳일꾸?"

하며 한동국 의원은 껄껄 웃었다.

한동국이에게 술을 따라 주고 자리에 앉은 숙경 여사는 왜 그런지 부끄러운 생각에 얼굴을 앞에 놓인 음식접시에 떨어뜨리고만 있었다.

그러나 그보다도 얼굴이 자꾸 부럭부럭 취해 올라오고 가슴이 두근거려서 진정을 하고 앉았을 수가 없다. 아까 그 한 잔이 막 도는 모양이다.

"동생, 나가야 하겠어!"

이것은 숙경 여사로서는, 옥주에게 아주 탁 터놓고 사정하듯이 하는 말이었지마는, 영감 생각에 마음이 복받쳐 오르는데다가, 술기운이 돌아서 가슴이 갑갑하니 더 참고 앉아 있을 수가 없어서 하소연을 하는 것이었다. 하여간에 옥주는 숙경 여사가 무심결일망정, '동생' 하고 불러 주는 것만 고마워서 눈이 반짝 띄었다.

"왜 그러세요? 나하구 나가서 바람을 좀 쐬시구 들어오실까?"

하고 옥주가 마악 일어서려는데 침실 속에서 전화소리가 때르르 난다. 왜 그런지 옥주는 처음부터 이 생과부에게 자기 침실은 보이기가 싫었으나, 하는 수 없이 스위치를 탁 젖히고 커튼을 들치며 들어갔다. 이 방에 들어와 앉으면서부터 그 휘장 속이 궁금하던 숙경 여사의 눈에는 비단 이불이 깔린 침대가 유난히 호사스럽게 보이고 너무나 의외인 듯이 이상스럽게도 보였다. 그 넓은 침대에 베개가 한가운데 하나만 덩그러니 놓인 것도 눈에 띄었다.

전화는 현관 사무실에서 장 지배인이 몸이 불편해서 좀 일찍이 나가겠다는 것이다. 옥주는 그 토라진 배짱을 못 알아차린 것은 아니겠으나 선선히 허락을 하여 주었다.

"좀 어떠세요? 뜰에 나가 보실까?"

전화를 받고 나온 옥주가 숙경이에게로 다가서며 상냥스럽게 말을

붙이려니까

"아냐, 난 가겠에요"

하고 숙경 여사는 발개졌을 얼굴을 보이기가 싫어서 외면을 하고 일어

서면도 나중 말은 한동국이에게 하는 인사였다.

"그럼, 나두……같이 가시죠"

한동국이도 일어섰다. 한 방향이니 함께 차를 얻어 타고 가자는 것이

다. 숙경이를 따라나서는 옥주는

"약주를 잡숫다 말구 가시는 법이 어디 있에요"

하고 눈짓 손짓으로 막는 바람에 한동국 영감은 주저앉고 말았다. 하기

는, 둘이 다 얼굴이 벌개서 한 차를 타고 간다면 아이들이 보기에라도

이상스러워 할 것이라는 생각이 없지는 않았다.

"인제 맘 놓세요 곱게 곱게 모셔다 드리라구 일러 보냈으니까……"

금세 들어온 옥주의 말에는, 웃음엣소리면서도 비양대는 어기가 품

겨 있었다.

12

옥주는 초인종을 눌러서 보이와 웨이트리스를 불러 상을 다 물리게 하고, 이번에는 침실에다가 다시 식탁을 차리게 하였다.

"좀 귀찮으시겠지만, 오늘은 지배인이 일찍 갔으니까 내가 숙직인데 좀 대거리를 해 주세야지!"

일하는 아이들이 듣거나 말거나 아니 일부러 아이들더러 들어보라는 듯이, 옥주는 이런 소리를 하고 동국 영감을 끌어다가 침대를 등에 지게 하고 식탁에 앉히고는, 자기도 옆으로 앉는다.

세잔갱작(洗盞更酌)으로 이번에는 선뜻한 맥주다.

"그래, 아무래두 입당(入黨)하시겠죠? 호호호……."

맥주잔이 왔다 갔다 하다가, 옥주 여사는 말을 새판으로 꺼낸다.

"핫하하……. 이거 알구 보니, 무슨 공작원이로구먼! 술값을 단단히 빼려는 이런 술은 먹기 싫어!"

한동국 영감은 괘사를 부리며 정말 갈 듯이 일어선다.

"어디 가 보세요 사직동 갔던 차는 고장이 나서 들어왔는데, 이 밤중에!"

하고 옥주는 장난구니처럼 콧날을 째긋하여 보였다.

"장안의 택시가 다 동이 나진 않았겠지?"

한동국이는 또 껄껄대며 붙들려 앉았다.

"자 그러니, 뭣 땜에 가둬 놓구 벌주(罰酒)를 자꾸 켜라는 거야? 입당은 할 테니 그 대신 구속(拘束)은 해제해 주서야지?"

술이 되받아 나와서 차차 취담이 나온다.

"호호호……."

옥주는 간드러지게 웃으며 살짝 곁눈질로 눈웃음을 쳐 보인다. 몽롱한 취안에, 더 예뻐도 보이고 주기가 있어 얼굴이 불그레 피어올라서 그런지 훨씬 젊어진 것도 같다.

"하하하……. 이 마님! 사람 생으루 녹이네!"

한동국이는 취흥이 도도(陶陶)하여졌다. 한참 기분이 좋은 판인데 전화가 때르르 또 온다.

"응, 지금 왔니? 어서 자거라. 난, 장 씨가 몸이 아프다구 일찍 갔기 때문에 자정까지는 여기 있어야 할 거야. 아랫방에두 그렇게 일르구, 문 잠그구 자라 해라."

안에서 신성이가 어디 갔다가 와서 거는 전화다. 옥주는 전화를 끊으려다가 말고 무슨 생각이 났는지

"오늘, 한 선생님, 사무소를 옮겨 오시구 지금 여기 와 계시단다. 약주를 한잔 드리구 있는데 주정을 하셔서 걱정이다. 호호호……."

하고 매우 신기가 좋은 모양이다. 모녀가 단 둘이만 의지하고 사는 처지니까, 서로 불쌍한 생각에 무슨 비밀이 있을까마는, 옥주는 딸에게도 모든 것을 툭 터놓고 이야기 하는 모양이다. 더구나 한동국이라면 늙은 이라 해서만이 아니라, 집 안이나 호텔의 아이들까지라도 다 턱 믿으니 꺼릴 것이 없고 숨길 일이 없다.

원체 옥주는 자기 몸이 맨 데가 없고 자유스러워서도 그렇겠지마는, 호텔 사무실에서 밤늦게까지 지내다가 안방으로 들어가는 것쯤은 일쑤이다. 그러나 결단코 나가서 자고 아침에 일찍이 들어오거나 하는 일은 없다. 그것은 거느리는, 집안 식구에 대해서 위신을 잃지 않으려기 때문이요, 호텔 속에서도 그 많은 종업원들 사이에 이때껏 뜬소문 하나 본 일이 없다. 그렇게 어리석고 개전치 않은 꼴은 보인 일이 없는 옥주다. 그러나 국회의원 한동국이를 침실에 끌어들여서 술대접하는 것쯤야 사업가로서, 또 혹은 아직 늙지 않은 과부로서 누가 나무라겠느냐는 배짱이기도 한 것이다.

"고단하신 게로군요. 좀 누세요. 차두 없이 걸어 다니시니까 그러시지 뭐야?"

한동국 영감이 또 몇 잔 맥주를 켜고는, 눈이 게슴츠레하여지는 것을 보고는 딱해서, 옥주가 발딱 일어나 양복장의 아래 서랍을 열고 침실에서 입는 남자리의 가운을 꺼내다가, 침대의 이불을 걷어 밀치고 반듯이 놓는다. 그 사품에 한동국 영감은 윗저고리도 입은 채 침대로 가서 쓰러졌다.

옥주는 모른 척하고 앉은 채 눈만 깜박거리면서도 혼자 또 술을 마시다가는 사뿟 일어나서, 침대 밑으로 떨어져 있는 채인 남자의 구두를 벗기고 두 다리를 침대로 올려놓아 주고서 날씨가 이불은 좀 훗훗할까 보아, 가운을 펼쳐 애기나 재우듯이 살며시 덮어 주었다. 그리고는 머리맡 전등을 켜 놓고 빠져 나와서, 커튼 옆의 스위치를 끄고 현관 사무실로 나갔다.

사무실에 나타난 옥주의 얼굴은 눈 가장자리만 발그레 주기가 있어 보였으나, 생동생동하니 아무렇지도 않았다. 일을 보살피고 다시 침실로 들어온 옥주는, 그동안에 한동국이가 가운으로 갈아입었는지 양복을 벗어서 발치께로 내어던지고 이불을 들쓰고 누웠는 것이 우스워서 코웃음을 쳤다.

"주무세요? ……"

옥주는 양복을 주섬주섬 거두어서 양복장에다가 걸면서 오랜만에 남편의 뒤나 거두는 듯이 가정적 분위기에 싸여 다정히 말을 붙였다.

"응, 뭐? ……"

자리 속에서 꿈같이 대꾸를 한다.

"안 주무시는구면! ……더두 말구, 일주일에 한 번씩만 이런 양복 시중이나 들게 해 주구, 술이라두 같이 잡숴 주세요."

옥주의 말소리는 여자답게 정답기도 하였지마는, 처량하게도 들렸다.

"그거야 어렵지 않지만, 이 마님, 어서 시집을 가셔야 하겠군."

하고 이불 속에서는 여전히 너털웃음이 터져 나왔다

"왜 남, 꽃 같은 색시를 가지구 아까부터 이 마님, 저 마님 하는 거예요? 호호……."

옥주는 어슴푸레한 속에서 또 혼자 맥주잔을 들어 컬컬한 목을 축여 가면서 말을 잇는다.

"이 나이에 시집두 우습지만, 영감 없이는 어렵구, 얻자니 눈에 차는 것은 계집자식 있구, 그렇지 않으면 돈이나 바라구, 이 알량한 호텔이라두 휘두르려구 덤비는 축이니, 이럴 수도 없구 저럴 수도 없구⋯⋯천생 남의 영감이나 신세를 질 수밖에! 호호호⋯⋯."

이것은 자기와 같은 사업을 하고 몸이 맨 데가 없는 여자에게는, 무슨 터놓은 특권이나 되는 듯싶이, 취담이기는 하나 꺼릴 것 없이 자기 속을 쏟아 놓는 것이었다.

"알구 보니, 매우 가엾으신 신세이시군! 핫하하⋯⋯."

한동국이는 잠이 들어가면서도 대꾸를 하여 준다.

이튿날 신새벽에, 옥주는 안에서 식모아이에게 예반에 받친 국 대접과 술 주전자를 들려 가지고 호텔 침실로 나왔다.

"아, 해장을 해선 얼굴이 붉어져서 안 되겠는데⋯⋯."

그러지 않아도 벌써 눈이 떠서, 어서 일찌거니 빠져 나가야 하겠다는 생각을 하며 멈칫멈칫하던 한동국 영감은 그 성의가 고맙기는 하나 당황해서 일어나 앉았다.

"뭐 노인네가 아침부터 어디를 가시겠다구! 좀 점잖게 들어앉아 계시면 되지."

하고 옥주는 침대 위에다가 국 예반을 놓고, 어젯밤에 먹다가 둔 테이블에서 컵을 집어 씻어다가 따뜻한 술을 따라 준다.

둘이 마주 앉아 재미껏 해정(解酲)을 하고 나서, 한동국 영감은 역시 정력가요 사무적 인물이라, 벌떡 일어나더니 세수 터전으로 가서 후딱 세수를 하고 난 뒤에 무엇에 쫓겨 가는 사람처럼 옷을 갈아입는다.

"왜 이리 서두르세요?"

옥주가 담배를 피우면서 가만히 앉아서 탄하니까

"아니, 젊은 애들이 보면 창피하니까 얼른 가야지."

하고 픽 웃는다. 옥주는 그까짓 것쯤 하는 생각으로 코웃음을 치면서도, 버젓이 차리고 나서는 한동국 의원을 앞장세우고 나와서 뜰을 건너 뒷문으로 내어 보냈다.

한동국 영감은 뒷문으로 빠져 나오고 보니, 창피한 생각도 들고 누가 내다보지나 않나 해서 위층을 치어다보았다.

옥주 여사는 안채로 흥겹게 뛰어 들어갔다.

13

학교에 가는 아이들을 다 내보내고, 절간같이 조용한 한가로운 아침결이다. 숙경 여사는 머리를 빗고 손을 씻으러 뜰로 내려오는 길인데, 뜻밖에도 옥인동 마님, 한동국이 부인이 꼭 지친 문을 밀치고 좀 당황한 기색으로 들어선다. 나들이옷을 떨친 것도 아니요, 수수하니 동네집에 놀러나 온 차림새 같다.

"아 이거 웬일이세요?"

숙경 여사는 깜짝 놀라면서 반가이 맞았다. 이 집에를 늘 찾아오는 것도 아닌 터에 이렇게 이른 아침에 달겨드니 놀랍기도 하였던 것이다.

"그런 게 아니라, 영감님이 간밤에 안 들어오셨는데, 다른 때 같으면 나 못 들어간다구 전화라두 있었으련만, 아침이 돼두 이때껏 전화두 없구, 안 들어오시니 말예요"

어제 숙경이가 옥주에게 불려간 것을 아니, 이리로 알려 온 것이다.

"하, ……그것 웬일일까요?"

숙경 여사는 벌써 짐작이 들었지마는, 선뜻 대답을 하기가 거북한 노릇이다.

"어제, 뭐 축하연인가 있대서 가셨더라죠?"

옥인동 마님은 좀 좋지 않은 기색으로 따지려 드는 말씨다.

"그리게 말예요 별안간 차를 보내서 당선 축하연을 한다기에 잠깐 갔다 오기는 했습니다만, 그 뒷일은 어떻게 됐는지? ……호텔루 전화를 걸어 보셨에요?"

숙경 여사는 까닭 없이 핀잔을 맞는 것 같은 것이 싫기도 하였다. 어제 옥주에게서 기별이 왔을 때, 마침 익수에게 와 있던 삼열이가, 차를 타고 가는 것을 배웅까지 하고 갔기에 소식이 벌써 통하였던 것이다.

"그러지 않아두 전화를 걸어 봤더니 주인마님은 아침잠이 들었다구 대어 주진 않구, 그 댁 소식은 안에서구 호텔에서구 통 모른다 않아요……?"

"그럴 겁니다."

숙경 여사도 할 말이 없으니 허청 대꾸만 하였다.

"전엔 영 나가 주무시는 일이라군 없구, 조금만 늦어두 전화를 거시던 이가 웬일일가요? 어떻게들 헤지셨세요?"

"난 잠깐 앉았다가 곧 일어섰습니다만, 염려마세요 별일 있겠에요."

그러나 숙경 여사는 애가 씌우는 것이 아니라, 한동국이가 호텔에서 자고 안 들어왔다는 것이 불쾌하였다.

"이런 위룽뒤룽한 세상에, 더구나 전과 달라 당선이 되신 뒤요 무슨 일 있을지……. 간밤엔 잠두 변변히 못 잤답니다……."

"그러시겠죠. 하지만 당선됐다구 무슨 일이 있을라구요. 약주 좋아하시니까 이차회쯤 가셨다가 늦으신 게죠. 어쨌든 좀 올라오세요."

장래에는 사돈이 될 귀한 손님을 뜰에만 세워 놓고 수작을 할 수가 없어, 숙경이는 손도 못 씻고 앞장을 섰다.

"아, 그럴지도 모르겠죠만, 곧 가 봐야죠. 그동안 들어오셨을지두 모르니까."

하고 한동국 부인은 곧 돌쳐서려 한다.

"호호호 집 잃은 아이 찾으러 다니시는 것 같구먼요. 염려 마세요."

하고 숙경 여사가 깔깔 웃으려니까,

"참 그런데, 어젠 몇 분이나 오셨던가요? 사무실을 게다 두겠다시더니 사무실은 됐에요?"

하고 묻는다.

"네. 사무실 피로 겸 한 잔씩들 하시나 보드군요. 난 자리가 거북해서 곧 와 버렸에요."

옥주와 단 둘이만이더라고 곧이곧솔로 일러바칠 일도 못되거니와, 모를 손님들만 왔더라고 꾸며대기도 싫어서, 그저 곧 왔다는 것만으로 발뺌을 하면서 어름어름하였다.

옥인동 마님을 보내고 나서, 숙경 여사는 어젯밤의 그 분위기나 눈치로 보아도 족히 그럴 것 같더라고 혀를 찼지마는, 그렇기로서니 어쩌면 이때껏 집에 들어올 줄도 모르고 전화도 걸지를 않더란 말인가? ……옥주가 그저 자고 있다니, 이 영감도 그저 호텔 속에 곯아떨어져 있다는 말인가? ……그 잠깐 눈에 띄우던 침실과 침대가 머리에 떠올라서 눈이 찌푸려지고 메스껍기도 하였다.

어제 거기에 가서도 괜히 왔다고 후회를 하였지마는, 그럴 바에야 무엇 하자고 애를 써 가만히 있는 사람을 불러다가 '창피한 꼴'을 보이려 들었는지? 그 수에 넘어간 것이 분하고 옥주가 또다시 얄밉다. 숙경 여사는 어젯밤 일을 '창피한 꼴'이라고 생각하는 것이요, 큰 수치나 당한 듯이 꽁꽁 앓는 것이다. 그렇다고 누구를 원망하는 것은 아니지마는.

'무슨 자랑인가? 피론[披露]가? 그럴 게 아니라 아주 옥인동 마님을 불러댈 일이지!'

하고 숙경 여사는 몸이 한가로우니만치 혼자 앉아서 이런 생각에 곰곰 잠겨 있다. 그러나 이런 생각을 하면 어쩐지 낯이 붉어지면서도 결코 시기나 질투를 하는 것이라고 생각지는 않는다. 그저 남편 없는 몸이라고 저희 마음대로 휘둘리는가 싶어서 고까운 생각이 드는 것뿐이다. 더구나 언제 보나 몽총하니 주변머리 없는 것 같은 옥인동 마님이, 영감이 하룻밤쯤 집을 비웠다고 큰일이나 난 듯이 갈팡질팡 찾아다니는 것이 부럽기도 하였다. 자기 자신의 생활을 생각하면 또 다시 쓸쓸하다.

집에 돌아온 옥인동 마님은 아직도 영감에게서 아무 기별도 없다는 말에 더 애가 씌우고, 잠이 부족하여 신경이 약해져서 그런지 겁이 펄쩍 났다. 그러나 이번에는 의혹이 슬며시 든다. 갑갑해서 또 옥주 집에 전화를 걸어 보았다. 주인마님은 지금 목욕탕에 계시다는 전갈이다.

전화통을 탁 놓고 난 마님은, 그럴 게 아니라 사무실을 꾸며 놓은 것도 볼 겸 가서 눈치라도 보고 직접 알아봐야 하겠다는 생각이 들었다. 의심이 나기 시작하니 이 얌전한 마님도 눈이 번쩍 띄운 듯싶고, 이때껏 무심히 여겼던 것이 모두 수상쩍게만 생각이 든다.

아무리 없다 해도 사무실 한 간 빌[借] 돈이 없는 것 아니요, 허고 많은 곳에 하필이면 남의 영업 터에 자리를 잡을 것이 무언가? 선거 비에 보태 쓰라고 백만 환 템 부조를 한 것을 볼 때도, 여간 마음먹지 않고는 어려운 일이라고 좋기도 하고 좀 의심쩍으면서도 그저 고맙게만 여겼지마는 지금 다시 생각해 보니 깊은 곡절이 또 있고나 싶어 인제야 깨달은 것 같다.

별로 나들이가 없는 한동국이 부인은 수복 후에 중창을 하고 집 갓들었을 제 초대를 받아서 한 번 와 본 일이 있지마는, 어정쩡한 길을 휘 더듬어서 간신히 태동호텔을 찾아 안채로 들어섰다. 잠이 부족하고 밤새껏 노심을 한 끝이라 신경이 흥분해서 그렇겠지마는, 평소에 찾아 다니지 않던 집을 사직동 집 알라 두 군데나, 이렇게 서슴지 않고 찾아다니는 것은 자기도 놀랄 만한 일이요 좀 어색한 생각도 들기는 하였다.

"이거 웬일이세요? 어서 오세요. 참 귀한 걸음 하십니다그려. 어떻게 이렇게 나오셨세요?"

안방에서 인제야 아침상을 받고 앉았던 옥주는 이 마님이 척 들어서는 것을 보고, 어제 일이 있는지라 속으로는 좀 뜨끔하였지마는, 호들갑스럽게 반기며 마루 끝에 나와 맞아들였다. 그러면서도 넌지시 눈치를 보아 하니 험악한 낯빛이 아닌 데에 마음이 놓이기도 하고, 뒷문으로는 영감을 내보내고 앞문으로는 마누라를 맞아들이는구나, 하는 우스운 생각까지 할 여유가 있었다.

먹던 밥상을 물리게 하고 아랫목에 나란히 앉아서 더욱이 정중한 인사가 끝났으나, 옥인동 마님은 설마 영감을 찾아내라고 왔다고야 할 수 없으니까 말을 쑥 돌려서

"손님 치다꺼리에 가뜩이나 분주하신 틈에 끼어서, 댁에다 사무실을 꾸몄대죠? 얼마나 쌩이질이 되겠어요."

하고 웃는 낯으로 한마디 치사를 하였다.

"뭘요. 선생님 같으신 분이 와 계시면 광고가 되구, 미안한 말씀이지만 되레 간판으루 저의가 이용하는 셈이 되죠. 호호호…… 인젠 자주 놀러 오세요."

옥주는 이 마님의 인사성에 만족하기도 하였지마는, 아무 내색이 보이지 않는 것을 보면 그 인사를 하러 왔단 말인가? 하지만 하필이면 무슨 눈치나 챈 듯이 공교롭게 오늘 별안간 달겨든 까닭을 알 수가 없어 역시 궁금하다. 어쩌면 숙경이에게 무슨 말을 들은 듯도 싶다. 그러나 들었으면 들었으라지, 겁날 것은 조금도 없다고 배짱을 커닿게 먹었다.

"나 같은 부엌데기가 뭘 안다구, 정치꾼의 사무소에를 드나들라구요. 오늘은 구경삼아 나왔죠만……."

"왜요! 어제두, 마침 김숙경 씨가 오셨기에, 이번 선생님이 우리 집에 오신 김에 우리 여자들두 정치를 배우구 연구를 해 보자는 이야기가 나왔습니다만, 사모님부터 앞장을 서 주세요. 원체 내조의 덕이 많으신 줄은 잘 압니다만, 선생님의 정치생활을 빛나게 해드리기 위해서라두! 호호호……."

옥주는 실없은 말 반, 진담 반으로 신기가 좋아서 깔깔댄다.

"고마운 말씀예요 나 못하는 일을 대신 해 주시다니!"

옥인동 마님의 이 말은 비꼬는 말같이도 들렸지마는, 거기에 잇달아서

"참 그런데, 어젠 축하연까지 해 주셨대죠?"

하고 또 인사를 하였다.

"축하연이랄 것까지야 있습니까마는, 떠나오신 김에 환영하는 뜻으루……."

옥주는 다시 옥인동 마님의 얼굴을 빤히 치어다보았다. 그러나 여전히 별로 다른 기색이 없는 데에 마음이 놓였다.

"아 그런데 웬일인지 영 나가 주무시는 법이 없던 양반이, 어젠 들어오시지두 않구, 입때껏 전화두 없구……. 그래 하두 궁금해 나온 길예요."

옥주는 인제야 속이 시원히, 이 마님이 달겨든 연유를 알고 간간대소를 하며

"그 웬일까? 밤은 깊었는데 너무 취하셨기에 객실을 치우게 하구 주무시게 했는데, ……그리구 오늘 아침엔 어두커니 가셨나 본데요……."

하고 결코 숨기지는 않으면서도 나중 말은 어정쩡한 듯이 흐려 버린다.

"아, 그런 걸……."

옥인동 마님은 일변 안심도 되나, 좀 덜 좋은 기색이다.

"아침결에 가실 데는 있구, 댁에 올러 가시기엔 시간이 어중돼서 그러신 게죠 차(車)가 없으시니까 그러시겠지만, 인젠 국회에서 밤이 늦

117

거나 하실 땐, 예 와서 주무신다구 침대까지 마련하시겠다던데요"

덜 좋아할 것은 무어냐고, 옥주는 들어보라는 듯이 한층 더 뛰는 소리를 하며 생긋 웃었다. 이홀랑은 영감이 가끔 외박을 하더라도 예사로 알아 두라고, 영감보다도 앞질러 방어선을 쳐 놓는 것이다. 옥인동 마님은 점점 더 의심이 버쩍 들었으나, 쓱 웃음만 웃고 마는 수밖에 없었다.

옥인동 마님은 들을 말 다 들었으니 인젠 그만 일어서려니까

"왜 그러세요. 오신 길에 사무실 구경두 하시구 찬찬히 노시다 가세요"
하고 옥주가 붙드는 것을, 그래도 심사가 편편치 않아서 바쁘다고 일어나 나오려는 판인데, 머리맡의 전화통이 때르르 한다.

"네, 네, 지금 여기 와 계세요 호호호……. 마침 잘됐군요 어딜 돌아다니시느라구, 마님 애만 태우시는 거예요? 가만히 계세요 대어 드릴게. 호호호……. 숨바꼭질을 하시는구먼! 아무튼 노인네들이 의는 무척 좋으셔!"

옥주는 들어보라는 듯이 깔깔대며 놀려 주고는, 가려다 말고 주춤 섰는 옥인동 마님한테 수화기를 돌려준다. 영감한테서 온 전화인 모양이기에 반색을 하며 수화기를 받았으나 옥인동 마님은 노인네라는 그 말이 귀에 거슬렸다.

"아, 웬일이요? 핫하하……."

옆의 옥주에게도 들릴 만치 전화통에서 흘러나오는 목소리는 커다랗다. 영감이 되레 웬일이냐고 묻는 그 배짱이 그럴듯하다고 옥주는 코웃

음이 나왔다.

"지금 어디 계세요? 집에서 거시는 거예요?"

마님은 어쨌든 영감의 목소리가 반가웠다.

"어디 있든, 내가 길을 잃었을까 봐 걱정요? 깡패에 봉변을 했을까 봐 찾아다니는 거요? 핫하하……."

의취 좋은 늙어 가는 내외의 수작이 옆에서 듣는 옥주에게는 구수히 들리면서도 샘이 났다.

"나, 지금 집으루 갈 텐데, 어서 들어오세요"

"아니, 가만있어. 내가 지금 곧 그리 갈 테니……."

전화는 뚝 끊겼다. 한동국 영감은 집에 전화를 걸어 보니, 마누라가 찾아 나서서 태동호텔로 갔다는 말에 이리로 또 전화를 건 것이다.

옥인동 마님은 마음이 후련해서 명랑한 얼굴로 다시 앉았다. 이때껏 이야기에 팔려서 그랬겠지마는, 인제야 차가 나오고 과일접시가 나왔다.

한동국이는 어디 있었는지 금시로 달겨들었다.

"글쎄 안방 속에만 틀어백혀 있을 줄 알았던 마님, 무슨 바람이 불어서 여기는 왜 왔단 말야? 핫하하……."

한동국이는 올라오지도 않고 마루 끝에 선 채 우으들 나와서 맞는 아낙네들 틈에서 마누라를 치어다보며 너털웃음을 터뜨렸다.

"어서 올러오세요"

옥주의 권에 그제서야 눈을 그리로 주었다.

"아뇨 같이 나가시죠 우리 마누라 모처럼 나온 길에 같이 점심이라두 하십시다."

"그거 좋은 말씀이군요. 그럼 어서 두 분이 가십쇼."

옥주는 자기는 빠질 차례라는 듯이 깔깔댄다.

"이런 축객이 있나? 그러지 말고 어서 옷 입으세요."

어제 일이 있는지라, 한동국이는 옥주를 데리고 나가서 대접하고 싶었다.

"하여튼 올라오세요."

한동국이가 안방에 올라와 앉으니까

"나가실 거 뭐 있어요. 사모님도 모처럼 오시구 했으니, 우리 집에서 점심 잡숫구 가세요."

하고 옥주는 권해 보았다. 그러나 한동국 영감이 나가자고 우기는 데에 못 이겨서, 옥주는 하는 수 없이 윗목으로 가서 옷장을 열고 나들이옷을 갈아입고 있다. 하기야 옷을 갈아입겠다고 손님을 나가달라는 수도 없겠지마는, 건넌방으로라도 옷을 가지고 가서 입을 수 있겠는데, 무심코 그러는 것인지, 버릇이 되어서 그런 것쯤은 예사로 여기는 것인지, 하여간 점잖은 손님 앞에서 옷을 훌훌 벗고 뽀얀 어깻집을 내보이면서 옷을 갈아입는 것을 보고, 옥인동 마님은 눈 서투르기도 하거니와, 연해 남편의 얼굴을 힐끔힐끔 쳐다보고 앉았다.

14

"어젠 들어와 주무셨어요?"

"하하하!"

"그래 어디 가셨더래요?"

별일야 물론 없겠지마는, 그래도 옥인동 마님이 일부러 찾아도 왔었고, 애를 쓰고 영감을 찾아다녔으니 모른 척하고만 있을 수가 없어서, 숙경 여사는 이튿날 아침나절에 옥인동에를 인사로 들린 것이다.

"가긴 어디 가요. 취한 늙은이를 밤늦게 혼자 보낼 수가 없어 붙들어다 쟀는 거죠."

하고 한동국이 부인은 픽 코웃음을 친다.

"아, 호텔인데 별잇속으로도 그렇기가 쉽겠죠."

숙경 여사도 식은 웃음을 마주 웃다가, 좀 이 마님을 놀려 주고 싶은 생각이 들어서

"여관 아니기루, 그 마누라 사무실이란 데에 바루 침실까지 달려 있

던데!"

하고는 자기도 모르게 깔깔 웃었다.

"뭐요? ……."

옥인동 마님은 눈이 둥그레진다. 웬일인지 너무 놀라는 것을 보고, 공연한 소리를 하였다고 숙경 여사는 금시로 뉘우쳤다. 그렇지 않기로서니 점잖지 않게 객쩍은 소리를 입 밖에 냈다고 도리어 열적고 부끄러운 생각도 들었으나, 한편으로는 정신 좀 차리고 영감 단속을 하라고 꼬드기고 싶은 생각과, 또 하나 자기도 모를 충동에 그런 말이 하고 싶었던 것이다.

"그 마님은 예사 여성이 아니라, 중성(中性)이니까……. 호호호 말하자면 권영감으로 말한다면 사랑 셈이니까, 사랑에 침방 있는 것쯤 예사 아녜요. 호호호……."

자기는 별 뜻이 있어서 한 말이 아니라는 듯이 휘갑을 쳐 한 말인데, 또 그것이 한동국이 부인의 귀에는 좀 이상히 들렸다.

"아니, 아무리 자기 영업 터라 하기루 자기 혼자 쓰는 사무실을 가졌으면 가졌지, 사내 손님들이 득시글거리는 속에 침실이 무슨 소용이람? 흐흥!"

옥인동 마님은 변괴나 난 듯이 여전히 의아한 낯빛으로 선웃음을 친다.

"아, 돈 있겠다, 팔자 좋은 사람이 별장두 가지려면 가질 텐데, 안방이 홋홋해 싫다든지 침대 생활이 하구 싶을 때가 있으면, 시원히 나와 누웠구 하는 게죠. 호호호……."

숙경 여사는 한참 이해성 있는 듯이 이렇게 변명을 해 주면서도, 왜 이렇게 자기가 어제 본 그 침실이나 침대에 신경을 쓰는가 싶었다.

"그래, 그이가 거기 나가 자기두 한대요?"

한동국이 부인은 바짝 대어 드는 눈치로 묻는다.

"호호호…… 내가 그걸 봤으니 알겠에요. 그저 그럴 게란 말이죠"

숙경 여사는 어쩌다가 개전치 않은 수작이 나왔고나 하는 생각이면서도, 이야깃거리가 없으니 재미있고, 옥주가 은근히 못마땅하니 헐어대고 싶다.

"아니, 그럼 어제 우리 집 영감이 거기서 주무셨단 말이죠?"

고지식한 주인마님은 까닭 없이 대어들 듯이 묻는다.

"이건 창피스럽게 무슨 딴소리세요? 그저 그렇거니 하는 추측이죠"

그러나 숙경 여사는 옥주가 그 침실을 그렇게 쓰리라는 추측이란 말인데, 옥인동 마님은 또 딴 뜻으로 들었는지

"그러지 않아두, 내 어제 사무실 구경을 시킨달 제 보니까, 두 방이 나란히 붙어있더라니! 그거 문제데!"

하고 주인마님은 눈살을 찌푸린다. 어제만 해도 또 무심코 보아 두었는데, 듣고 보니 점점 더 의심이 나는 것이다.

"예? 어제 거길 가셨에요?"

숙경 여사는 의외라는 듯이 놀라는 소리를 한다.

"갔었죠 답답두 하구 수상쩍기에."

"그래. 영감님 사무실에 나와 계세요?"

"조금 앉았으려니까, 전화를 걸구 오시더군요"

옥인동 마님은 그래도 영감이 데리러 와 준 것만 고맙고 자랑인 듯이 좍 이야기를 하는 것이었다.

한동국 영감은 어제 아침에 태동호텔에서 나와 보니 난봉꾼이 제집에 들어가기가 서먹한 듯한 그런 기분인데, 옥인동까지 올라갔다가 다시 나오기가 귀찮은 생각이 들어서, 좀 일기는 하나 근처의 다방으로 들어가서 쉬어 가지고 국회로 가서 엄벙덤벙하다가, 겨우 집 생각이 나서 전화를 걸어 보고는 또 다시 옥주에게로 왔던 것이었다.

"그 덕에 아서원 가서 청요리 한턱은 잘 얻어 먹었죠만……. 호호호."
하며 옥인동 마님이 자랑삼아 좋아하니까,

"그렇겠죠. 전날 밤에 대접을 톡톡히 받고 신세진 대거리를 하셨겠지."
하고 숙경 여사는 또 코웃음을 친다.

옥인동 마님은 그 말을 듣고 생각하니 딴은 그럴 듯싶다. 영감이 모처럼 나온 자기를 위해서 점심을 내겠다던 말도 입에 붙은 말이요, 실상은 옥주를 대접한 것이로구나, 자기는 기껏해야 곁들이로 끌려가서 얻어먹은 것밖에 안되는구나 하는 생각이 들자 다시 분통이 치민다. 삼십 년 가까이 살아왔는데 이렇게도 사람을 속일 수가 있단 말인가 하고, 영감이란 사람을 다시 생각하여 보게 되었다.

"그래두 호강하셨으니 좋지 뭐예요? 가다가는 그런 일두 있어 그립다가 만나니 반갑구……. 호호호."

숙경 여사는 괜히 불을 지르는 소리를 한 것이 미안해서 휘갑을 치는 소리를 하려는 것이나, 옥인동 마님은 그 말하는 표정이라든지, 자기의 외로운 정리에 무심히 나온 말 같아서 슬며시 동정이 가며 잠자코 말았다.

그러나 말이 동이 뜨니까, 옥인동 마님은 새삼스레 생각이 난 듯이

"그러기루, 자기 집에서 취해 곤드라지게 해서 자기 침대에서 재워 보냈다는 말을, 어쩌면 내 앞에서 해요? 우리 같으면 겁이 나서두 못 할 텐데……."

하고 한동국이 부인은 또 분해 한다. 실상은 호텔 객실에서 재워 보냈다고 하였지마는 그거야 인제는 믿지도 않는다.

"그야 자기에게는 아무 의심할 여지가 없다는 뜻으로 숨김없이 터놓구 실토를 이야기한다는 것이겠지요……."

하고 숙경 여사는 웃다가, 또 살짝 돌려서

"그런 건 자기네 사회에서는 예사니까, 대수롭게 여길 것두 없다는 수작인지도 모르죠"

하고 숙경 여사는 픽 코웃음을 친다. 옥인동 마님은 그 말을 못 알아들은 것은 아니나 멀뚱히 치어다보기만 한다.

"쉽게 말하면, 터놓고 이야기할 일은 못 되지만, 남성 교제라는 건 피치 못할 일이요, 여자두 사람이니 살아가느라면, 남자가 그리울 때 서루 노는 것이 당연하지 않으냐구 한 길 더 뛰는 수작 같더군요. 그쯤 되면 이성간의 교섭이란 것이 밥 먹듯이 피치 못할 일 같다는 것이요 사무적으로 간단히 처리되는 것인 줄로만 아는가 봐요"

숙경 여사는 웃지도 않고 이런 소리를 태연히 한다. 평소에 혼잣속으로 생각하던 것을 털어 놓는 것 같기도 하다.

"그게 무슨 말씀예요?"

한동국 부인은 알 듯 모를 듯하여 웃으며 재쳐 묻는다.

"호호호……. 그저 그런가 보단 말이죠 그이두 혼잣몸이니까 그렇겠지만, 더구나 해방 후, 전쟁 후엔 그런 풍조 같더군요 호호호……."

김숙경 여사의 말은 평소의 얌전하던 것 보아서는 퍽 대담하고 노골적인 의사를 솔직히 토하는 것이었다. 그러나 옥인동 마님은 여전히 어정쩡하면서도 더 캐어묻기가 창피스럽고 겁이 나서 잠자코 말았다.

"그래, 마님께는 그 사무소에 나오시라지 않아요?"

말이 잠깐 동이 뜨니까, 또 숙경 여사가 이야기 삼아 묻는다.

"왜 안 그래요 그래두 한 선생을 위해서 무어나 해 보자기에 말이라두 고맙다구 했죠."

하고 옥인동 마님은 자기가 좀 어리배기같이 보일 것이 자기도 우습다는 듯이 소리를 내어 웃었다.

"호호호……. 형님이라군 안 그래요? 나더러두 형님이라구 매달리는 수작이면서 뭘 같이 해 보자나요."

옥인동 마님은 속으로 이 마님이 그전에는 안 그랬는데, 어디까지나 옥주 여사를 비양대는 말눈치가 좀 다르다고 생각하였다. 홀로 여러 해를 속을 썩이고 나더니 성미도 변해졌는가 싶었다.

"좋죠 뭘 그러세요 나보담야 한가로우실 거요, 세상일에 행하시니 행기삼아 나가셔서 같이 일 좀 해 보십쇼그려."

남편을 위해서 하는 일이라니 싫지 않고 권하는 것이었다. 숙경 여사는 이 마님이 어디까지나 이렇게 사람이 좋을까 하는 생각이면서,

"그것두 좋지 않다는 건 아니죠만, 한 선생님을 위한다기보다두 자기 두 요다음께는 국회의원이 되겠다는 거예요 얼르는 게 큼직하죠? 호호호……. 말눈치가 우리를 이용해서 그 터를 지금부터 닦아 놓자는 건가 보더군요."

"네, 그래요?"

하고 옥인동 마님은 눈이 커대졌다. 국회의원이라면 저만치나 높이 치어다보이는 큰 출세로 생각하는 것이요, 그러기에 자기 영감을 남에 없이 존경하는 것인데, 제 따위 밥장수가 영감하고 어깨를 맞곁겠다고 날뛰다니 별 아니꼬운 소리도 다 듣겠다고 이번에야말로 옥인동 마님은 심사가 발끈 났다.

"그야 돈이 있으면 그런 엉뚱한 생각두 드는 거요, 세상을 얕잡아 보고 그러는지 모르지마는, 한 선생님을 업구 들어가자는 배짱이니 그게 걱정이죠 제발 그 수에 넘어 가시진 마시게 하세요."

옥인동 마님은 그 말을 듣고 생각하니, 딴은 영감을 신칙하다기보다는 정신 좀 차리게 해야 하겠다고 귀가 번쩍 띄는 듯싶다.

숙경 여사야 인사로 온 길에 귀뜸을 해 주겠다는 생각이요, 무슨 부채질을 하겠다는 것은 아니지마는, 하여간 이 마님이 자기 남편을 위하여 넌지시 일러주는 그 말이 옥인동 마님에게는 고마웠다. 그러지 않아도 내 딸을 들여보낼, 장래는 사돈마님이니 정성껏 점심을 대접하여 보냈다. 장래의 사돈이란 것은 고사하고 박옥주에 대해서 공동전선을 펼수 있는 든든한 한편이 생긴 것이 더 좋았다.

이날 영감은 몸이 지친 끝이라 해서 그런지 일찍 들어왔다. 마님은

어쩌다 이렇게 일찍 들어와 준 것만 고맙고 반가우면서도 잔뜩 벼르던 끝이라 첫 인사가 대뜸

"그 사무소, 집어치우시든지 어디루 옮기서야 하겠더군요"

하고 전에 없이 쏘아붙이는 소리를 하였다.

"그거 무슨 당치 않은 소리!"

여간해서 역정을 내거나, 아내에게라도 홀뿌리는 소리를 안 하는 영감은 웃는 낯으로 가벼이 나무랬다.

"당치 않은 소리가 뭐예요. 나 다 들었에요"

영감이 옷을 갈아입는 시중을 들면서, 마님은 난생 처음으로 강짜를 열심히 해 보는 것이었다.

"누구한테 뭘 다 들었단 말요?"

한동국 영감은 아랫목에 가서 주저앉으며 껄껄대었다.

"아까, 사직동 마님이 다녀갔는데……"

마님이 말부리를 따기가 무섭게, 영감은 손을 내어저으면서

"응, 알았어, 알았어. 그거 뭐, 그날 자기 눈으로 보고 간 일이니까 뻔한 수작이겠지! 그 마님, 생활이 그래서 자연히 히스테리가 됐겠지마는, 남을 넘겨짚구 있는 소리 없는 소리, 함부루 이리 옮기구 저리 옮기구, 시기가 나서 그런지 남을 꼬집구……, 어쨌든 성미가 전과는 좀 달라졌어. 그런 소린 귀 담아 듣지두 말아요"

하고 영감은 코웃음을 친다.

"말만 분명하구, 조리가 닿던데! 괜히 어벌쩡하지 말구 어서 그 사무소 집어치세요"

국회의원이요 말 수단 좋은 영감과 일일이 말로 대거리를 하다가는 밑천도 못 건질 것을 아는 마님은, 긴 잔소리를 하기가 성이 가시니 덮어놓고 결론만을 앞세우는 것이었다.

"여보, 언제 내, 마누라 속입디까? 쓸데없이 그 마님 춤에 놀아나서, 아이들 듣기에라두 창피한 소리나 늘어놓으려구!"

영감은 혀를 끌끌 찼다. 그러나 숙경이가 옥주를 못마땅해 하고 시새는 눈치를 전부터 모르는 것도 아니요, 또 그것이 싫지 않다기보다도 은근히 좋은 심정이기도 하다. 오십이 넘어서도 여전히 숙경 여사를 생각하면, 어렸을 때 여학생의 모습으로 머리에 떠오르는 것이요 그때가 그립다.

"박옥주 여사를 이러니저러니 해두 그래두 일꾼야. 여성동지회가 될지? 이름은 어쨌든 간에 무슨 회를 하나 만들겠다는데, 아까두 얘기가 났지만 마누라를 회장으루 모신다는구면. 허허허……."

저녁 밥상을 받고 앉아서, 한동국 영감은 새판으로, 신기가 좋지 않은 마누라가 듣기 좋아할 소리를 꺼낸다.

"아이, 어머니가 회장? 좋아라!"

윗목에서 오라비 동생과 큰 상에 둘러 앉아 밥을 먹던 삼열이가 눈이 번해지며 마주 앉은 어머니를 치어다보고 어린애처럼 소리를 친다.

"괜한 소리! 내가 어딜 나가니? 요새 아버지 좀 노망을 해 가시나 보다."

하고 어머니는 그래도 '회장'이란 말이 듣기 좋아서 모든 것을 잊어버리고 깔깔대었다.

"뭐? 내가 노망이라니? 하하하……. 그러지 말구 모셔 앉히는 대루 못 이기는 체하구 올러앉아 봐요 회장 맏두 해롭진 않을 테니."

아버지의 껄껄 웃는 소리에 아이들도 좋아했다. 무슨 회인지는 몰라도 아버지가 권하는 일이요, 어머니도 사회에 나서게 되는가 싶어 어쨌든 좋은 일이기도 하였다. 그러나 다만 삼열이만은 어머니 성격에 그런 일이 맞을까 싶지 않아 뜨악하기도 하였다.

"하지만 여성동지회란 건 언제부터 있었에요? 회원은 얼마나 된대요?"

역시 삼열이는 부친에게 따지고 나섰다.

"그야 내가 아니마는 나를 위해 한다는 걸, 말릴 것까지는 없지 않으냐."

부친의 실미지근한 대답에 눈치 빠른 삼열이는 좀 실쭉하였다. 박옥주 여사가 어째서 앞장을 서 일을 꾸미는지는 알 수가 없지마는, 아버지도 딴 엉터리 정객처럼 그런 것을 자기선전에 이용이나 하자고 만드는 것이 아닌가 싶어 탐탁치 않은 것이다.

"뭐, 뻔한 노릇이지. 아무리 돈 같지 않은 돈이기루 백만 환 템이 활수 좋게 내놓을 젠, 그 값 떨 속셈이 있어 그랬겠지. 밑천 단단히 빼려는 건데, 너 아버진 그 춤에 나까지 끌어넣으시려는 거지 뭐냐."

삼열이도 모친의 이런 아주 여무진 말에 좀 놀랐지마는, 영감은 늘 다소곳한 마누라 입에서 이런 말이 나오는 것은 의외요 신통하기도 하다는 듯이 껄껄 웃으며

"그만하면 회장감으론 꼭 됐는데! 그것두 사직동 마님의 훈수는 아니

요?"

하고 넘겨짚는다. 사실은 그렇지 않은 것도 아니었다. 이 마님도 아주 어리배기 아닌 다음에야 그런 짐작이 없을까마는, 어제 숙경 여사가 무슨 말끝에

"어디, 남의 돈이 수월하다구. 선생두 백 환 값은 톡톡히 하시구 말걸!"

하고 웃음엣소리처럼 한마디 던져두었던 것이다.

그래도 열흘이 못 가서, 박옥주 여사가 찾아와 그 여성동지회라 하는 발기준비회(發起準備會)를 한다고 나오라는데 쾌쾌히 거절은 못 하였다. 물론 영감의 의향부터 들어봐야 하겠지마는, 그보다도 숙경 여사를 만나서 훈수도 들어야 하겠고, 그이가 나간다면 같이 나가 볼까 하는 어리빵빵한 생각이었다.

그러나 영감은

"나가 보구 싶건 가는 거요 싫으면 하는 수 없지. 아니, 민주주의 시대 아니요? 자기 남편이라도 정견(政見)이 마음에 맞지 않으면, 자기 영감의 정적(政敵)에게라도 투표할 수 있지 않은가 말요. 하하하. 우리 철저히 민주가정(民主家庭)부터 세워 봅시다그려."

하고 딴청을 한다. 그 말이 한동국 부인에게다는 통치 않는 대로, 그 회합에 나가야 되겠다는 짐작만은 들었다.

그렇지 않아도, 그 이튿날 사직동 마님을 찾아가 의논을 해 볼까 하였더니, 아침나절에 저편에서 부리나케 온 것을 보고 반가워하였다.

"어제, 박옥주 마담, 댁에두 왔죠? 성이 가시긴 하지만, 아무래두 나

가 봐야 하겠에요. 귀찮아두 우리 잠깐 가 보십시다요"

숙경 여사의 이 말에 옥인동 마님은 얼떨하면서도 찬성이란 듯이 웃으며 고개를 끄덕여 보였다.

"아니, 무엇보다두 선생님을 위해서, 선생님을 재가 얼마나 이용하구 휘두르려는지, 우리가 곁에 붙어있어서 감시를 해드려야 하지 않겠에요?"

이렇게 말하는 숙경 여사는 전에 없이 매우 긴장한 낯빛이다. 숙경 여사는 그동안 곰곰 생각하여 보니, 한동국이를 어림없이 내놓아서, 옥주에게 휘둘리게 하여서는 안 되겠다는 생각이 든 것이었다.

"그야 그렇죠"

옥인동 마님은 그럴 듯싶다는 생각이 들면서도, 막연히 대꾸를 하였다. 그러나 숙경 여사가 이렇게도 한동국이를 위해서 '열성분자'로 나설 이유야 얼마든지 있겠지마는, 기실은 한동국이 자신이 어제 들러서, 저번 날 호텔에서 몸이 편치 않아 먼저 갔던 뒤의 인사를 치른 끝에, 한마디 넌지시

'그때 이야기가 났던 여성동지회라나 하는 것, 발기준비회를 한다니 좀 오십쇼그려'

하고 한마디 똥기어 둔 때문이었던 것이다.

15

말하자면 발기회라 할까, 그래도 안채의 안방이 넓다 해서 여기에 한 동국 부처를 중심으로 유지한 숙녀만 여남은 명 모였던 날이다. 명색이 발기회라 하지마는 끼리끼리 아는 터요 내용으로는 이야기가 다 통한 일이라 그저 대면들이나 하고 간단히 해치우자던 것이 엉덩이가 질긴 부인네들이라, 거진 네 시나 되어 겨우 파하려는 무렵인데, 신성이가 앞을 서고 책가방을 든 익수가 뒤따라 들어와서 건넌방으로 들어가는 기척이다. 마침 열어 놓은 미닫이께로 앉았던 사직동 마님은 뜰에서 나는 발자취에 무심히 기웃 내다보다가 축대로 올라서는 아들을 보고 적지않이 놀랐다. 놀랄 일야 없지마는 예서 아들을 만나기란 의외요 오늘이 토요일인데 모두들 책가방을 든 것을 보니, 저희끼리 마치고 어디서 만나서 놀다가 오는 눈치기에 말이다. 기역 자로 아랫목에 앉았는 한동국 영감도 힐끗 내다보고 알아차렸으려니와, 마루 쪽 방문도 활짝 열려 있으니 좌중이 모두 기웃기웃 내다들 본다. 영감 옆으로 뜰로 향하여,

숙경 여사와 마주 앉았던 옥인동 마님도 좀 얼굴빛이 달라지는 눈치에 옆에 있던 주인마님이 선뜻

"우리 아이 공부시켜 주러 오는 거죠"

하고 간단히 일러 주었다. 아무도 대꾸는 않았다. 그러나 잠깐 끊었던 말이 다시 계속되는 동안에도, 숙경 여사는 곰곰, 생각하여 보니 좀 불쾌하였다.

익수가 신성이에게 독일어 공부를 시키면서 왜 이때껏 자기에게는 숨겨 왔던가? 오늘만 해도 자기가 여기에 오는 줄 알면서 저두 있다 들를 테예요 한다든지 무슨 말이 있었을 법한데 왜 모른 척하였든가? 그것은 그렇다 하고, 이왕 왔으니까 손님들이 있다고 되돌아설 수도 없고 해서 그렇겠지만, 남의 눈을 기이듯이 황급히 구두를 벗고 외면을 하며 신성이의 뒤를 따라 들어가는 그 꼴이라니, 처녀 방에를 몰래 들어가듯 의젓치가 않아 보여서 불쾌하고 여러 손님 앞에 창피한 생각이 드는 것이었다. 또 하나는 공부를 시킬 바에야 집에 점잖이 앉아서 배우러 오게 할 일이지, 왜 꿈적꿈적 가방을 끼고 다니면서 출장 교수를 할 거야 무언구? 그것도 돈벌이라는 것이지? 돈으로 버티는 집이니만치 축가는 것 같아서 분하고 싫다. 그러나 실상은 오늘 손님들이 모인다니까 신성이가 어머니와 의논하고, 전처럼 익수가 두 시에 학교에서 파해 나오는 길로 오면 서로 거북할 것 같기에 전화로 연락을 하여 세종로 비각 앞에서 만나 가지고 다방에 들어가 시간을 보내고, 남산까지 거닐다가 느지막이 온 것인데 이 회합이 인제야 파해서 마주쳤을 따름이다.

그래도 숙경 여사는 좌중이 우으들 일어서니까, 재빨리 건넌방으로

건너가서

"너 어떻게 왔니?"

하고 웃는 낯으로 알은체를 하여 주었다.

"안녕하세요?"

테이블 앞에 선 채 마주 앉은 익수와 웃으며 이야기를 하고 있던 신성이가 반색을 하며 앞질러 꼬박 인사를 한다. 그 뒤에서 피아노 옆의 의자에 앉았던 익수가 벌떡 일어나며

"지금 가세요. 저두 곧 가겠에요."

하고 좀 열적은 낯빛이었다. 무어, 숨어 다니면서 가르치자는 것이 아니지마는, 어머니는 전에 한 말이 있는지라 으레 덜 좋아할 것이요, 이러니저러니 말 나는 것이 싫어서 이때껏 잠자코 있었던 것이 안되어서다.

"아이 수고하는구려. 어머닌 지금 저 사무실루 나가 계실 테니까 끝나건 그리 나와요."

뒤쫓아 온 옥주는 숙경이의 등 너머로 들여다보며 인사를 한다.

"아, 난 저녁때가 됐으니까 곧 가 봐야 해요. 일찌거니 들어오라구."

숙경 여사는 한마디 하고 돌쳐섰다. 그러나 옥인동 마님은 들여다보지도 않고 영감을 따라 벌써 뜰에 내려섰다.

영감도 모르는 척해 버렸다.

산회 후에 호텔 안 사무실로 가서 간부회의를 열고 구체적으로 진행 방침을 논의하자는데, 부회장의 물망에 오른 숙경 여사도 빠질 수가 없어 따라가고 말았다. 좀 앉았다가 아들과 함께 가려는 생각이기도 하였

다.

오늘 회합에서 대강 내정이 된 것은, 명칭은 역시 '여성동지회'라 하고, 고문에 한동국 의원과 동부인 장문숙(張文淑) 여사, 회장에 박옥주, 부회장에 김숙경이요 우선 급한 대로 서기(書記)에 격장에서 사는 이 동네의 반장(班長) 이희자 씨를, 이것은 내정이 아니라 만장일치로 결정한 것이다. 박옥주 여사의 주장은 회장에 한동국 부인을 추대하고 자기는 총무간사쯤이 알맞다는 것이다. 여러 아낙네의 눈에도 장문숙 여사로서는 회장 노릇을 담당해 낼 것 같지 않아서 고문으로 모시고 역시 박옥주 여사를 앞장에 내세운 것이지마는, 옥주 역시 장래의 야심이 있는지라 물론 싫은 것은 아니었다. 서기로 정한 반장 이 씨로 말하면, 요 길 밖으로 나가면 거리에서 조고만 책사를 경영하는 젊은 인텔리의 아내로서 똑똑하고 얌전한 것이 옥주 여사의 마음에 들었던 것이지마는 동회 일로 오락가락하는 동안에 그 남편이나 이 여자도 정치에 제법 자기 의견을 가지고 있는 것을 알고 있기에 이번에 끈 것이다.

여기에서 의논한 것은 우수한 회원을 끌어들이는 것과 운동자금을 마련하는 것이었다. 거진 이야기가 끝날 무렵이 되니까, 옥주가 안으로 전화를 걸더니

"에그, 아드님이 벌써 갔다는군요. 저녁이나 같이 할까 했는데……." 하고 좀 실망인 말눈치였다. 숙경 여사도 아들하고 같이 가려던 생각이라 어쩌면 혼자 달아났을꾸? 하고 일어서 버렸다. 신임 서기인 이희자도 격장이건마는 나와서 너무 오래되었다고 따라 일어서고 더구나 옥인동 마님은 촌계관청(村鷄官廳)으로 끌려와서, 머릿살 아픈 회의라는

것에 반나절이나 꾸어다 놓은 보릿자루처럼 앉았자니 멀미가 나서, 어서 빠져 가려고만 한다. 주인마님은 한동국이만 붙드는 수도 없고 해서 그대로 헤어지고 말았다. 그래도 영감은 처져서 옥주와 술이나 한 잔 먹고 싶었지만 마지못해 끌려 나와서 아직 집에 들어가기는 이르니까 아낙네들과는 헤어져 버렸다.

"아니, 댁 '선생'이 신성이한테 뭘 가르치라 다녀요?"

버스 간에서 옥인동 마님은 궁금증이 나서 말을 꺼내고 말았다.

"독일어를 가르쳐 달란다더니 아마 그런 게죠."

사직동 마님의 대꾸도 혀를 차는 듯이 신통치 않은 말눈치였다. 옥인동 마님은 거기에 더 캐어묻기는 싫었으나 도틀어 오늘 일이 마음에 맞지 않아서

"그럴 줄은 알았지만 우리가 괜히 그 춤에 노는 거 아녜요?"

하고 말을 돌렸다. 자기는 오늘 그 회합에 가서 기껏 한 노릇이라고는 영감과 옥주의 눈치만 보고 앉았던 것인데, 나중 판에는 둘이 놀다가 오는 것인지, 신성이가 익수를 달고 들어오는 꼴이었으니, 잘못 하다가는 영감 뺏기고 사윗감 놓칠까 봐 애가 씌우고 심사가 나는 것이다. 그러나 사직동 마님은 코웃음만 치고 말았다. 그러나 옥인동 마님은 자기가 회장이 되려 하고 갔다가 그것이 틀려서 불평인 것은 아니요, 사직동 마님 역시 부회장의 천망이라도 받은 것이 만족해서 맞장구를 치러 들지 않는 것은 아니다. 입 밖에 말을 내나 마나 피차에 한동국 영감을 위해서, 또는 그이의 설레에 나선 바에야 잠자코 있을 수밖에 없지 않으냐는 생각이다.

사직동 마님이 집에 돌아와 보니 아들이 먼저 들어와 있다.

"어머니 인제 오세요? 전 벌써 가신 줄 알구 먼저 왔죠."

아랫방에서 익수가 내다보며 역시 미안하다는 듯이 머쓱해서 인사를 한다.

"응, 그러지 않아두 거기서 찾더라."

모친은 속으로는 좀 못마땅하나, 그저 좋은 낯으로 대꾸를 하고 안방으로 들어갔다. 그러나 저녁 밥상에서 아들이 신성이 모녀의 청에 못 이겨서 두 번째 가 준 것이라고 변명삼아 이야기를 꺼내니까, 어머니는 도리어 안된 생각이 들어서

"뭐 아무래도 좋지만, 이왕이면 와서 배라지. 체면두 있으니까 예서 가서 가르칠 거야 있나."

하고 부드럽게 대꾸를 하였다.

이날 밤 익수는 은근히 꿍꿍 않았다. 어머니에게 속이려 해서 감추었던 것도 아니요, 삼열이에게도 털어 놓고 말한다면 부끄러운 일은 조금도 없다. 그러나 오늘 뜻밖에 전화를 걸어왔기에, 그저 심상히 생각하고 만나자는 대로 세종로 비각 앞까지 갔던 것인데, 그 복잡한 길모퉁이에 우두커니 서서 기다리다가 딱 마주치자 어찌나 반가워하든지 그 표정이 다시 머리에 떠오르면서 고마운 생각까지 든다. 사제 간이라고까지 하기는 좀 지나치나 흉허물 없는 사이요 길가에 기다리다가 만났으니까 반가워야 하겠지마는, 무엇인지 별안간 새로운 것을 신성이에게서 발견한 것만 같다. 저번 제 생일에 단독으로 특별 초대를 받은 옥주 여사의 은근한 호의를 겸쳐서 생각해서가 아니라, 신성이 자신의 숨

김없는 감정의 표시에 부닥뜨린 것 같아서 신성이를 보는 눈이 다시 번쩍 뜨인 듯싶다.

그 청신하고 열정적인 얼굴 표정은 딴 사람같이 더 예쁘고 귀여워 보였고, 몸가짐이라든지 어린애처럼 반기며 달려드는 기색이 어디까지나 순진하고 의구(疑懼)와 주저가 없이 마음을 풀어헤치고, 매어달리는 것 같은 그 전신에서 풍기는 기분이 남자의 마음을 사로잡은 것이었다. 그 점으로 보면 이기적이요 앞뒤를 사리는 삼열이에 비하여, 나무에서 갓 딴 과실처럼 서슬이 보얗고, 고운 살갗 밑에 감추어 두었던 향기를 거침없이 내뿜는 듯한 상글하고 감칠 듯한 젊음의 유혹을 느꼈던 것이다. 이것은 이때껏 신성이에게서 보지 못하던 표정이었다. 익수의 마음은 찔끔하면서도 흔들렸던 것이다. 다만 퍼뜩 삼열이의 생각을 하고서 비로소 이성(理性)을 회복하였다.

익수는 언젠가 비 오던 날 밤에 삼열이를 제집에 데려다 주고 와서 얼이 빠져 앉았었던 것처럼 테이블 앞에 멀거니 앉아서 내일 가르칠 학과의 준비도 할 생각이 없이, 그저 신성이가 대로에서도 가슴을 파고 들려는 듯이 방글하며 대어들던 그 귀여운 표정이 떠오르는가 하면, 삼열이의 침착하니 냉정한 듯하면서도 정에 넘치는 듯한 눈길을 살그머니 치떠 보면서 자기를 나무라는 것만 같아서 혼자 찔끔하기도 하는 것이었다. 욱신거리는 머릿속은 점점 더 괴로워 갔다.

16

　다음 주일 토요일에는 신성이가 익수 집으로 왔다. 어머니는 은근히 좋아하였다. 아들이 아무 말 없으면서도 자기의 뜻을 받들어 주는 것이 고마웠다. 익수로 생각하여도 어머니의 말이 옳고, 또 외로운 어머니의 마음을 생각하여 그 말에 따라가야 하겠다는 생각으로 신성이에게 전화를 걸어 자기 집으로 오게 한 것이다.

　할 말이 없기에 몸이 좀 괴로워서 못 가겠으니 오라고 한 것인데, 그래서 그런지, 공부하러 오는 터라 인사로 사 보낸 것인지 큰 과일 광주리를 저의 집 차에 놓아 가지고 왔다.

　"이건 뭘……."

　그러면서도 역시 어머니는 좋아하였다. 익수도 의외의 반가운 손님이나 만난 듯이 싱글벙글 좋아하였지마는, 신성이는 속으로 은근히 와 보고 싶던 집에를 오게 된 것이 좋아서 생글방글하며 제집에나 들어서듯이 서슴지 않고 마루로 올라섰다.

둘은 태연히 아들의 방에 들어가 공부를 시작하였다. 익수도 그 세종 로 비각 앞에서 이 여자를 만난 뒤로 감정의 파동이 일어난 것을 지그 시 참으면서 점잖이 전과 다름없는 태도로 대하기에 노력하였다.

그러나 숙경 여사는 마음이 안 놓였다. 아들을 믿기는 하면서도

'젊은 것들이 무슨 병통이나 내지 않을까?'

하는 불안에 애가 씌었다. 그렇다고 인제는 말릴 수도 없는 노릇이다. 하지만 아까 저의끼리 만나서 수작을 하는 눈치가 첫눈에 예사롭지가 않다고 생각하였던 것이다. 더구나 저의 어머니는 탐을 내서 둘을 교제 시키려 들지 않는가.

"애, 한 애는 토요일에 오구 또 한 애는 일요일에 각각 오게 할 거 뭐 있니? 어느 날에든 두 애가 한꺼번에 와서 배우라 하렴."

신성이가 다녀간 뒤에 모친은 이틀씩은 성이 가시니 시간 절약을 위 하여서도 그렇게 하라는 것이었다. 실상은 삼열이로 말하면 꼬박꼬박 일요일이면 오는 것도 아니요 정규로 배우는 것이 아니라 좀 미심한 데가 있으면 물어보러 아무 때나 들르는 것이요, 요새 와서는 만나고 싶으면 영어 배운다는 핑계로 놀러오는 것이지마는, 그것은 어머니도 알면서 모르는 척하고 눈 감아 주는 터이다.

"어머닌 왜 그러세요? 하루 한두 시간씩 희생해두 좋구 아무러면 어 떻습니까."

그런 데에 일일이 신경 쓸 거 없다고까지 말이 나오려는 것을 익수 는 참아 버렸다. 아들이 이때까지 이렇게 대어드는 일이 없더니만치 숙 경 여사는 좀 찔끔하면서도 야속한 생각이 들었다.

익수는 두 여자를 한날 오게 해서, 한자리에 앉히고 싶지는 않았다. 이때껏 어머니의 말을 거역한 일은 없으나 이것만은 모른 척하여 버렸다.

두 여자를 한자리에 모여 놓는다는 것은 자기들도 거북해 하고 싫어하겠지마는 익수도 기분에 맞지 않았다.

전같이 삼열이만 왔으면 감정이 외곬으로 나가서 편안히 즐겁게 그날을 보낼 수가 있었지마는, 두 처녀를 함께 앞에 놓고는 벅차서 기분이나 감정으로만도 당해낼 수가 없기에 말이다. 더구나 가르쳐 주는 것이 각각 다르지 않은가.

신성이가 다닌 지 거진 한 달이나 되어서다. 한 달이라야 세 번인가 네 번쯤 왔을 것이다.

"선생님, 어머니께서 오늘 잠깐만 집에 오셨다 가시래요"

신성이는 달려드는 길로 당부를 하는 것이었다.

"글쎄요……. 또 신성 씨 생일은 아닐 텐데……."

하고 익수는 웃었다. 지난 초봄, 신성이의 생일에 불려 가서 대접을 받은 것이 언제나 잊혀지지 않기에 무심코 나온 말이다.

"호호호 모르죠 한 해에 두 번씩 귀가 빠졌는지."

신성이도 그날 한동국 영감이 하던 말을 받아서 웃음엣소리로 대서를 하며 깔깔대다가

"가 주시겠죠?"

하고 또 한 번 다진다.

"글쎄, 어른이 부르시니까 가 봐야 하겠지만"

"그럼 됐군요, 됐에요"

신성이는 어린애처럼 깡충깡충 뛰는 듯이 다시 밖으로 나간다. 그 동안 신성이는 대개 자기 집 지프차를 타고 와서는 돌려보내고, 갈 때는 걸어가는 모양이었는데, 오늘은 자기를 끌고 가려고 차를 기다리게 운전수에게 일러두려는 눈치다. 그래도 다시 들어온 신성이는 안방의 어머니가 듣고 어떻게 생각할지 몰라서 조심성스러운 기색이었다.

그런데 공부도 제대로 조용히 하고 끝날 무렵에 의외랄 것도 없지마는, 삼열이가 스르르 들렀다.

"안녕하세요? 요 근처 제 동무 집에 왔던 길이기에 뵙구 가려구요"

마루 끝에서 모친한테 인사를 하는 삼열이의 목소리를 듣고, 신성이는 눈이 좀 똥그래지는 듯하며 귀를 기울이다가 삼열이가 안방으로 들어가려는 기척에 부리나케 일어나 마루로 나서며

"아, 오셨군요. 선생님 여기 계세요. 이리 들어오시죠"

하고 어쨌든 반색을 하여 보였다.

"오랜만이구먼. 어머니께서두 안녕하시구?"

삼열이는 천연히 대꾸를 하면서 익수가 내다보는 바람에 가벼운 고갯짓과 웃음으로만 인사를 하고는 건넌방으로 따라 들어왔다.

"마침 잘 오셨에요. 선생님 모시구 어머니께 놀러가는 길인데 같이 가세요."

신성이는 곧이곧솔 대로, 밑도 끝도 없이 말을 건다.

"호호호 뭐요? 난 걱정 말구 놀러 가시지. 공부에 방해나 안 되는가 싶었지요 요기 같은 학교 선생 집까지 왔던 길예요."

하고 이번에는 익수에게 인사라기보다도 변명을 하였다. 삼열이는 벌써부터 신성이가 사직동에를 드나든다는 말에 궁금증이 나면서도 토라져서 거진 반 달쩍이나 발그림자도 안 하고 있었던 것인데, 시새는 눈치를 보여서는 점잖지 않기도 하고 토요일이 되면 역시 마음이 졸이고 가만히 있을 수가 없어서 오늘은 어떤 꼴인가 눈치나 가 보자고 참다 못해 나선 것이다.

익수는 두 처녀가 마주쳤다고 해서 별로 난처할 일도 없었지마는 그저 싱글싱글 웃고만 앉았다.

"그럼 안 선생님 어서 일어나시죠 한 선생도 같이 가실까 본데."

한 선생이란 삼열이 말이지마는, 선생이라고까지 부르기는 싫어도 하는 수 없다. 그러나 삼열이가 불시에 달겨든 것을 보니 신성이는 왜 그런지 마음이 긴장해지면서 조급히 졸라대었다.

"뭐, 손님이 오셨는데……, 난 오늘 고만두겠어요 내일 따루 가 뵙기루 하죠."

익수는 삼열이에게도 생색을 내고 싶었고, 또 핑계가 좋으니 발을 빼고 싶었다. 신성이에게 공부를 시키기 시작한 지가 달포나 되었으니, 청해다가 저녁밥이라도 먹이려는 눈치니 익수는 그것이 싫었다.

"아니, 내 걱정은 마세요 난 곧 갈 테니 가세요"

삼열이는 앉지도 않고 곧 가려는 기색이다.

"뭘 그래요 같이 가시면 어때! 내 좋은 구경 시켜 드릴께."

삼열이는 신성이의 아무 격의 없고 숨김없는 말에 끌려서 생글 웃었다. 익수도 삼열이의 기분이 좋은 눈치에 끌려서

"그럼 어디 나서 볼까. 같이 가십시다요."

하고 일어섰다. 그러나 삼열이는 속으로 구경들을 가는 판이로구나 하는 짐작이 들면서, 어느 틈에 둘의 사이가 이렇게 되었나? 하고 놀라기도 하였다.

익수가 양복을 갈아입는 동안, 두 처녀가 마루로 피해 나오려니까

"왜들 그래? 이리 들어오지."

하고 주인마님이 유리구멍으로 내다보며 알은체를 하였다.

"아녜요. 전 가겠에요. 안녕히 계세요."

하고 신성이는 축대로 내려섰다. 그러나 숙경 여사의 신경이 건넌방으로만 가기도 하였지마는 노인네가 총찰이 심하다는 생각도 들었다.

뒤미처 아들이 양복을 입고 방에서 나서니까 마님은 눈이 번쩍 뜨이는 기색으로 와락 방문을 밀치고 마루로 나서며

"어딜 가니?"

하고 묻는다.

"명동서 잠깐 오라신다기에 갔다 오렵니다."

어머니는 무슨 대접을 하려는 거지 하는 짐작이 들면서 좀 실쭉한 낯빛이었다. 삼열이도 그 눈치에 동감이라는 듯이 잠깐 입귀가 빼쭉 하면서 숙경 여사에게 한층 더 공손히 작별인사를 하였다.

"그럼 늦게까지 있지 말고 곧 와."

모친은 어린애나 내보내듯이 일렀다.

그러나 대문 밖에 나오자, 삼열이는 아무리 둘이 권하고 달래야, 바쁘다고 한사코 차에 오르지 않고 뺑소니를 쳐 버렸다. 신성이는 인사로

이겠지만 익수는 미안한 생각에 차에 올라앉아서도 멀거니 한동안 얼이 빠졌었다. 그야 꼭 데리고 가야만 될 데가 아니요, 또 그 편이 잘 됐다는 생각이 들면서도, 삼열이가 타박타박 혼자 걸어가는 곁을 차가 휙 지나칠 때 곁눈으로 힐끔 내다보고는, 자기가 무슨 큰 배신행위를 하는 것만 같아서 마음에 찔리고, 삼열이가 풀 없이 금시로 외로워하는 듯한 눈치에 가엾은 생각이 들었다. 가는 길에 제 집에까지만이라도 태워다 준다는 것조차 마다하고, 혼자 떨어져 가는 것을 보면 매우 토라진 것 같아서 나중 일이 걱정도 되었다.

'하지만 아무려니 내가 배신행위를 할라구! 나를 그렇게 보았다면 잘못이지.'

지프차니까 앞자리에 앉은 익수는 뒤에 신성이가 있는 것도 잊은 듯이 멀거니 이런 생각에 팔려 있으려니까, 신성이가 운전수가 들을까 봐서 그러는지, 불쑥 귀밑에 입을 갖다 대고

"미안하군요 슬그머니 눈치를 보러 왔던 모양인데, 괜히 불안을 느끼게 한 것만 같아서 말예요"

하고 속삭거리는 것이었다.

익수는 비로소 뒤에 신성이가 타고 있는 것을 안 듯이 깜짝 놀라서 고개를 홱 돌리면서

"뭐? 뭐요?"

하고 재차 물으며 웃어 보였다. 못 알아듣기야 하였으랴마는 못 알아들은 척을 하는 것이었다.

신성이는 운전수의 귀가 무서워서 다시는 입을 벌리지 않고 혼자 웃

기만 하였다. 또 하나는 어쨌든 선생님인데 개전치 않게 그런 소리를 무람없이 하는 것이 안됐다는 생각에, 못 알아들었으면 그만이라고 하얀 이빨만 반짝 보이면서 잠자코 말았다.

익수는 더 캐어묻고 싶지는 않아서 모른 척하면서도 속으로는

'이 계집애도 나이가 차 가고 영글 대로 영글었으니까 그렇겠지만 홑 벌로 볼 내기가 아닌데!'

하는 생각이 들었다. 그러나 시새는 듯한 그 말이, 역시 이성간의 욕심으로 달갑게 들리었다.

"아이 오랜만이구먼. 남 바쁜데 선생님 오시라 해서 미안하군요. 그래 어머님두 안녕하시구?"

익수가 차에서 내려 신성이의 뒤를 따라 안마당으로 들어서니까, 웬일인지 오늘은 옥주 여사가 부엌에서 나오면서 반색을 한다.

"온 천만에요 안녕하세요?"

익수는 인사를 하고 축대에서 꾸부리고 구두를 벗기에 바쁘다. 신성이는 옆에 서서 무슨 큰일에 성공이나 한 듯이 생글생글 웃으며 구두 끈을 얼른 풀어 주고 싶을 만치 갑갑해 하였다.

"어서 올러가요. 애 안방으루 들어가거라."

역시 익수가 구두를 벗기를 기다리고 섰던 어머니의 지시다. 익수는 너무 떠받들어 주는 데에 열적기도 하고 미안한 생각이 들었다. 그러나 뒤따라 들어온 주인마님이 손에 묻은 기름을 수건에 훔치면서 옆으로 와 앉는 것을 보고 익수는

"아, 오늘은 웬일이십니까? 부엌에까지 내려 가시구?"

하며 좀 실없은 듯이 말을 붙였다.

"왜? 나두 여자야. 예전엔 영감님 좋아하시던 굴 전와(전유어)며, 함 '에그스'를 내 손으로 곧잘 부쳤는데……."

하며 옥주 여사는 새새 웃는다. 아직 장모가 되지는 않았지마는, 사위 사랑은 장모라고, 오늘 익수를 청해 놓고는 한때 한가로운 틈을 타서 부엌에 내려가서 예전 솜씨를 보이던 것이었다.

떡 벌어진 저녁상을 받고 익수는 도리어 거북하였다. 공부를 몇 시간쯤 시켜 주고 이렇게까지 융숭한 대접을 받기가 분에 넘치는 것 같았다. 그러나 옥주 여사는 대단히 기분이 좋았다. 언제나 사내 기척이 없이 모녀끼리만 밥상을 받던 생각을 하면 방 안이 다 환해진 것 같다.

"어머니께서두 가다가는 쓸쓸해하실 테지만, 그래두 나보단 나으실 거야."

옥주 여사는 이렇게 셋이 한 상에 모여 앉으니, 자연 이런 소리도 나왔다.

"왜요?"

"왜요라니, 댁에서야 자네 사 남매가 있으니 무슨 걱정이 있겠는가마는, 난 단 외톨배기 이것 하나만 데리구 있으니, 남 보기에는 어렁더렁하지만 쓸쓸하기란……."

익수 생각에도 그는 그럴 듯싶다. 슬며시 동정도 갔다.

"선생님, 약주 한잔 해야지."

옥주는 손님도 권하겠지마는, 자기가 먹고 싶고 흥이 나서 주전자부터 들었다.

"아이 전 못합니다. 이리 줍쇼"

하고 익수는 주전자를 뺏어서 마님에게부터 치려 하였으나, 그래도 한 잔을 받고 말았고 마님에게도 술을 따랐다.

"우리 이따 구경 가자구."

옥주는 잔을 비어 놓고 이야기 삼아 한마디 꺼냈다.

"어머니, 그까짓 것!"

하고 신성이가 핀잔주듯이 눈살을 찌푸리니까

"앤, 꼭 돈을 내야 맛이냐? 공짜라니까 시들해 하지만 첫대 영화 제목이 좋지 않으냐! '시집가는 날'! 호호호."

하고 옥주 여사는 웃는다.

"허! 그 좋군요. 누구보다두 이 아가씨가 꼭 봐 둬야 할 것 같은데?"

하고 익수는 껄껄 웃었다. 익수 자신이 총각이요, 신성이에게 이런 실없은 말은 하여본 일도 없지마는, 역시 선생이요 가르치는 아이라 해서 거침없이 나오는 말이었다.

"오늘, D극장, D극장 알지? 새로 짓구 개관(開館) 피로를 한다구 초대를 하는 날인데."

하며 옥주 여사는 그 초대권이 있으니, 이왕이면 버릴 것 없이 가 보자는 것이다. 신성이 생일에 둘을 구경시키려다 못 하였기 때문이기도 하다.

"어머니, 그 영감님한테 방 빌려 드리구 기껏 덕 보시는 거라누."

신성이는 못마땅하다는 눈치면서도 샐없이 생글 웃는다. 그 못마땅하다는 뜻은 초대권이 한동국이에게서 나왔기에 말이지마는 다시 말하면 삼열이의 부친에게서 얻은 것이니 실쭉해서 말이다. 아까 삼열이에게 구경시켜 주마고 지나는 말로 한 것도, 실상은 'D극장'에 가자는 것이 아니라, 또 다른 미국영화가 개봉되는 K극장에 익수를 끌고 갈까 하는 생각이 있었기 때문이었다.

"호호호……. 앤 한 선생님한테 사무실을 빌려줬다구, 무에 그렇게 싫어 그러는지 몰라! 가만있어. 덕을 보자면 그까짓 초대권 몇 장이겠니."

하고 어머니는 웃으며, 핀둥이를 주는지 변명을 하는 것인지 어름어름하였다.

17

D극장에 들어서면서 익수는 퍼뜩 삼열이가 오지나 않았을까 하는 생각이 떠올랐다. 초대권이 한동국 영감에게서 나왔다니 말이다.

영화는 아직 시작이 아니 되었다. 옥주 여사의 일행은 마침 중턱께쯤 빈 좌석을 찾아 들어가 자리를 잡으면서, 익수는 무슨 마음에 걸리는 것은 아나나, 그래도 혹시나 하는 생각으로 좌우를 한 번 휘둘러보았다. 눈에 띄우는 아는 얼굴은 없었다. 그러나 한 시간 반쯤 걸린 영화가 끝나고 복작대는 틈을 비집고 빠져 나와서 기다리게 하였던 차에 올라 타려다가 언뜻 보니까, 뒤에서 마악 나오는 옥인동 마님의 모녀가 신성이의 눈에 띄우지 않는가!

"어머니, 저기 한 선생 댁 아주머니!"

하고 신성이는 소곤대며 눈은 익수에게로 갔다. 삼열이가 저기 왔으니 보라는 눈짓과 함께

"응······."

옥주 여사는 아무리 비좁더라도 함께 차를 타고 가자고 해야 하겠고, 인사로라도 모른 척할 수가 없어서 차에 발을 올려놓으려다 말고 그쪽으로 다가갔다.

"아 오셨군요 선생님은?"

옥주는 번연히 아는 처지에 익수를 돌려 빼어 가지고 온 것같이 된 것이 좀 안된 생각도 없지 않아서 더욱이 친절히 인사를 하였다.

"아뇨 우리 둘이만. 그것두 애가 하두 오자구 해서……."

하며 옥인동 마님의 눈길은 옥주의 뒤에서 인사를 하는 두 남녀에게로 갔다. 삼열이는 익수의 눈을 피해서 한눈을 팔고 섰다. 같이 차에 타자커니 마다커니 잠깐 실랑이를 하다가 삼열이 모녀는 헤어져 갔다. 익수는 방향이 같으니 같이 가자고 삼열이 모녀를 따라서고 싶기도 하나 저편 의향이 어떨지 모르겠고, 초대를 받은 자리에 당장 내던지고 돌아서기도 좀 난처해서 그대로 차에 함께 오르고 말았다. 그러나 마음에 좀 안되기는 하였다. 삼열이가 예사롭게 대했으면 상관없겠지마는, 아까 집 앞에서 뿌리치고 가던 것이라든지, 지금도 태연한 낯빛이기는 하나 바로 치어다보지도 않으려는 눈치로 보아서 점점 더 토라진 것만 같으니 역시 마음에 걸린다.

삼열이는 아버지가 초대권을 두 장 갖다 주면서, 철희야 못 갈 거니 (학교에서 금하니까) 어머니하구 너나 구경 가렴 하는 것을 받아는 놓고도, 어머니는 말할 것도 없지마는 삼열이 역시 영화에 그리 발바투 대어드는 축이 아니라 무심하였는데, 익수 집에를 갔다 오더니 구경 가자고 졸라서 나선 것이었다. 신성이가 구경을 시켜 준다는 말에 파뜩 생

각이 나서 D극장에 가는 거나 아닌가 하는 짐작이 들어서 별안간 몸이
달았던 것이다. 으레 아버지가 초대권을 신성이 모녀에게도 주었을 것
이기에 말이다.

그러지 않아도 같은 국회의원이 경영하는 D극장의 개관 피로 초대
장에 넣어온 입장권 두 장을 대수롭지는 않은 것이지마는 생색내느라
고 옥주에게 주었더니, 영화 제목이 마음에 들어서인지 의외로 반색을
하며

"이왕이면 한 장 더 있었더면……."

하는 소리를 듣고, 한 의원은 좀 체면은 없으나마 돈 내고 들어갈 수
있는 날도 아니요, 옥주의 소청(所請)을 소홀히 할 수도 없어,

"여보게 이 사람아, 초대권을 단 두 장을 보낸단 말인가? 내 집 식구
가 몇이나 되는데!"

하고 극장 사장에게 떼를 써서 또 석 장 보내온 데서, 한 장은 옥주에
게 주고 남은 두 장을 딸에게 주었던 것이다. 그런 갈피를 알면 삼열이
성미에 치를 떨고 이때껏 존경하던 아버지를 무얼로 보았을지? 무얼로
보고 말고가 아니라, 그 실망이 컸을 것이다.

"그런데 당신은 대관절 어떡허실 작정요?"

"무엇 말야?"

옥인동 마님은 극장에서 돌아오자 아버지가 마침 들어왔기에 잘되었
다고 생각하였더니, 안방에서 두 늙은이가 말다툼을 하는 소리에 삼열
이는 눈을 치뜨며 귀를 기울였다.

"초대권 말예요 그 집 세 식구를 구경 가게 해 놓구……."

옥인동 마님은 말은 부족하고 급한 성미에 불쑥 속에 있는 불평을 쏟아 놓고야 말았다.

"응, 그것 말야? 아무러면 어떤가! 한데 그 집 세 식구라니?"
하고 한동국이는 껄껄 웃었다.

"아니, 이 냥반이 잠꼬대를 하나? 그 모녀 몫 외에 또 한 장은 누구더러 가라구 주신 거요?"

영감 생각에는 우리 마누라가 이렇게 따지고 덤빌 만큼, 언제부터 똑똑해졌나 하고 신통히도 여겼다.

"이러나저러나 더 얘기할 것두 없에요 대관절 그 애를 우리 집으루 데려올 테예요? 태동호텔루 떠다밀 작정예요?"

점점 들어보니, 딴은 그럴듯한 말눈치요 대강 짐작은 드나, 무슨 사단이 벌어져 그러는지 한동국 영감은 좀 얼떨하기도 하다. 그러나 영감은 또 껄껄 웃으면서

"왜 이리 조급히 굴어. 사필귀정야. 될 대로 되고야 말 건데!"
하고 큰기침을 한다.

조바심이 되는 끝에 제게 당한 말이 나오는가 싶어서 마루에 나와 가만히 엿듣고 있던 삼열이는, 다시 제 방으로 들어가 앉아 마음을 가다듬으면서 곰곰 생각하여 보았다.

'내가 그이를 붙들구 직접 따질 일이지, 괜히 어머니 걱정을 시킬 일야 뭐 있어!'

아무리 보아도 익수가 그럴 사람이 아니라고 턱 믿고 그날 밤에 가는 사람을 동구까지 쫓아 나가서, 이편에서 자청해서 몸을 실리고 이때

껏 꼭 믿고만 왔던 것인데, 이러고 보니 내가 경솔했구나 하고, 역시 나이 들고 여학교 선생이니만치 후회도 나고 정신이 새로 반짝 드는 듯싶다.

"도대체 그 호텔루 가시더니 벌써 몇 차례나 나가 주무시는 거요?"

인제는 부부간 투기 싸움이 되어 간다.

"딴소리! 나이 아깝게 그런 주착없는 소리 말아요."

영감은 또 천하태평으로 껄껄껄 웃음으로 말마감을 한다.

"글쎄 생각을 해 보세요. 잰 태산같이 믿구 있는데 어떡허실 작정이란 말요? 내 자식이 중한지, 한때 마음에 든다구 그 딸년한테 물려주어두 좋다는 생각인지? 지금 세상에 그런 사윗감을 어디 가서 또 얻어 볼라구! 정신 좀 차리세요"

"이건 또 무슨 주착없는 소린지? 그래 내가 어쨌단 말야?"

이번에는 한동국 영감도 화를 버럭 내면서, 마누라가 쥔 병아리는 아닌 줄 알지마는, 점점 더 기승을 떠는 것이 해괴한 일이요, 이것은 필시 누가 충동인 것이나 아닌가 의심이 든다. 누구라느니보다 요새로 왕래가 잦아진 사직동 마님의 농간이 아닌가 싶다. 그러나 사직동 마님을 탓하거나 나무라고 싶지는 않은 심정이다. 도리어 그것이 자기에게 향의가 있고, 자기를 위해서인 듯싶어 혼잣속으로는 고마운 생각이 드는 것이다.

"허지만, 그까짓 것 불관한 일이지만, 표를 석 장씩 주어서 저의끼리 가게 하구, 우리한테는 시치미 떼니 말이죠"

"허! 이런 무정지책(無情之責)이 있을 리가 있나! 내가 무엇에 몸이 달아 저의들 구경 가라구 애를 쓸구! 그런 게 아냐. 내 언젠가두 말하지 않습디까? 신성이는 둘째며릿감이라구. 미국서 창희가 나오면 문제는 곧 해결될 거야. 저의끼리두 좋아할 거요……."

영감은 뒤따라 장황히 설명을 늘어놓았다.

"하지만, 그 애는 공부한답시구 저무두룩 찾아다니구, 제 에미는 틈틈이 불러다 대접을 하구……."

옥인동 마님은 인제는 말이 마구 나왔다.

"아 그럼, 제 에미가 불러다 멕이기 전에, 이 집 에미두, 부지런히 불러다가 멕이구려. 뭐 저의끼리 좋아만 하면야 옆에서 무어랜들! ……." 하고 영감은 기가 나서 탄하면서도 매우 자유주의자인 말티였다.

삼열이는 제 방 속에 들어가 앉아서도, 괴괴한 깊은 밤중에 안방에서 늙은 부모끼리 주고받고 하는 말소리에 귀를 기울이면서, 어머니 말도 옳은 것 같고 그런가 하면 아버지 말도 그럴싸하여 마음은 더 갈피를 잡을 수가 없었다.

그러나 아버지가 마지막에 '저의끼리 좋아하면야 옆에서 무어랜들……' 하는 자신 있는 묵직한 말소리에 삼열이는 눈을 반짝 치뜨면서 가만히 생각하여 보는 것이었다.

그날 밤 삼열이는 온 밤새도록 눈을 붙이지 못하였다. 초조한 속에도 갖은 공상이 떠올라 와서였다.

날이 밝으니 일요일이었다. 삼열이는 밤새도록 궁리궁리해서 익수에게 따지자는 말을 단단히 준비하여 가지고, 아침 후에 집을 나섰다. 그러나 또 생각하면 익수에게 무슨 죄가 있는가 하고, 삼열이는 길을 걸으면서도 주춤하고 기가 죽는 것이었다.

18

"어제 재미 좋았어요? 그게 궁금해 온 것은 아니지만……."

삼열이는 이 남자의 죄가 아니라고 이해하면서도, 딱 만나니 역시 걷잡을 수 없는 질투에 미운 생각부터 드는 것이다. 익수에게 대하여 어느새 이만큼 비꼬며 시새는 소리가 노골적으로 나오게 된 것도, 단순히 그날 밤 일로만이 아니라, 벌써 넘지 못할 선(線)을 넘어선 뒤이기 때문이다.

부친이 당선되던 날 밤에 인사로 왔던 익수가, 혼자 먼저 빠져 가는 것을 보고 웅성웅성하는 기분에 몰래 뒤따라 나가서 서둘러 자기의 속마음을 말없는 제스처로 털어 놓아 보였던 것도, 애욕으로만 아니라 신성이의 뒷발길질에 채어 나동그라질까 보아 애가 씌워서 한 걸음 앞지르자는 것이었지마는 하여간에 한번 길이 터지고 나니 그 후로는 자연 하루가 멀다고 만날 기회가 잦아 갔으나 피차에 바쁜 몸이라 밤에 집에서 만나거나 거리로 헤매일 뿐이었던 것이다. 그러던 것이 바로 전전

공일에 절 밥이나 먹으러 가자고 신흥사에 놀러가서 조용히 행복한 한 나절을 지내는 동안에 서로 피치 못할 운명을 결정짓고 만 것이었다.

"쓸데없는 소리 말어요. 그 마님이 부른다는데 안 갈 수 없지 않어? ⋯⋯저녁 대접을 받구 나서 구경이나 가자니 싫을 것두 없지만 공짠데 비쌀 맛이야 있나. 당신은 학부형의 그런 초대를 받구 어떡헐 테요?"

익수의 기다란 변명이 듣고도 싶지 않으나, 그보다도 그 열적어 하는 기색을 보니 삼열이는 부쩍 더 의심이 났다.

"흥⋯⋯학부형 초대? 숫제 국민학교 선생님이나 되셨나 봐. 큰 먹을 콩 났군요"

하고 삼열이가 코웃음을 치는 바람에 익수는 껄껄 웃고 말았으나, 어쩌다 급작스레 둘의 사이가 이렇게 되었나 하고 새삼스레 놀라기도 하고, 그보다도 그렇게 안존하니 정숙해 보이던 이 여자의 입에서 이런 소리가 마구 나오나 싶었다. 그러나 그 질투가 싫은 것도 아니요, 점점 더 정열에 타오르는 여자의 마음이 달갑기도 하였다.

"가끔 불러다간 저녁 대접이나 하구, 자기 딸하구 교제시키는 재미루 극장에나 끌구 다니는 그 맛에 홀깍 넘어가서⋯⋯. 내 얼굴엔 똥칠을 해 주구⋯⋯. 이러다간 어떻게 될지 나중 일이 무서워요"

나이 차고 이지적인 삼열이는 눈물을 홀짝홀짝 흘리는 그런 여자는 아니지만 몸부림이라도 치고 싶은 분심을 지그시 누르며 해쓱해진 얼굴로 한데만 바라보고 앉았다. 간밤을 그대로 밝히다시피 하였으니 신경이 날카로워져 흥분하면서도 마음은 약하여졌다.

"글쎄 염려 말어요 그만큼 지내봤으면 알겠지. 내가 그런 주책없는 무책임한 사람은 아냐."

익수의 목소리는 한층 더 부드러워지면서, 웃는 눈길로 성난 삼열이의 얼굴을 애무(愛撫)하듯이 쓰다듬어 준다. 삼열이는 그 말에 잠깐 너누룩해진 눈치로 외면을 하다가

"그래 어젠 또 어딜 갔었에요?"

하고 다시 팩 쏘는 소리를 한다. 어제 D극장 앞에서 헤어질 제, 아무래도 방향이 같으니 자기 모녀를 따라올 줄 알았고 또 그래야 인사가 옳을 텐데, 옥주와 신성이가 지프차의 뒤로 들어가 앉고 나서 앞자리에 올라타라고 성화같이 재촉을 하는 바람에, 못 이기는 체하고 올라타던 익수의 꼴이 머리에 그려지면서 다시 분이 치밀어 오른 것이다.

"가긴 어딜 가. 그 밤중에."

익수는 숨기지 않아도 좋을 거짓말을 하는 것이 마음에 걸리지 않은 것도 아니었다. 사실은 마담의 단골인 다방에 들러서 밤참까지 얻어먹었던 것이다.

"그럼 자동차루 모셔다 드리는 맛에?"

자기를 길바닥에 버리고 간 것만 같아서 그나마 다른 사람 아닌 신성이를 따라간 것이 분해서, 꼬치꼬치 따지며 듣기 싫은 소리를 얼마든지 해 주고 싶었다.

"허허허. 이건 좀 심한데! 지금부터 단단히 교육을 시키시는군? 지금 이후로는 버스 간에서두 여자 옆에 앉지 않구 길을 걸어두 발끝만 보구 걷죠. 십분 근신하겠습니다."

하고 익수는 꾸뻑하고는 싱긋 웃으며 치어다보았다.

삼열이는 마지못해 입귀에 쓴웃음을 띠우며 그래도 마음이 조금은 풀려서

"그럼 근신하는 표적을 봬 주서야죠 우선 그 독일어 강좐가 하는 허울 좋은 간판부터 집어치세요."

다시, 말끔히 바라보며 우선 무슨 소리가 나오나 들어보자고 속을 떠보았다.

"그거 뭐 어려운 일이라구."

익수가 선선히 대답을 하는 바람에 삼열이는 오히려 허공을 집고 나동그라진 것 같은 느낌이다.

"하지만 우리 체면두 있지. 그렇게 급작스레 끊을 수야 있겠다구. 그 대신 다신 오란대두 안 가구 같이 놀러 다니진 않을 거니까. 근신합죠."

익수는 또 좀 실없어지며 껄껄대고 슬며시 손을 끌어다니려니까, 삼열이는 질겁을 해서 뿌리치고 물러앉으며

"그럼야, 소경 잠자기나 마나지! 일주일에 한 번씩은 만날 작정이면서 근신을 하시는지 실신(失信)을 할는지 누가 알 일예요?"
하고 또 핀잔을 주었다.

"허! 이렇게 서루 못 믿구서야 어떻게 일생을 의탁한단 말요?"
하고 익수는 점잖이 탄식을 하였다.

"서루 못 믿다니요? 선생님두 날 못 믿겠단 말씀이죠?"

최후통첩이 나오려는지, 어쩐둥해서 전같이 말공대가 깍듯하여지며 따지고 나선다.

"하하하……. 결코 그런 의미는 아니지만 가령 말야, 내가 여자대학에나 나가게 돼서 학부형의 초대라두 받게 되면 큰일 아니겠느냐 말야? 그저 그런 대루 예사롭게 여겨두면 그만이지, 일일이 캐고 나서면야 몸살이 나서 못 견딜 지경 아니겠나? 이 샘바리 처녀 선생님아! 그러기에 올드미스란 새침데기 골루 빠져 걱정이거나, 당신 같은 숫배기는 이래 질색이란 말야."

하고 익수는 또 껄껄댄다.

"인제 알았더니 경험이 많으시군?"

삼열이는 반쯤 외로 꼬고 앉았던 얼굴을 돌리며 비꼬아 주고는 나오는 웃음을 감춘다.

"그야, 학생 적부터 소문난 난데! 하하하……."

삼열이도 따라서 무심코 방싯하였다. 그 길에 익수는 그 웃음을 기다렸다는 듯이 또 한 번 무릎에 떨어뜨린 손길을 덥썩 잡아 끌어다녔다. 삼열이는 이번도 뿌리칠 용기가 아니 나서 남자의 하는 대로 내버려두었다.

수재(秀才)로 날리던 이 남자가 설마 하니 여학생 꽁무니나 따라다녔을 리 없고, 지금인들 체면이 있지 나 같은 올드미스를 농락해 본 경험이 있으랴 싶어, 삼열이는 끝없는 입씨름은 더하고 싶지 않았다. 생각이 그렇게 도니, 이 남자를 공연히 시달렸거니 하는 생각에 미안한 마음이 들면서 끌어안는 대로 몸을 맡기며 소리 없는 웃음이 얼굴에 환히 피어올랐다.

그러나 사실을 말하면, 결과가 으레 이렇게 되려니 하는 은근한 기대를 가지고 왔던 것이다. 이 집안 식구가 다 들어앉았어도 언제나 절간 같이 조용한 집안이지마는, 더구나 일요일이면 삼 모녀가 다 예배당에 가고 쓸쓸하기 짝이 없는 집이다. 오늘도 식모아이만이 문이 활짝 열린 안방에서 혼자 우두커니 앉아 마당을 내다보고 있고, 아랫방에 들어앉은 익수는 밀린 학교일을 정리하고 있었던 것이다.

실상은 저번 주일에도 놀러 오고 싶었지마는, 이렇게 조용한 틈을 타서 오는 것같이 보일까 봐서 양심에 끌려 못 오고 말았던 것이다. 익수역시 절놀이 이후에 다방에서 몇 번 만났지마는 밤이나 일요일에 집에서 만나자고 할 용기는 없었다. 그러한 때 만나면 자제하기 어려운 위험성을 예상하는 것이요, 또 그래서는 불량성(不良性)을 띠운 밀회나 같아서 싫었다. 전에 집에서 아무 거리낌 없이 만나던 것과는 퍽 달리 생각이 들게 된 것이다. 그러나 시비를 걸러 온 삼열이도 늘 다니던 집이건마는 정갈하고 조용한 품이 저번에 놓고 온 신흥사의 초막을 연상케하여 마음이 흔들리고 말았던 것이다. 그러지 않기로서 정이 홈빡 든 남자와 마주 앉아서 그 이상 더 무슨 분풀이를 할까마는 마음에 잔뜩 먹고 온 말은 반도 못하고, 그만 그 웃음 한 번에 모든 것이 해결되고만 것이다.

두 남녀는 약혼식을 어서 하도록 해야 하겠다는 실제 문제도 의논하게 되었지마는, 그것은 물론 삼열이의 입에서 먼저 나왔다. 어른들이 서둘러 주어야 할 일이지마는, 어쨌든 이 남자에게 올가미를 씌워 놓기 위해서도 그렇고, 이쯤 되고 보니 자기 몸에 만일의 일이 있을까 봐서 애가 씌워서도 그렇다.

삼열이가 오정 부는 소리에 그만 일어서려니까, 모친은 한 시가 넘어서야 교회에서 돌아올 거니 좀 더 앉았으라고 놓아주지를 않는 데야 하는 수 없이 다시 주저앉고 말았다. 전 같으면 숙경 여사를 자기 어머니같이 생각하고 기다려서라도 만나 보고 가겠지마는, 요 몇 주일 새로 얼굴을 대하기가 어려워졌다. 익수 역시 되도록이면 둘이만 놀고 있는 것을 어머니에게 보이고 싶지 않아서, 어머니가 아직 남은 한 시 반 시가 새로웠다.

"선생님 그 마음이 언제까지나 가실지?"

물론 삼열이도 싫지 않으니 도로 앉으면서 입가에 만족한 고운 웃음이 살짝 떠올랐다.

"또 객설!"

하고 익수도 마주 웃으며 가벼이 나무랐으나 그 말과 웃는 애처로운 표정이 귀여웠다.

한 시가 넘어서 딱 결단하고 일어선 삼열이가, 훗훗한 초여름이건마는 꼭 닫혀 있던 방문을 열고 마루로 나서려니까 안방에 있던 식모아이는 맥없이 마루 끝에 앉았다가 눈을 또렷이 뜨고 치어다본다. 삼열이는 내가 이 집 맏며느리가 될 사람인데! 하는 생각이면서도 어쩐지 낯이 붉어지는 것 같았다.

문간까지 배웅을 나갔다가 들어온 익수는 유쾌하고도 느른한 몸을 자리에 쓰러뜨리며 다리를 쭉 뻗었다. 어느덧 잠이 소르르 왔다.

숙경 마님이 두 딸을 데리고 교회에서 돌아왔다. 이 마님이 교회에 다닌 지는 두어 달밖에 안 되거니와, 별 동기가 있는 게 아니다. 딸 둘이 이화여고에를 다니는 관계로인지 착실한 신자가 되어서 정성껏 교회에를 다니면서 어머니도 같이 다니시자고 늘 졸라대는 것을

"가만 있거라. 죽을 때 믿지."

하고 귓가로 들어 두었었다. 교리를 모르니 엄두도 아니 나고, 또 남편이 아니하던 일을 혼자 할까 보냐는 생각도 없지 않았던 것인데, 무슨 심경의 변화가 생겼는지 자진해서

"얘, 어디 그 성경책 좀 보자."

하여 딸들을 기쁘게 해 주고, 신바람이 나서 저의 아는 대로 일러주는 것을 들어 가며 틈틈이 성경을 읽고 나더니, 지지난달부터 딸들과 교회에를 다니게 된 것이다.

남편에 대한 일루의 희망이 아주 끊어진 것은 아니지마는 고독을 스스로 위로하고, 남편을 섬기는 대신에 신앙에 귀의(歸依)하려는 그 심정을 생각하면 자식들도 속으로 눈물이 나면서 고맙게 생각하는 것이다.

"아저씬 나갔니?"

"아뇨 주무시나 봐요"

문이 반쯤 열린 아랫방이 괴괴하니 그런가 보다 하였다.

숙경 여사와 두 딸이 옷을 갈아입는데 식모아이가 가만히 안방을 들여다보고

"조금 아까 옥인동 아즈머니 다녀갔에요"

하고 묻지도 않는 말을 꺼냈다.

"응, 그래?"

모친은 속으로 그 애가 어제 다녀갔는데 또 왜 왔을꾸 하였다. 어제

신성이가 와서 공부하는데 불쑥 찾아온 것도 이상하다 하였지마는, 저의들이 갈 제도 좀 눈치가 다르더라는 말은 식모아이에게 들어 아는 터이다.

그러나 고등 삼년이나 되는 희수는 그만치 나이 찬지라, 연애하는 사인데 삼열이가 아무도 없는 틈을 타서 살짝 왔다가 몰래 가 버렸구나! 하는 생각이 들어서 좀 불쾌하였다. 한편으로는 호기심도 없지 않으나, 장래는 올케가 될 사람이라, 시뉘로서 얄미운 생각도 들었다.

"그래, 언제 왔든?"

희수는 지나치게 똑똑한 편이지마는, 짓궂게 식모아이에게 아랫방에 들리도록 커단 목소리로 물었다.

"아즈머니들 나가시자 곧 오셨나 봐요. 한참 놀다 가셨에요."

무슨 고자질이나 하고 싶은 그런 심리로 애초에 말을 꺼냈던 식모아이는, 할머니가 코대답만 하는 것을 보고 좀 실망을 하였던 차인데, 아주머니가 물으니 입이 간지러운 판에 좋아라 하고 소곤소곤 한다.

"그래, 아저씨가 뭐나 사 오래다가 대접하시든?"

"아뇨 문 닫구 들어앉어 얘기만 하셨에요."

아랫방에서 자는 아저씨가 혹시나 깨어서 들을까 보아 식모아이는 한층 더 목소리를 낮추었다. 그러나 눈치코치 다 알 나이인 이 계집애는 이 대목을 이야기하고 싶었던 것이다.

"어머나! 우리 나간 곧 뒤라면 열시 좀 너머일 턴데, 열한 시, 열두 시, 한 시……세 시간이나 무슨 얘기가 그렇게 쌨길래 얘기 뽕을 뺐더람!"

희수는 오라비가 깨어서 듣거나 말거나 혼자 깔깔댄다. 동생 미수는 방긋 웃기만 하고 제 방으로 건너간다.

"얘, 듣기 싫다. 주착없이 그거 뭘 그렇게 떠드느냐?"

못 들은 척하고, 아침에 채 못 본 신문을 펴 놓고 들여다보며 있던 모친이 나무랬다. '요년 쓸데없는 입 놀리지 말고 가만 있거라' 하고 식모아이를 꾸짖고 싶었으나, 그랬다가는 도리어 딸들이 이상히 여길 것 같아서 잠자코 말았다.

19

밤에 잠은 아니 오고 이 생각 저 생각에 팔렸던 숙경 마님은, 내일은 옥인동 마님을 찾아가 보고 의논을 해야 하겠다고 결심을 하였다. 젊은 것들이 아무도 없는 집안에서 문을 닫고 들어앉아서 세 시간씩이나 놀았다는 것부터 깨끗한 이 집안 공기를 휘정거려 놓은 것 같아서 불쾌하지마는, 어쨌든 이대로 질질 끌고 내버려 두었다가는 무슨 꼴사나운 일이 날지 겁이 났다. 팔은 안으로 굽는 것이라, 숙경 여사는 그래도

'그 애가 설마 그런 애는 아닌데……'

하고 속으로 아들 역성도 들어 보았으나, 아까 낮잠을 자고 나온 익수가 시치미 떼고, 삼열이가 다녀갔다는 이야기를 꺼내지도 않고 누이들도 하는 꼴을 보려는지 묻지도 않던 것을 보고는, 어떻게 집안 공기가 무거워진 것 같아서 싫었던 것이다.

'그년이 체면 없이 쩔쩔거리구 다니며 앞질러 들쑤셔 다니니까 그렇지. 알구 보니 개차반이지, 점잖은 집 자식으루 그게 뭐람! 저 아버지

내력이 있어 그런지두 모르지만…….'

숙경 마님은 혼자 혀를 차며 그런 줄은 몰랐구나 하고, 이 혼담을 빠그라뜨려 버리려는 생각도 들었다. 이 마님은 한동국이를 개차반이라고까지 생각하는 것은 아니나, 박옥주와의 관계가 생긴 것을 보고는 늙은이의 투기로 한동국이에 대한 평가가 아주 폭락이 된 것이다. 게다가 얌전하다고 찰떡같이 믿었던 그 딸이, 아무리 무관히 다니고 어른들이 허락하는 사이기로 꼭 혼인이 될지도 모르는 남자를 찾아와서 빈 집에서 세 시간씩 놀고 가다니, 그런 며느리는 이 집에 들여 놓고 싶지 않다. 더구나 딸들이 보는 앞에 앞날이 걱정이라는 생각이 드는 것이었다.

그러나 또 밤새도록 곰곰 생각하여 보아야, 알 사람은 다 아는 처지에 이 혼담을 파의하자든지 하여 큰소리만 낸다는 것은 두 집의 가문만 더럽혀 놓지 않을까 걱정이다. 더구나 아무려니 젊은 계집애가 선손을 거는 수가 있을까? 아무래도 사내놈이 붙드니까 끌려가는 것이겠지. 세 시간을 한방에서 놀고 갔다기로 꼭 부정한 일이 있었으리라고 단정할 수도 없지마는 다만 처녀의 몸으로 약삭빨리 피해 달아나지 않았다는 것이 큰 잘못이라는 결론에 도달하였다.

그렇게 돌려 생각하니 마음이 조금은 가벼워졌다. 동시에 어서 서둘러서 성례를 하여야 하겠다는 생각이 든 것이었다.

이튿날 아침 후에 숙경 여사는 옥인동 마님을 만나러 갔다.

"그렇지 않아두 좀 찾아가 뵈려는데 마침 잘 오셨군요"

마침 잘 왔다면서 반기는 기색도 아니요 좀 뾰로통한 눈치다. 숙경

여사는

"무슨 일이 있었에요?"

하고 천연히 대꾸는 하면서도 집에서 어제 일이 있었는지라, 이것은 혹 떼러 왔다 혹 붙이고 가는가 하고, 의아한 얼굴로 주인마님의 기색만 살펴보았다.

"다른 게 아니라 전부터 한번 의논을 여쭈려 한 건데, 말씀하기가 거북해서 이때껏 소리 없이 일이 잘되기만 기다리구 있었습니다만……"

그래도 이 구식 마님은, 구식 마님이 아니기로 체면차려서 말을 꺼내기가 거북한 듯이 우선 말을 끊고 손님 마님을 쳐다본다.

"어서 말씀하세요 나두 의논할 말씀이 있어 왔습니다만 우리끼리 뭐 못할 말이 있겠나요."

하고 숙경 여사는 어쩐지 한 수 떨어지는 듯싶어서 의기당당히 올 때보다는 달리 부드러운 말소리였다.

"다른 게 아니라, 인제야 말씀입니다만 댁 큰아드님이 어쩌자는 생각인지, 태동호텔에만 날마다 다니면서 신성이하구 영화 구경을 아니 다니겠습니까! 바른대루 말이지, 우리 딸하구 영화 구경을 간대두 난 내보내지 않겠지만 우리 삼열이를 데리구 영화구경을 간다거나 갔었다거나 하는 소리는 들어 본 일이 없습니다……"

하소연인지 이때껏 참고 있던 심사 틀린 화풀인지 알 수가 없다. 숙경 여사는 무어라고 대답할 말이 없어서 그저

"네, 그래요? 그 애가 원체 대범하구 잔재미가 없는 사람이긴 하죠."

하고 어름어름 대꾸를 하였다. 하지만 저물도록 박옥주 마님이 들쑤셔

내는 탓에 얌전한 아들이 억울하게 조명거리만 되고, 두 집안이 까닭 없이 의만 상할까 보아 걱정이기도 하다.

"참 걱정예요 그 마님은 어떻게 하려는 요량인지? 그저께만 하더라두 그 애가 무슨 눈치를 채었기에 자꾸 D극장에를 가자구 졸라서 가보았더니, 아니 그 마님이 신성이하구 댁 아드님을 데리구 척 와 있겠죠. 이건 어쩌자는 거예요? 우리가 정혼한다는 소문은 날 대루 났는데, 무슨 희살을 놀려는 건지? 도모지 까닭을 알 수가 없에요. 익수만 하더라두 좀 정신을 차리게 잘 타일러 주세요. 이러다간 창피스런 꼴 당하겠에요. 그건 고사하고, 갈 제두 한 차루 셋이 획 가 버리니 삼열이가 어째 심사가 나지 않겠에요 그래 어제 아침에는 밥두 안 먹구 통통 부어 나가더니 어디를 싸질렀는지 세 시간 네 시간에 들어오지 않았에요."

숙경 여사는 인제야 대강 짐작이 나섰지마는 선뜻 할 말이 없었다.

"그런 건 걱정 마세요 어제 아침엔 우리 집에 왔더라니까 저의끼리 말다툼을 하구 갔는지 모르지만, 그런 그렇다 하구 어떡했으면 좋겠에요? 이왕 치를 일이면 피차 과년한 처지고 하니, 어서어서 소리 없이 엉구어 버렸으면 좋을 것 싶은데요? ……"

"글쎄 내 말이 그 말예요 가 뵙구 싶어한 것두 그 말씀을 의논하여 볼까 한 건데요"

두 마님의 의사가 우연이라 할지 우선은 일치하였다.

"그러니 말예요 그저 형식이지만 요새 뭐 약혼식이니 뭐니 하는 거 있지 않습니까. 표적으루 그런 거라두 어서 해치웠으면 이러니저러니

다신 말이 없을 것 같은데요"

"나 역시 그 생각예요. 무엇보다두 태동호텔네 모녀의 마음을 가라앉히게 하기 위해서라두 빨리 서둘러야 하겠에요"

여기에도 두 마님의 의사는 맞았다.

"그럼, 오늘이라두 영감님 들어오시건 의논하세서 날짜를 정하세요. 그리구 이건 좀 지나친 걱정일지는 모르겠지만, 남 볼 상두 있구 하니까, 아주 예식을 할 때까지는 저의끼리 찾아다니는 것두 뚝 끊게 하구, 의논할 것은 우리끼리 만나서 하는 게 어떨까 하는데요"

숙경 여사의 이 제안에 옥인동 마님은 눈이 똥그래지며 잠깐 치어다 보다가

"좋겠죠"

하고 선뜻 찬성을 하며 수그러졌으나 삼열이가 어제도 가서 몇 시간씩 파묻혔다가 온 모양이니 무슨 불민한 일이나 없었든지 애가 씌었다. 이 마님이 별안간 쫓아와서 서두는 눈치로 보아서도 짐작이 갈 듯 말 듯 한 노릇이나 무어라고 재우쳐 물어 볼 일도 못 된다.

"우리 집 영감야 으레 좋다구 하실 거니까 의논하구 말구가 없는 일이요, 약혼식이란 이를테면, 구식으루 말하면 사주단자를 보내오는 셈이니까, 첫대는 댁에서 당자의 의향부터 물어 보시구 아주 날짜까지 정하시면 우리는 거기 따라가기루 하죠"

이야기가 이렇게 변하였으나, 그래도 영감님 의사를 들어 보아야 인사가 되지 않겠느냐는 숙경 여사의 의견대로 내일 옥인동 마님이 하회를 알리기로 하고 헤어졌다.

이 날 저녁때 아들이 들어오니까 숙경 여사는

"애, 어느 때까지 이러고만 있을 수 없다구, 저 집에선 어서 약혼식이라두 하자는데 어떻했으면 좋겠니?"

하고 발론을 하였다.

"뭐 별안간 서두를 까닭두 없지만 하자는 대루 하죠 하지만 결혼 비용이 문제예요"

익수로서는 반대할 이유도 없지마는, 서두를 까닭이 없다는 것부터 내세웠다.

"그거야 어떻게 되겠지. 정하면 집문서를 내놓기루."

어머니는 아들이 순순히 응하는 데에 우선 마음이 놓였다. 신성이에게라도 마음을 두고 딴소리나 하지 않을까 은근히 애를 썼던 것이다.

"빚을 내서까지 장가들 맛야 있습니까마는, 식이야 언제하든 약혼만이라두 하자는데 마달 수야 있습니까."

그리 탐탁히 덤비지 않는 것은 제 혼담이라 해서 체모 차려 그런 것 같기도 하지마는 역시 마음 한구석에는 딴생각이 서리어 있어서 그런 거나 아닌가 하는 불안이 모친에게는 없지 않았다.

이튿날 아침결에 옥인동 마님이 오더니, 자기 영감은 대찬성이라고 하더라면서 같이 택일을 하러 가자고 서둘러 대었다. 약혼일이라도 길일을 잡자는 것이었다.

두 마님이 같이 나서서 두 마님이 똑같이 단골인 무꾸리 집에 가서 물어 보니 내달 초닷샛날이 좋다는 것이다. 앞으로 열흘 남짓 남아 있다. 두 마님은 오면서 약혼식에 교환할 선물까지 의논을 하고는, 지금 세상에 아들, 딸자식 시집보내고 장가들이기에 이렇게 손쉬울 수가 있는가 하고 서로 유쾌한 기분으로 헤어졌다.

약혼식의 주례로는 삼열이가 다니는 학교의 교장을 청하기로 하였다. 그것은 삼열이를 길러내고 또 삼열이를 끌어다가 교사로 데리고 있는 은사(恩師)이기 때문이기도 하다.

두 집에서는 선물 마련에 분주하였다. 두 집 마님끼리 겉의논은 하였지마는, 제각기 당자끼리의 의향도 있어서 결국에는 신부 편에서는 파카51의 만년필을 보내기로 하고 신랑 쪽에서는 다이아를 박은 백금반지로 결정이 되었다.

"결혼식 때 양복이나 한 벌 해 주구 좋은 시계나 사 주면 되지."

한동국 영감의 예약이었다.

그러나 그 열흘 동안이 왜 그리 지루한지? 누구보다도 삼열이가 손꼽아 기다렸다.

173

20

"내일 꼭 와. 아침 열 시까지. 기다리구 있을께니! 이따 신성이한테두 일러 보내겠지만……."

"좀 어려운데요 아 참, 전, 요담 목요일엔 약혼식을 하기루 됐죠. 그날 오시겠에요?"

"응, 그건 삼열이 아버니게 들어서 알았지만 섭섭하구먼. 섭섭하대서야 말이 안 되지만, 가다뿐야. 하여튼 섭섭하니 내일은 꼭 좀 만나자구. 그래 올 테야? 안 올 테야?"

익수는 저편에서 하도 호들갑스럽게 덤비는 바람에 차마 거절할 수가 없어서 결국은 가마고 약속을 하고 전화를 끊었다.

박옥주 여사가 학교로 전화를 건 것이었다. 오늘이 토요일이니 이따가 신성이가 집에 올 텐데, 그 길에 전갈을 해 보내도 넉넉한 것을 일부러 학교로 전화까지 건 것이 좀 이상도 하다. 그러나 저녁때 공부를 하러 왔던 신성이는 아무 말도 없이 가 버렸다.

이튿날 일요일 아침에 익수는 모친과 누이들이 교회에 가기도 전에 나갔다.

"어딜 이렇게 일찍 가니?"

공일이면 늘 들어앉았는 아들이기에 말이다.

"네, 좀 약조한 데가 있어서요"

익수는 마음에 켕기는 데가 있는지라 도망구니같이 빠져 나왔다.

신성이 집에를 오니까 옥주 여사는 그제야 아침상을 물리고 나서 나갈 차비로 세수를 하고 있었다.

"응, 왔구면. 약속을 지켜 주니 무던해."

옥주 여사는 무척 반색을 하였다.

"아 그럼 어른께 약속을 하고 범연할 리야 있겠습니까? 한데 뭐 시키실 일이 있에요?"

어수룩한 수작 같지마는, 저녁밥을 먹으러 오라는 것과도 달라서 아침결에 부르니 말이다.

"하하하……. 이 사람아 아무러니 남의 집 귀한 아드님, 약혼한다는 알뜰한 사윗감을 한만히 심부름을 시키자구 부르겠나? 어서 올라가 있어."

하고 옥주 마님은 물 묻은 얼굴로 깔깔댄다. 이 마님은 이 젊은 애의 모습에서 언제나 안도(安燾)의 모습을 볼 수 있는 것이 마음에 흡족한 것이다.

"선생님 오셌에요?"

익수가 안방에 들어가 앉으니까, 건넌방에서 신성이가 나와서 들여다보며 생글 웃는다. 익수도 웃음으로 대꾸를 하였다. 익수는 어쩐 영문인지 몰라서 눈치만 보고 앉았다.

"그래, 약혼식의 예물은 무엇으루 했어? 나두 가만있을 수는 없는데 뭘 해 줄까?"

옥주 여사는 좀 놀리는 어조로 경대에 향하여 화장을 하던 얼굴을 이리로 돌린다.

"온 천만에! 약혼식에 뭘 해 주세요"

익수의 말은 어디까지 솔직하였다.

"자아, 그럼 나가 볼까?"

화장이 끝나고 옷을 갈아입으려는 눈치에 익수는 마루로 피해 나왔더니, 옥주 여사가 앞장을 서고 신성이도 따라 나섰다. 차에 올라앉으니까, 어른 아이 식모들이 줄레줄레 음식 보퉁이를 들고 나와 차 속으로 데민다. 창경원에를 가는지 놀이나 가는 것 같아서, 영문도 모르고 온 익수는 좀 얼떨하였으나 잠자코 말았다.

"내 생각엔 이게 마지막야. 하지만 하여튼 하루 놀구나 보자구!"

차 안에서 설명하는 옥주 여사의 변명이었다.

"왜 마지막이라세요 언제든지 불러만 주시면 염치없이 달려들 거구, 저두 결혼이나 하면 한 번 모시게 되겠죠"

옥주 여사는 하 어이가 없어서 웃기만 하고 잠자코 말았다. 그러나 마지막이라니 약혼식을 한다는 바람에 이 마님도 단념을 하고 신성이 공부시키는 것도 그만두라는 말인가 싶기도 하다. 그야말로 섭섭은 하나 오래갈 인연도 아니요, 어떻게 할 도리가 없는 바에야 이 기회에 깨끗이 헤어지는 것이 차라리 잘된 셈이라고도 생각이 든다.

어제 전화로 옥신각신하기가 성이 가시고 못 간다고 덮어놓고 뿌리치는 수도 없어서 가마고는 해 놓고도, 실상은 삼열이와 약속한 것이 마음에 걸리지 않은 것도 아니었지마는 삼열이의 소원대로 신성이가 공부도 집어치우고 떨어져 나간다면야 그야말로 마지막으로 한 번쯤 더 함께 놀러간대도 양심에 거리낄 것도 없고 삼열이가 나중에 알기로 속였다고 노여워 하기야 하랴 싶었다.

차는 창경원을 휙 지나서 어느덧 삼선교에 다다랐다.

"어디루 가십니까?"

오늘은 뒤에 신성이와 나란히 앉게 된 익수가 앞에다 대고 또 말을 걸었다.

"어디거나 갈 데까지 가 보지. 아무 데나 가서 점심이나 먹자구."

"아주 니힐(허무적)하십니다그려."

익수는 일부러 한마디 하였다. 총각이 여자를 알게 되어서 붙이는 수작부터 대담하여졌는지도 모르겠다.

"난 모를 소린데! 호호호……. 난 이래 뵈두 구식 노인야. 호호호"

"좋습니다! 구식 노인을 자랑삼아 내세우시게까지 됐으니 세상은 좋지 뭐예요"

익수는 옥주 여사에게 존경하는 마음이 없다기보다도, 인제는 장모가 될 사람은 아니라는 데에 마음 놓고 시룽대는 소리도 한만히 나오는 것이었다.

차는 정릉고개를 넘어서, 오른쪽 능 안으로는 들어가지 않고 왼편으로 휘어들었다. 북한산 기슭으로 치달리려는 모양이다. 그런데 중턱에를 다 못 가서 여학생 행렬이 지껄대며 줄줄 연달아 간다. 좁은 길에 빵빵거리는 차를 피하려고 아이들은 길가로 몰리고 법석이다. 그래도 하여튼 옥주 여사의 차는 학생의 행렬 옆에 쭉 빠져서 북한산 밑으로 치달렸다.

익수는 학생들의 복색으로 보아서 E학교 학생이고나 하고 잠깐 눈이 휘둥그레졌다. 혹시나 영솔자로서 그 속에 삼열이나 끼어 있지 않은가 하는 불안에서였다. 하여튼 그런 사정 이런 사정없이 차는 윙윙 달려서 그 옆을 획 지나쳐 버렸다. 차는 갈 수 있는 데까지 가서 물줄기가 뻗혀 나오는 길목에 세워 놓았다. 벌써 열 두 시나 가까웠다. 그러나 뒤떨어진 학생들은 아직 허위단심 꼬불거리는 길을 휘돌아오고 있다.

운전수는 점심 찬합이며 커다란 백을 둘러메고 들고 일행의 뒤를 따랐다. 중턱쯤 와서 냇가의 바위 위에 자리를 잡고 백에서 담요를 꺼내어 깔고 좌정한 뒤에 운전수는 맥주 통이며 사이다 병을 물에 채우랴, 음식을 펴 놓고 시중을 들랴 분주하다. 위로 아래로 벌써 놀이꾼 패가 듬성듬이 널려 있다.

"그 학생들 오륙백 명은 착실히 될 텐데 이 좁은 골짝이루 끌구 들어와서 어디 엉뎅이나 불일 데가 있구 제대루 점심이나 먹을까요"

운전수의 염려해 주는 말이다. 그러나 아무도 대꾸는 아니하였다. 익수는 지날결에 희끗 보기에도 아무래도 E여중 1, 2학년생 같은데, 1학년이라면 틀림없이 삼열이가 따라왔을 거니 숨어서 난봉이나 피우고 다니는 듯싶어서 애가 씌우는 것이요, 옥주 여사는 옥주 여사대로 딴생각이 있어서 운전수의 말은 귓가로 들어 두는 것이었다.

맥주 통을 따서 옥주 여사와 익수가 대작을 하고 앉았고, 신성이는 우선 사이다로 목을 축이고 있으려니까, 흰 하복에 검정 스커트를 일매 지게 입고 손에는 제각기 백을 들고 땀을 빨빨 흘리며 올라오는 학생 들의 선두가 중턱 너머까지 다다랐다. 먼저 자리를 잡고 앉았는 놀이꾼 들의 눈은 일제히 그리로 쏠렸다. 학생들은 연달아 올라갔으나 길이 딱 막히니 우중우중 서 버렸다.

"어머니 저기 삼열 언니!"

신성이는 의외의 데서 만나는 것이 반갑다기보다도 신기하고 놀라는 기색으로 속삭였다. 저 아래로 아마 셋째 반쯤 되는 선두에 노리끼리한 원피스를 입고 핸드백을 든 삼열이가 이편을 어이없는 듯이 바라보다 가 외면을 해 버린다. 원광이라 모르지마는 무척 놀란 낯빛일 것이다.

익수는 머리를 긁을 수도 없고 무척 난처한 표정으로 고개를 수그려 버렸다.

'이 마님이 삼열이가 여기 오는 줄을 알구, 좀 시달려 주려구 짓궂이 여기엘 끌구 왔단 말인가? 우연이기로 이런 공교로운 우연이 있을 수 가 있나! ……'

익수는 아무리 속으로 혀를 차 봐야 별 수 없고 입맛만 썼다.

"삼열 아가씨! 한 선생! 이리 잠깐 와요"

옥주 여사는 반갑다는 듯이 웃는 낯으로 소리를 치며 손짓을 하였으 나 삼열이는 들리지가 않는지 모른 척하고, 그 뒤에 따른 반 담임인 듯 한 남선생에게로 가서 무언지 소곤거리고 있다. 당장에 전령(傳令)인지

학생들이 앞으로 뒤로 뜀박질을 하고 어수선하다가 여섯 반 담임선생들이 쫙 모였다. 한참 구수회의(鳩首會議)를 하는 모양이더니, 다시 삼열종대(三列縱隊)의 학생의 행진이 움직이기 시작하였다. 워낙이 야트막한 산비탈의 좁은 길이라, 아이들은 대열이 흐트러져서 올라가고 한편으로는 되돌아 내려오고 하느라고 대오(隊伍)가 뒤범벅이 되었지마는, 그래도 기위 여기까지 왔으니 무슨 그리 명미(明媚)한 산수(山水)는 아니지마는, 졸졸 흐르는 물소리라도 들려주고 선들한 찬바람이나마 쏘여 주자고, 아이들을 그대로 돌려세우지 않고 한 바퀴 돌게 해서 빠져 나가는 것이었다.

애초에 소풍 계획을 잘못 세웠다 하겠지마는, 누구의 발안인지 와 보니 터전이 좁은 데다가, 벌써 놀이꾼이 와서 여기저기 채를 잡고 술타령을 하는 꼴이 삼열이부터 이거 틀렸구나 하는 생각인데, 저편 언덕에서는 옥주 여사 일행이 채를 잡고 앉아서 부르니, 그나마 익수가 끼어있지 않았으면 아랑곳없지마는 기가 막혀서 남선생에게 의논한 것이요, 그러지 않기로 이 좁은 골짜기에서 일반 놀이꾼과 뒤섞이기가 싫어서 다시 능침 있는 데로 가서 아이들 밥이나 편히 먹여 가지고 가자고 의논이 된 것이다. 정작 능 안에를 들어가면 거기는 조용하니 절간에 간 것같이 아이들을 한나절 놀리기에 적당하기도 하거니와, 무엇보다도 한삼열 선생이 자꾸 우겨대서 불시에 그렇게 계획을 변경한 것이었다. 삼열이가 학생을 인솔하고 한 바퀴 휘돌고 가면서도 이편은 못 본 척하고 외면을 하고 가는 것을 보고, 박옥주 여사도 다시는 말을 걸 용기가 아니 났지마는, 익수도 되도록이면 모른 척하고 넘겨 버리려 하였다. 익수는 사실 괴로웠다. 그러나 신성이는 시기도 질투도 없이 태연 자약하였다. 다만 하나 믿는 곳은 독일 유학이기 때문인지도 모른다.

E여학교 학생들이 다 내려간 뒤에 점심을 먹고 나더니, 옥주 여사는 자기의 할 일은 끝났다는 듯이

"우리두 인젠 차차 내려가 볼까?"

하고 자리를 떴다.

이 마님에게는 남모를 계획이 있었던 것이다. 어제 반장 집 아이가 불쑥 와서 빨병을 좀 빌려 주세요 할 제, 아이들 소풍가는 데 쓸 만한 빨병이 없어 빌려는 주지 못했지마는, 지나는 말로

"너의들 어디루 소풍 가니?"

하고 물어 보았더니

"정릉으로 간대요 막바지 북한산이니까 어쩌면 산에두 올라간다나요"

여학생이 돼서 첫 소풍을 가는 것인데 고작해야 정릉이냐고 불평들이었지마는, 그래도 북한산에 올라간다는 바람에 이 아이도 신바람이 나서 하는 눈치다.

"너의 반만 가니? 한 선생은 어느 반이냐?"

삼열이가 영어는 상급반도 맡아 보지마는 아직 초대라 일 학년 담임 선생이라는 말을 들었기에 묻는 것이었다.

"아뇨 한 선생님은 국반(菊班)예요 다섯 반 다 함께 간대요"

옥주 여사는 이 말에 자기도 내일 정릉놀이나 꾸며 볼까 하는 생각이 들었던 것이다. 무슨 남의 혼사에 시기가 나서라기보다도, 삼열이에게는

미안한 일이지마는, 아무리 생각해도 익수를 놓치기는 아까운 일이니, 어디 마지막으로 셋을 한자리에 놓고 저의끼리 정말 좋아하는 것이 누구인지를 또 한 번 다투어 보고 싶었다. 또 실상은 아무려니 삼열이에게 내 딸이 지고 말겠느냐는 당길심이 있는 것이요, 일전에 한동국 영감과도 약간의 충돌이 있던 끝이라 더욱이 성벽이 나서, 익수가 실상은 우리 신성이를 좋아한다 하는 좀 천착한 노골적 경쟁심으로도, 오늘 일부러 뒤쫓아와서까지 삼열이의 감정을 들쑤셔 놓고야 말게 된 것이다. 그러나 삼열이만이 분해 하는 것이 아니라, 익수도 이 놀이가 달갑지 않았고 나중에는 속아 넘어갔다고 분개까지 하였다. 스라소니처럼 영문도 모르고 끌려 다니면서 이 마님 수단에 논 것이 분하였고, 이 혼인에 희살을 놓고 삼열이와 싸움을 붙이려는 것 같은 그 야비한 수단이 얄밉기도 하였다. 그러나 그것도 딸을 위하고 자기를 탐내서 그러는 것이거니 생각하면 노엽고 분하다가도 혼자 껄껄 웃고 마는 수밖에 없었다.

그러나 하여간에 신성이만은 정말 아무 영문도 몰라서 그런지, 익수의 미묘하고 복잡한 심리적 변화나, 아주 난처해 하는 눈치에는 일향 무관심하게 초연한 기색이었다. 한때는 익수를 따른 눈치 같기도 하였고 삼열이를 시새는 기색도 없지는 않았으나, 약혼식의 날짜까지 받아 놓았다는 말을 듣고는 제 혼자 생각으로서는 몹시 토라져서 그런지도 모르겠으나 요새로 모든 것이 시들하다는 생각이 들고 도리어 어머니가 괜히 몸이 달아 하는 것이 우스꽝스럽다는 생각이다. 신성이로서는 이때껏 어머니가 좋다 좋다 하고 애를 써 교제를 시키니까 그런가 보다 하고 따라왔고, 어머니가 터놓고 시키는 남자 교제인데 싫을 것도 없거니와 사람야 좋고 어느 모로나 남에게 빠질 데가 없지마는, 실제 문제로 곰곰 따져 보면, 첫대 자기와 함께 독일 유학을 할 자력이 있나? 어머니 말눈치 같아서는 어떻게 주선을 해 주겠다는 말이지마는 그건 못 믿을 이야기요, 기껏해야 어려운 집 홀시어머니 밑에서 맏며느리 노릇을 하라는 것이니 그나마 그 까다로운 시어머니 밑에서 될 것 같은 일이 아니다. 신성이 자신이 생각해 봐도 자기와 같은 기질에 구풍(舊風)이 아직 반은 남아 있는 그런 집에 들어가서 담당해낼 수도 없고 배겨낼 것 같지가 않다. 더구나 독일, 오스트리아를 다녀와서 악단(樂壇)에 한번 크게 드날려 보려는, 아니 겸손하게 말하여 예술에 정진해 보고자 하는 자기로서는 결코 가합한 자국이 아니라는 제 의사가 차차 뚜렷하여진 것이었다.

또 혹은 어머니가 얼마간 여축이 있어 그것을 나중에는 물려주고 말 것이니, 마음에 드는 믿음직한 사위를 보시겠다는 생각인지 모르지마는, 그거야 두고 봐야 알 일이지, 내 독일 유학 학비나 대고 말지, 영업이 신통치 않은 날이면 언제 어떻게 될지 누가 알 일인가? ……이러한 속다짐까지 하고 있는 신성이었다. 그러고 보니 독일 유학 이외에는 모든 것이 시들하고 어머니는 괜히 서둔다는, 약간 비웃는 생각도 들게 된 것이었다.

그러나 옥주 여사는 아직도 모든 희망을 버리지 않았다. 나는 어차피 영감도 없고 자식도 없는 박복한 사람이나, 자기가 죽은 뒤에 재산은 딸에게도 주려니와, 사위 겸 자식 겸 내 마음에 드는 익수에게 물려주고 가겠다는 것이다.

'지금은 에미 마음을 모르지만, 너희두 차차 나이 차 가면 내 마음을

알 것이리라.'

이런 생각일 뿐 아니라, 익수를 놓치기가 아까워서 한동국 영감이 불쑥

"요다음 목요일엔 우리 애 약혼식을 할 텐데, 이 마님 좀 와서 축사라두 한마디 해 주시려우?"

하고 실없은 소리처럼 청하는 말에 옥주 여사는 깜짝 놀라며 팩 토라져서

"축사야 얼마든지 하겠지만, 글쎄 행복한 혼인일지?"

하고 비꼬아 준 것이 시단이 되더니, 나중에는 한동국 영감의 입에서

"안익수 그 애가 내 사위가 된다는 것은 기정사실이니까 다시 말할 것도 없거니와, 신성이로 말하면야 내 둘째며느리루 정해 놨는데, 이 마님, 새삼스럽게 무슨 딴소리야?"

하고 너털웃음을 여기서도 터뜨려 놓았던 것이다.

"이 영감이 자기 욕심 챔만 하느라구 무슨 헷소리야? 언제 내가 내 딸을 당신 같은 숨을 거둘 때까지 냉수나 마실 무소속 국회의원한테 보낸다구 합디까? 나는 속았지! 아무려면 내 딸년까지? ……"

하고 옥주 여사는 공연히 흥분해서 마구 덤비다가 창피한 생각이 들었든지, 다시 목청을 가다듬어서

"여보! 우리끼리 그런 새인데, 어떻게 또 우리가 사둔이 돼서 남이 들어두 창피스럽게 또 대를 물려준단 말씀요. 아예 그런 망녕의 소린 다시는 하시지 마세요."

하고 아주 그 말은 입을 틀어막느라고 누그러져 빌붙어 버렸던 것이다.

21

소풍에서 돌아온 삼열이는 제 방으로 들어가더니, 으레 옷을 갈아입고 나와서 이야기가 있을 텐데 언제까지 기다려도 감감하다. 안방에서 기다리던 모친은 아마 고단해서 그런가 보다 하고 부엌일을 돌보아 줄 것이 있어서 일어난 길에 건넌방을 들여다보고

"어디가 아프냐? 잘 놀았니?"

하고 말을 걸려니까, 옷은 치마, 저고리로 갈아입었으나 아랫목에 그런 듯이 새침하니 앉았던 삼열이가

"아녜요. 좀 자구 싶어 그래요."

하고 곧 쓰러질 시늉이다. 얼굴빛이 몹시 좋지 않았다.

"그럼 어서 자구 나거라."

그래도 모친은 딸이 학교 선생이 된 것이 아니라, 아직도 수학여행이나 다녀온 학생시절의 어린애 같은 생각이 들어서 고단을 풀어 주려는 생각이지마는, 몸이 고달파 하는 것을 보고는 점심은 어찌 먹었는가 싶

어서 벤또갑이 든 핸드백을 잡아다려 가지고 나왔다. 그러나 열어 보니, 점심은 한두 술 뜬 흔적밖에 없다.

'엉, 애가 몸이 성치 않은 게로군!'

하고 늙은 어머니는 애가 씌었으나, 자겠다는데 또 채쳐 들어가 묻고 싶지는 않았다.

삼열이는 능 안 막바지에까지 기어 올라가서 그 꼴을 보고 어쩌면 사람이 이럴 수야 있는가 하고 몹시 실망을 한 끝에 입맛이 없어서 점심도 먹지 않았던 것이다. 지금 집에 돌아와서 가만히 생각하니 다시는 신성이 모녀와 놀러 다니지 않겠다고 맹세한 바로 며칠 전의 남자의 말도 못 믿겠거니와, 그 세 사람이 짜고서 자기를 놀리는 것만 같아서 그 분을 참을 수가 없는 것이다. 지금 자기 방에 가만히 앉았는 것도, 체면상 큰소리를 내거나, 부모에게라도 울며불며 무슨 하소연을 하자는 것이 아니라, 냉정히 자기의 갈 앞길을 생각하여 보는 것이요, 오늘 만난 그 세 사람에 대한 분풀이를 어떻게 해야 속이 시원하겠느냐고 궁리를 해 보고 있는 것이다.

삼열이의 눈에는 무서운 독기가 서려 있었다. 무엇보다도 초대이기는 하지마는 중학교 선생까지 된 자기의 인격이 익수나 옥주 모녀에게 짓밟힌 것이 분해서였다. 옥주 마님이나 신성이가 문제가 아니다. 익수란 사람이 그렇게 썩어 빠진 사람인 줄은 모르고 믿었던 것이 분하고 자기 몸까지 허락한 것이 큰 실수였다는 겁이 더럭 난 것이다.

가르치던 거야 어떻게 별안간 끊겠는가마는 그 대신에 다시는 청자를 받아도 가지 않을 거요 신성이와 놀러 다니지도 않겠다고 말하던 그 입술의 침이 마르기도 전에, 내 뒤를 줄줄 쫓아다니면서 이것 보라는 듯이 슬며시 남의 부아만 돋워 놓자는 수작이니, 이거야 사람의 수작인가? 건드려만 놓고 꽁무니를 빼자니 할 말이 없고 하니까, 저절로 물러나도록 하는 수작이 아닌가? 세상에 믿을 놈이 없고, 남자란 모두 그렇게 더러운가? ……

약혼식의 단꿈이 깨어진 삼열이는 제 속생각이나 이 사연을 부모에게 말할 수도 없고 미칠 것만 같은 것을 꾹 참고 누웠다. 그래도 몸과 마음이 시달린 끝이니 모진 것이 잠이라, 잠깐 눈을 붙이고 났다. 조금 있으면 시집갈 애라 해서 더 마음이 쓰이고 위하려는 생각에, 어머니가 안방에 차려 놓은 밥상에 끌어다가 앉히니까 그제야 삼열이는 정신이 다시 반짝 든 듯싶고, 학교에서 와서 얼굴을 말짱히 씻고 밥상에 다가 앉는 동생 철희의 생기 있는 얼굴을 치어다보고는, 아까와는 딴 세상에 온 것같이 이 세상에 좀 더 살아 볼 희망이 남은 것같이 기분이 돌았다.

"애, 참 내일은 선물두 사 와야 하구, 그날 옷은 뭘 입을지 어서 준비를 해야 하지 않니?"

식탁에 둘러앉자 모친은 딸의 기분을 좋게 하느라고도 그렇지마는, 약혼식 준비할 것이 걱정이 되어서 말을 꺼냈다. 그러나 삼열이는 대꾸도 안 한다.

"식장은 역시 태동호텔 식당을 비는 것이 좋겠지?"

딸이 새침하니 대답이 없으니 좀 답답해서 또 말을 건다.

"어머니! 어림없는 소리두 하시네. 태동호텔은 뭐예요?"

하고 밥을 먹던 삼열이는 별안간 소리를 팩 지른다. 어머니는 눈이 똥 그래지면서 해쓱해서 젓가락을 탁 놓는 딸의 얼굴을 치어다보았다.

"아니, 너 아버지가 그러자구 하시기에 말이지."

"노인네들 꿈 속 같은 어림없는 소리! 고만하세요. 듣기 싫어요."

삼열이는 태동호텔 소리가 나오니까 그만 발끈하여진 것이었다.

"애가 왜 이러니?"

어머니는 어이가 없어 상머리에서 발딱 일어서는 딸을 치어다보며, 놀란 얼굴은 겁에 질렸다.

"몰라요 약혼식이구 뭐구 그만두세요 다 틀렸에요"

삼열이는 소리를 빽 지르고 울음이 터질 것 같은 얼굴로 홱 나가 버렸다. 어머니나 철희나 눈이 더 똥그래졌다.

'쟤가 전엔 그렇지 않았는데……?'

어머니는 일변 놀라며, 일변 어쩐 영문인지 궁금하여 밥맛이 떨어졌다.

"애 왜 그러는 거냐? 뭣 때문야?"

하두 답답해서 모친은 밥을 먹다 말고 건넌방으로 따라가서 달래듯이 물었다. 역시 아직도 학생 티가 있는 삼열이는 책상머리에 두 손을 놓고 그 위에 얼굴을 폭 수그리고 있다가

"묻지 마세요 저 하는 대루 내버려 두세요"

하고 한마디 소리를 치고는 자리도 깔지 않은 맨바닥에 벽을 향하여 드러눕고 만다. 어머니는 한참 그 뒷모양을 바라보다가 머쓱해서 가만히 나와 버렸다.

영감이 들어온 뒤에 그 이야기를 하니까, 한동국 영감은 또 껄껄대며
"그거 뭐, 풋내기의 아들이 사랑쌈야. 걱정할 것 없어요 허허허······.
아까 박옥주 여사를 만나 이야기를 들으니까, 오늘 그 애들을 데리구
정릉에를 놀러갔다가 마주쳤다든가. 그 동티겠지. 별일 없어."
하고 천하태평이다. 마님은 그래도 그런 정보라도 듣고 나니 얼마쯤은
마음이 놓이나, 어쩌면 그 애 뒤를 따라서 익수를 데리고 정릉까지 갔
을까! 이번 옥주를 만나면 한바탕 해내겠다고 별렀다. 결과야 별 수 없
는 일이지마는 잠깐 한때라도 딸이 저렇게 마음이 상해서 몸살을 내는
것을 보니 분해 못 견디겠다.

그러나 또다시 생각하면 약혼식 날짜까지 받아 놓은 신랑 놈이, 번연
히 알면서 꼬여내는 대로 딴 처녀의 꽁무니나 줄줄 쫓아다니는 그놈이,
더 나쁜 놈이라는 생각이 들어서 딸의 앞날이 걱정이 되어 잠도 변변
히 못 들었다.

날이 밝자 옥인동 마님은 풍우같이 사직동으로 달려갔다. 학교에 가
기 전에 우선은 익수부터 붙들어 놓고 따지자는 생각이다.

"대관절 자넨 어떻게 된 사람인가?"

사직동 집에 들어 닥치는 길로, 주인마님과 인사할 새도 없이, 방문
이 열린 아랫방에서 넥타이를 매고 섰는 익수를 들여다보고 소리를 친
다.

'이게 웬일인가?'

하고 주인마님은 눈이 휘둥그레서 마루로 나섰다. 어쩌면 저 마님이 저
렇게 상스럽게 굴까 하고 속으로 혀를 찼다. 그러나 아들이 방에서 싱

189

글성글 웃기만 하면서 풀이 죽어 하는 꼴을 보니, 또 무슨 사단이 났는가 싶어 눈살이 찌푸려졌다.

"아니, 마님! 무엇 때문이신지는 모르지만, 이게 무슨 챙피스런 노릇예요? 어쨌든 이리 올라오세요"

옥인동 마님이 그런 매서운 성미인지도 몰랐지마는, 숙경 여사는 하이어이가 없어서 차근차근히 점잖게 나왔다.

건넌방의 딸 형제도 책가방을 꾸리기에 부산하다가 깜짝 놀라서 우두커니 뜰을 내다보고만 섰다. 그런 중에도 희수는 저번에 삼열이가 세 시간씩이나 놀고 갔다더니 그 동티로 말썽이 생겼구나 하는 생각에, 한편으로는 호기심도 없지 않으나 눈살을 아드득 찌푸리고 아랫방에서 가방을 들고 나서는 오라비의 얼굴만 바라다보고 있다. 그러나 익수가 그리 당황해하는 눈치도 아니요 여전히 웃는 낯으로 태연히 구두를 신고 뜰로 내려서는 것을 보니 모친이나 누이들이나 조금은 마음이 놓였다.

"어제 정릉에 갔던 것을 가지구 그러시는 말씀 같은데, 그런 게 아네요. 약혼식을 한다는 말을 듣고서 그런지 인제는 신성이를 공부시키러 보내지 않겠다구, 마지막으루 들놀인지 소풍인지 하구 헤지자구 하는 걸, 그것까지 마다구 할 수가 없어서 따라갔던 것인데 공교롭게두 삼열 양을 만났군요. 허허허……"

말을 들어 보니 그리 군색한 변명 같지도 않아서 삼 모녀는 수미(愁眉)가 펴지며 마음을 놓았으나, 옥인동 마님은 그래도 못 믿겠다는 듯이

"하필이면 꼭 그 애가 가는 곳, 가는 시간을 대어서 이것 보라는 듯이 남의 기를 올리려구 일을 꾸밀 것까진 없지 않은가?"

하고 딸 대신에 쾌쾌히 따지며 대들었다. 그러나 익수는 거기에는 대꾸도 않고 훌쩍 나가 버렸다. 두 딸도 어머니가 혼자 상심되어 할 것이 마음에 걸리기는 하나, 학교 시간이 급하니 뒤미처 나갔다.

"왜 그리세요 어서 올러오세요"

숙경 여사는 마음을 가라앉히고 손님을 다시 대하듯이 웃는 낯으로 뜰에 섰는 옥인동 마님을 끌어들이려 하였다. 무관한 사이지마는, 앞으로는 사돈이 될 텐데, 더구나 저의끼리 무슨 일이 있었지나 않은가 하는 생각이 들어서 좀 굽죄이는 기색이었다.

"아니, 그게 웬일예요?"

숙경 여사는 큰소리 나는 것이 싫으니 아무쪼록은 달래듯이 조용히 말을 꺼냈다.

"지금 말 들어 봐두 알 일이지만, 박옥주 농간 아녜요? 하지만 아무리 박옥주 농간이기루서니, 한두 살 먹은 어린애 아니요, 정혼까지 해놓은 터에 왜 그 춤에 노느냔 말예요"

옥인동 마님은 은근히 아들 잘못 가르쳤다는 말눈치다.

"하기야 자기 딸 공부시켜 주었다는 인사루 마지막 데리구 가서 놀기두 예사죠. 뭘 그렇게 심악하게 따질 것야 있에요"

숙경 여사도 참다못해서 맞서고 말았다. 도무지 저의끼리의 내용을 모르니 피차에 눈치만 살피려는 기색이었다.

"허기야 그렇지만, 우리 집 애는 약혼식두 그만두자니 걱정 아녜요?"

"그거 왜 이렇게 말썽이 많을꾸? 하지만 아까 그 애가 말하던 그런 사정을 따님한테라두 말하시면 그만 짐작야 없겠에요. 염려 마세요. 우리 자식이라 해서가 아니라, 그 애가 결코 그럴 리는 없으니까요."

숙경 여사는 천연하면서도 변명에 열중하였다. 옥인동 마님도 그럴싸한 눈치로 아무래도 약혼식이야 제대로 해야 하지 않겠느냐는 말을 남겨 놓고 갔다. 그러나 앞으로 남은 사흘 동안에 옥인동에서는 아무 소식도 없었다. 음력으로 초닷샛날 목요일도 소리 없이 훌쩍 넘어갔다.

옥인동 집에서는 어버지나 어머니가 아무리 꾸짖고 달래고 하여야 삼열이는 끝끝내 도리질을 하였다. 삼열이도 어머니가 전해 주는 익수의 변명을 듣고, 그럴싸하게 생각하지 않은 것도 아니나 좀체 그 분이 풀리지 않았다.

사직동 집에서는 익수도 입을 벙긋도 안 하고, 모친은 며칠 동안에 얼굴이 야위어져서 날마다 가만히 방에 누워만 있다.

22

"어머니 지금 왔에요 좀 늦었죠?"

신성이는 마루 끝에서 소리를 내며 구두를 벗고 올라온다.

"아니, 뭐 그리. 그래 잘하던?"

"미국 좀 일 년쯤 다녀왔다구 잘하구 말구가 있겠에요 원체 테너루선 이건데요."

하고 신성이는 웃으며 엄지손을 삐쭉 쳐들어 보이고 웃는다. 오늘은 명신이 학교의 이×× 교수가 미국에 갔다가 온 환영독창회가 있었던 것이다.

신성이는 기분이 좋았다. 피아노과이기는 하지마는 평소에 우러러보는 이 교수의 독창회가 성황으로 좋은 소리를 들어서 흐뭇하기도 하였지마는 또 하나 새로운 유쾌한 일이 있었기 때문이다. 그러나 원체 양악에 대해서는 이해가 없는 어머니한테는 잔사설을 하기도 싫거니와, 또 하나 유쾌한 일을 생각하면 가슴이 답답하도록 부풀어 올라서 그저 생글생글하며 제 방으로 가서 옷을 갈아입고 있었다.

"애, 이리 와 뭐나 좀 같이 먹자."

옥주 여사는 자기도 입이 텁텁해서 과일이든 차든 먹고 싶어서, 건넌방에 대고 말을 걸고는 식모를 불러서 마련을 하게 하였다.

딸에게는 커피 차에 과자를 주게 하고 자기는 홍차에다 위스키를 타서 그 향긋한 맛에 기분이 좋아서 조금씩 마시며 마주 앉았다.

"어머니, 그이두 음악을 좋아하는지? 친구에게 끌려왔는지? 거기 왔더군요. 그런 줄 몰랐더니 우리 찬양대 박 선생하구두 친구더군요."

신성이는 이때껏 혼자만 속으로 생글방글하던 좋은 기분을 어머니와도 나누려는 생각에 말을 꺼내고 말았다.

"응, 그래? ……"

하고 옥주는 웃으며 대꾸를 하다가, 그래도 채 못 알아들은 듯이

"그런데 '그이'라니?"

하고 일부러 따졌다.

"아이, 안 선생 말예요. 그런 샌님, 학자님 같은 분이 음악회를 다 온 걸 보구 놀랐에요."

하고 신성이는 새새새 웃는다.

"호호호……. 익수가 왔더란 말야? 왜 그 사람이 샌님이란 말이냐?"

하고 어머니도 마주 웃었다.

익수와 연신이 끊어진 지 거진 한 달이나 되는 터이다. 그 지간에 한동국 영감과 옥주 사이에는 설왕설래가 많았지마는, 결국 익수와 삼열이의 약혼식이 틀렸는지 무기 연기가 되었는지 한 그 원인이 정릉 골

짜기의 놀이였다는 것을 알고는, 옥주도 좀 심하였다는 생각이 들어서 멈칫하는 기미이었지마는, 신성이도 그 눈치를 채고 일절 익수의 집에는 가지 않았던 것이다.

그러던 것이 오늘 음악회에서 파해 나오다가 우연히 마주치자, 찬양대의 지휘자인 박정식이가 깜짝 놀라면서

"오! 미스 박, 여기 오셨군요"

하고 유난히 반가워하는 것을 옆에서 보던 익수는 정릉놀이 이후, 말하자면 약혼식이 빠그러진 뒤로는 이렇다는 말 한마디 없이 발을 끊어버린 것이 괘씸한 생각도 있던 터이다.

"이 아씬 누구신가요? 아무 소리 없이 세 번째 걸러? 이것두 학생야?"

하고 껄껄 웃으면서도 시비조다. 신성이는 할 말이 없어 웃어만 보이고 고개를 수그려 버렸다.

이것은 익수가 성교(性交)라는 것을 알게 된 뒤부터 담(膽)이 커져서 여자를 다루는 품이 달라져서도 그렇지마는 박정식이와도 친숙한 사이인 눈치를 보고 의외이기도 하지마는 약간의 질투를 느끼면서 한층 더 뛰어서 반말지거리로 사제 간의 분을 차리려 하였다. 그것은 물론 박정식에 앞에서 뽐내는 한때의 호기이기도 하였다. 신성이는 기실 깜짝 놀랐다. 찬양대에 나가서 피아노를 쳐 주는 관계로 박정식이와 자별히 지내는 터이지마는 이런 데서 우연히 만난 것이 신기한 듯이 퍽 반색을 하는 것이 좋았다. 그러나 오랜만에 만나는 익수가 전에 없이 농조로 쾍 달겨드는 듯한 남자다운 기세를 보여 주는 것도 유쾌하였다.

신성이는 삼열이와 아주 약혼식을 한다는 말에 조금은 서운하면서도

하려면 하라지! 하고 시들히 여겨왔던 것이다. 그러나 지금 오랜만에 익수를 만나니 역시 반갑고, 그 무엇인지를 속에 숨긴 듯한 정열적인 말소리나 표정에 위압을 느끼면서 무척 좋기도 하였다.

'역시 이이가 정말은 나를 좋아했나 보다!'

이런 직감이 들면서 신성이는 막연한 승리감과 함께 잠깐 가슴이 설레었다. 신성이는 무어라고 말하기도 거북하고 해서 그동안 익수에게, 전화로라도 인제는 독일어 강습을 그만두겠다는 말도 못 하고 말았던 것이다.

"그런데 애, 너 어떡헐 작정이냐? 일야 거북살스럽게 됐다마는, 네 생각 하나에 달렸다."

어머니는 위스키차를 반쯤이나 마시고 기분이 더 좋아서 마음먹은 말을 꺼내기 시작이다.

"에이 , 그런 소리 그만두세요. 우선 공부해야죠. 독일두 가야죠."

딸은 어머니를 핀둥이는 주면서도 얼굴은 찡그리지 않았다. 딸의 그 기색에 눈치를 챈 어머니는 이 판에 딸의 마음을 아주 돌려놓아야 하겠다는 생각을 하면서

"애, 난 아무래두 익수를 놓치기가 아깝다. 인제야 말이지마는, 그 애 아버지가 동경 유학 시절에 같이 살게 될 뻔하였는데, 영영 인연을 못 맺구 헤어졌더란다. 그 후 사회에 나와서 이때껏 참 깨끗이 점잖게 교제를 해 왔다만 지금 와서 그분이 저 지경이 되구 말았으니 그 분을 생각해서라두 어째 익수를 아들이나 다름없이 생각지 않겠니?"

신성이는 금시초문이라고 눈이 뚱그래서 깜박깜박하다가

"난 몰라요 시집가는데 그런 케케묵은 옛 이야기 옛 인연이 내게 아랑곳이 뭐예요"

하고 신성이는 암팡지게 잡아떼었다. 어머니의 옛 정분을 생각해서 어머니의 소원대로 그 아들에게 시집을 가야만 될 까닭이 있겠는가! 그런 효녀도 있을 지금 세상인가? 하고 신성이는 코웃음이 나올 뻔하였다.

"애, 그 이야긴 그만두자. 허지만 사람을 볼 줄 알아야 하는 거야."

신성이는 이 말에는 다소곳해서 가만히 듣고 있다.

"넌 어린 생각에 음악입네 예술입네 하구 날뛰지만, 첫째 먹을 게 있어야 하구, 둘째 듬직한 남편을 맞아야 하구 그리구 나서 예술인지 난장인지 하는 거야. 내가 모아 놓은 것은 얼마는 안 되지만, 그걸 물려주어두 까불리지 않구 더 불리지는 못할망정 네 평생이나 편안히 돌보아 줄 놈을 골르자니, 암만 돌아봐야 익수만 한 놈이 없단 말야. 넌 그따위 소리를 하지만 내 뒤는 너하구, 남의 집 맏아들이라두 익수더러 이어 맡게 하자는 작정이다."

어머니의 말은 아주 결정적이요 무슨 유언 같았다. 신성이는 자기 의사는 무시하고 강요당하는 것 같아서 싫기도 하고 처량하게도 들렸다. 그러나 삼열이를 젖혀 놓고 그렇게 될 수 있는 일일지 꿈같은 소리로만 들렸다. 안익수라는 존재부터가 아까 같은 경우에는 바로 곁에 와 있는 거 같다가도 결혼이 앞에 닥쳐온 절박한 문제가 아니라는 생각을 하면 저만치 떨어져 있는 사람이다.

또 하나는 이렇게 서둘러서 몸을 매어 놓을 것 없이 공부 다 한 뒤에 천천히 임의로 고른들 시집 못 가랴……하는 생각이기도 하다.

어머니의 마음도 알겠지마는, 자기의 자유의사에 맡기라는 것이다. 신성이의 머릿속에는 아까 만난 익수가 떠오르자, 박정식이의 반기던 얼굴도 나란히 나타났다. 무슨 의미가 있는 것은 아니지마는.

그 이튿날이었다. 아직 초저녁이지마는 한동국 의원은 이때껏 국회에 매달려 있었다가 돌아가는 길에 쉬어 가려고 들렀다면서, 자기 사무실로는 아니 들어가고 옥주 여사의 방으로 들어왔다. 보아 하니 매우 피로한 눈치기에, 옥주는 얼른 식당에 전화를 걸어 맥주를 가져 오게 하여 대작을 하게 되었다.

"시장하실 텐데 아주 식사를 하시죠. 무얼 하실까?"

냉채(冷菜)를 안주로 우선 목을 축이게 하고 나서 옥주는 물었다.

"아무거나!"

이것은 간단한 인사 같으나, 이 영감이 식사를 한다는 말은 여기에서 묵고 간다는 의사 표시이기도 한 것이다. 옥주는 금시로 얼굴에 생기가 돋으면서 또 식당에 전화를 걸었다. 요새는 국회일이 바빠서 이 영감의 발길이 퍽 멀어졌기 때문에, 한가롭던 옥주는 은근히 반가워하는 것이었다.

"그런데, 아니 약혼식인가는 아주 우물쭈물해 버리시는 거요? 대관절 뭣 땜에 무기 연기인지? 좀 알구나 지냅시다요."

실상은 이 이야기가 하고 싶어서도 술을 낸 것이었다.

"글쎄……. 누가 할 소린지?"

하고 한동국이는 껄껄 김빠진 웃음을 웃었다.

"이건 무슨 소리세요? 뉘게 뒤집어씌우시나?"

하고 옥주 여사는 정색을 하였다.

"하여간 옆에서 쌩이질이나 말라구. 다 때가 오면 일은 제대루 될 거니까……."

"쌩이질은 누가 해요? 이건 무슨 말씀인지 모르겠네!"

옥주는 눈을 똑바루 떴다.

"하필이면 왜 그날 그놈을 껄구 정릉엔 뭣 하러 갔더란 말요?"

"가다가는 우연히 그런 수도 있지. 일진이 좋으면 결혼식이 어느 예식장에나 줄달아 있듯이, 학생들 소풍 가는 날이니 일기가 얼마나 화창하기에 우리두 나선 것이 마주쳤을 따름이죠 누가 영감 댁 사윗감을 꼬여 낸 것은 아니니까요. 호호호."

하고 옥주는 농쳐 버렸다.

"암만해야 헛수고일 거니까 그쯤만 알아 두슈. 하지만 그것 때문에 얼마나 난가(亂家)라구. 손해 배상을 물릴 테야."

한동국이는 정중히 항의를 하다가 나중에는 반쯤 웃어 두었다.

"손해배상! 얼마든지 드리죠 하지만 그 대신……."

옥주 여사는 말이 잠깐 막힌다.

"그 대신 뭐요?"

무슨 소리가 나올 줄은 알면서, 한동국 영감은 바싹 대들었다. 이 김에 아주 단단히 귀정을 지어 놓자는 생각이다. 옥주는 막상 말을 하자니 거북해서 또 한참 주저하다가, 이왕 꺼내 놓은 말이니 돌이킬 수도 없어서

"안익수는 내게루 보내시란 말예요."

하고 마지막 담판을 붙여 보았다.

"또 어림두 없는 소리! 기껏 그게 배상이란 말야? 저의는 지금 찰떡같은 새인데, 떼놓아 볼 재주가 있거든 어디 떼어 놔 보우. 그러지 말구 잠깐이라두 두 집에 풍파를 일으켜 놓은 것이 미안해서라두 배상은 내실 줄 짐작하는데……."

하고 한동국 영감 역시 정작 말을 꺼내자니 거북해서 껄껄 선웃음을 치고 나서

"두 말 할 것 없이, 댁 따님일랑은 날 주슈. 우리 둘째놈이 내년 봄에는 미국서 나올 텐데……."

하고 또 아들 자랑을 늘어놓으려니까, 옥주 여사는 정말 질색이라는 듯이 손을 내어저으면서

"그만두세요 이 양반이 이렇게 완고하신 줄은 몰랐구먼. 그래 나만두 못한 이런 양반이 국회의원이 되셨으니, 내 욕심 챔들만 하구 아귀다툼으루 세월을 보내지 될 게 뭐야? 호호호……."

옥주 여사는 기가 나서 놀려 주면서도 영감의 빈 컵에 맥주를 따른다.

"그, 말 좀 삼가라구. 체면이 있지 점잖지 않게 그게 무슨 소리야?"

얼근해진 한 의원은 준절히 나무란다.

"글쎄 내 말 들어 보세요 자유연애 자유결혼 하구 날뛰는 지금 세상에, 당자끼리는 꿈두 안 꾸는 걸, 덮어놓구 남의 금뎅이 같은 딸을 며느리 삼겠다구 달라시니 말예요 시대에 뒤졌다기보다두 망녕이세요 당자의 의향이라두 떠보구 나서야 이야기가 되겠는데 그건 고사하구 아

주 내 바른 대루 말씀을 할까? 미국 유학이 아니라, 알성급제를 하구 금의환향을 한다기로서니 댁 아드님 같은 쫌보는 우리 딸이 눈두 안 떠볼 거예요. 내 딸 시집보낼 걱정까지는 마세요."

하고 이 마나님도 주기가 거나히 도니까 수다하여졌다. 그래도 농담 비슷한 주고받는 담판에도 기실은 신랄한 자기 계략들을 가지고 있었다.

"허! 날 이렇게까지 욕을 뵐 줄은 몰랐군. 나를 완고라는 것쯤은 그 대루 들어 두겠지만, 우리 아들놈을 쫌보라구? ……어디, 쫌보 아닌 익수를 데려갈 재주가 있거던 데려가 봐요."

한동국 영감은 그 너털웃음도 잊어버리고 분연히 일어선다.

"이 영감이 정말 망녕이 나셨나? 앉으세요 진지나 잡숫구 가세야죠."

옥주는 깜짝 놀라서 일어나 붙들었다.

"에이, 난 갈 테야."

하고 강주정으로 뿌리치다가 그래도 슬그머니 주저앉고 말았다.

요리가 올라오니까, 그래도 옥주는 한 영감을 충복을 시키려는 생각에, 아까까지 한 이야기는 다 잊은 듯이, 이걸 잡숴 보세요 저걸 드세요……이래 봬두 우리 호텔 쿡의 혼쭐난 솜씨랍니다……하고 옆에서 시중을 들었다. 한동국 영감의 기분은 훨씬 풀려서

"왜 이렇게 올려 앉히는 건구? 이런 식사대접을 받구 나중엔 얼마나 뺏기려는지?"

하고 다시 껄껄대기도 하였다. 그러나 식탁을 물린 뒤에 좀 기분이 가라앉은 눈치를 보고, 옥주는 또 다시 그 이야기의 결론을 짓겠다는 듯이 한마디 꺼내었다.

"말야 바른대루 말이지, 우리는 아무래두 구시대 사람이죠? ……그러니 그 애들은 저의들 한다는 대루 너무 총찰 말구 내버려 두세요 우리 애나, 익수 그 사람이나 같이 독일 유학이 소원인데, 같이 보내면 어떻겠어요?"

옥주 여사는 한동국 영감을 달래듯이 상냥스럽게 말을 건 것이었다. 그러나 한 영감은 둘을 함께 독일에 보내겠다는 말에 질려서 얼른 대답이 아니 나왔다. 옥주 여사의 금력(金力) 앞에는 머리가 숙고 버틸 힘이 없는 한 의원이다. 저의끼리 벌써 그런 내용이 있었구나 하고 이때껏 속아 온 것 같아서 얼굴빛이 달라지며 그만 일어서려는 생각이었다.

"그두 그렇지만, 생각해 보세요 우리 새가 이렇게 된 처지에 어떻게 사둔이 되겠에요. 난 싫어요. 자식이나 손주 새끼들이나 와두 창피스러워서……."

한동국 영감은 이 말에도 꾹 참고 있었으나, 또 다시 옥주 여사가

"지금야, 바른대로 말이지만, 익수는 안도 씨의 아들 아녜요? 이런 시대에 의리니 정리니 뭐 있겠습니까마는, 그래두 난 그이의 아들이라두 내 자식같이 데리구 살구 싶어요"

그 말에 한동국 영감은 아무 소리 없이 또 다시 벌떡 일어나서 모자를 되는 대로 집어 썼다.

'이것은 정말 저의끼리 좋아한다느니보다도 자기의 그 전 애인을 공상으로 사모하는 희생으로 딸자식의 의사 여부는 고사하고 우겨대려는 것에 지나지 않는가? ……'

하는 추측으로 한동국 영감은 불끈한 것이었다. 그도 그렇지마는 당장

자기를 앞에 놓고, 가엾기야 하지마는 안도와의 예전 인연을 내세우는 것이 기분 나빠서도 옥주가 아무리 붙들어야 듣지 않고 쾌쾌히 자리를 떴다.

23

"여 봐라, 얘 마님 계시냐?"

아침 여덟 시쯤 해서 어떤 영감이 와서 주인마님을 찾는다.

"얘, 어서 나가 봐라."

마님은 그 목소리로 벌써 알아차리고 식모아이를 내보내면서 치마저고리를 갈아입기가 바빴다.

"아, 불시에 이렇게 일찍 뵈러 와서 미안합니다."

벌써 뜰에 들어와 섰던 한동국 영감은 부리나케 옷을 갈아입고 마루로 나서는 숙경 여사를 올려다보며 모자에 손을 대는 체만 하고 껄껄 웃었다.

"이렇게 일찍이 웬일이세요. 어서 올러오세요."

숙경 여사는 얼굴이 붉어질 만큼 반색으로 맞으며 축대로 내려왔다. 의외이기는 하지마는, 웬일이고 말고 없이 이 영감님까지 출동을 하고 말았구나 하는 생각에 도리어 고맙고 미안하였다. 당자끼리는 마주 버티고 있고 어른들도 나서기가 좀 거북해서 물계만 가만히 보고 있던 판인데, 마나님도 아니요 영감님이 친히 출동했으니, 숙경 여사는 더욱 반가워 허둥지둥하지 않을 수 없기도 하였다.

"아, 난 익수 군을 좀 만나러 왔더니 벌써 출근한 모양이로군요 익수야 만나나 마나, 마님께 의논이 있어서요"

피차에 의논이 있구 말구가 아닌 판이나, 하여간 영감은 좋은 기색으로 마루로 올라섰다.

"죄송합니다. 제가 진작 가 봬야 하련마는, 일이 이렇게 될 줄은 몰랐습니다. 그런 일이 어디 있겠에요"

숙경 여사는 잘못은 아무래도 이편에 있거니 싶었지마는 딸의 말에만 넘어가서 약혼식을 물리자는 전갈 한 마디 변변히 없이 슬쩍 넘겨버린 것을 슬며시 책망하는 말눈치였다.

한동국 영감은 아랫목에 좌정하고 숙경 여사는 문께로 쪼그리고 앉았다. 식모아이는 벌써 알아차리고, 부엌에서 손님 대접할 차를 끓이고 있다.

"그 뭐 일이 점잖지 않게 돼서 피차에 좀 창피스럽게 됐습니다마는, 오늘 이렇게 찾아와 뵙는 것은 아이들만 맡겨 둘 수 없어서입니다."

"그야 그렇죠. 저두 어떻게 해야 좋을지 몰라서 망설이구만 있던 거죠"

숙경 여사는 어쨌든 이야기가 이 만큼이라도 되니 마음이 후련하였다.

"그런데 말씀입니다. 어제 박옥주 여사를 만나서 이야기를 들으니,

자기 단독으로 두 아이를 독일에 유학을 보낼 작정이라구 하니, 이야기가 과연 거기까지 진행된 것입니까? 혹은 그럴 수도 있겠지마는 이건 우리끼리 사이에 의리상 있을 수 없는 일인데, 익수 군만 하더라두 체면도 있구 책임감도 있을 텐데, 처신을 어떻게 그렇게 하는 것인지요……?"

한동국이는 정색을 하였다. 숙경 여사는 겁을 집어먹은 듯이 얼굴빛이 달라지며

"천만의 말씀이죠. 아무려니 그럴 리가 있겠습니까. 그저 그 애가 독일어를 배우러 온다 해서 오해가 생긴 것뿐이죠"

하고 변명은 하면서도 자세한 내용이야 어떻게 알랴 싶어 애가 씌었다.

"그 마님은 당자가 탐도 나려니와, 댁 영감이 가엾어서라도 자기가 돌보아 주고 데리고 살겠다는 의사인데, 그것은 고마운 생각이지만 댁에선들 장자 장손을 데릴사위로 내어 놓으시겠나요? ……"

하고 슬쩍 떠보았다. 어제, 한잔 김이기도 하지마는 호텔에서 옥주와 그렇게 헤어져 왔지마는 이것은 심상치 않은 문제라고 생각하고 지금 부리나케 찾아온 것이다. 이것은 한때 화만 낸다고 해결될 문제도 아니려니와 박옥주의 재산이 얼마나 되는지는 모르지만 그렇게 호락호락히 금력 앞에 굴복할 나도 아니라고, 한동국 영감은 속으로 대단한 기세이다. 아이 싸움이 어른 싸움이 된 것이다.

"천만의 말씀이세요. 자식의 마음이라구 어떻게 다 알겠습니까마는, 그렇게 의리 없구 무책임한 짓을 할 그 애가 아녜요. 벌써 신성이가 한 달 동안이나 그림자두 안 보이는 것을 보면 알죠. 그지간에 무슨 말이

있었더라두 익수가 걷어찬 게죠. 내게는 아무 말두 없습니다마는……."

숙경 여사는 천연히 대꾸를 하였으나, 박옥주의 입에서 그따위 소리가 나왔다는 것이 듣기만 해도 분하다. 자기가 혼인 갓 했을 때부터 성이 가시게 틈 있는 대로, 남편의 신변의 언저리에서 떠나지를 않던 옥주이기 때문에, 늦게까지도 왜 그런지 생리적으로 가까이 오는 것이 싫던 박옥주다. 그러던 것이 육·이오 이후, 한참 어려운 고비인데 제풀에 도와준다고 하여 얼마간 신세를 진 까닭으로 오늘날 이렇게 연신을 끊지 않고 지내는 것이지, 제 따위가 돈이 있기로 아랑곳이 무어요, 그 돈 떠세를 하는 것이 아니꼬워 못 견딜 지경이다. 게다가 이 영감(한동국이)을 호텔로 데려다 놓은 후 여성동지회니 뭐니 하는 간판만 걸어 놓고 그 뒤에서 하는 짓이 무어냐는 것이다. 그런데 또 그 알뜰한 인연이 미진하여 내 집 형편을 뻔히 알면서, 그 아버지를 죽을 때까지 못 잊겠다고 남의 집 기둥인 맏아들을 빼어다가 데릴사위를 삼아서 노래(老來)를 의지하겠다구? ……이런 얌치 빠진 사람은 세상에 둘도 없겠다고 속으로는 치가 떨리는 것이나 숙경 여사는 그저 가만히 참고 있다.

"글쎄요……. 그래서, 당자를 보구 따져서 분명한 말을 들어 보자고, 출근 전에 만나려 왔던 것입니다마는……."

한참 무슨 생각을 하다가 한동국 영감은 말을 다시 꺼낸다.

"온 천만에! 부르실 일이지 몸소 오실 것까지 있에요 이따 들어오면 댁으루 보내겠습니다. 단단히 꾸중을 해 주세요."

이것은 인사로만 하는 말이 아니다. 저의 아버지가 없느니만치, 벌써 삼십이나 바라보는 큰 자식을 다루기는 자기 힘으로는 벅차니, 자기 대신 또는 남편 대신 좀 꼭 조져 달라는 부탁이기도 하였다.

"뭐 일부러 바쁜 사람을 보내실 거야 없지마는, 마님두 생각해 보세요. 외국 유학이라면 아무 짓이라두 해서 가겠다는 요즈막 세상인데, 꽃 같은 딸에 웃돈 얹어서 소원인 독일 유학시켜 준다는 데 싫달 놈이 어디 있겠에요? 허허허."

한동국 영감은 돈 없는 것이 한이요, 이렇게 쭐레쭐레 다니면서 구구히 청혼(請婚)을 하는 것이 국회의원의 체통에 부끄럽다는 카무플라주로 또 한 번 껄껄 웃고 말았다.

"아이, 선생님 그런 말씀 마세요 세상이 두 조각에 나두, 그앤 그런 애가 아네요 그 애가 독일 유학을 해서 나를 쌍가마를 탠다 해두, 난 결단코 박옥주 마님의 돈으로 유학을 시키려는 더러운 생각은 없으니까요"

숙경 여사가 참았던 분을 터뜨리듯이 다소 흥분해서 이러한 소리를 할 제, 한동국 영감은 그 '더러운'이란 말에 좀 열적은 생각이 들어서 말을 피하느라고

"그러지 않아두 두 조각이 난 세상이 아닙니까!"

하고 또 멋없이 껄껄 웃다가 재담 같지 않은 객설이라는 생각이 들자

"모두 옳으신 말씀인데······."

하고 한 의원은 잠깐 눈치를 보다가

"그럼 어떡했으면 좋겠습니까?"

하고 정색으로 의논을 한다. 물어보나 마나한 노릇이지마는 인사로 의향을 묻는 것이다.

"저는 하자시는 대루 따라갈 뿐예요. 참 말씀하면 우리가 사둔이 된 다기보다두, 선생님께선 아들 하나 장가보내시는 것이라구 생각하여 주세야죠"

이 말을 하는 숙경 여사의 눈은 유난히 빛나고, 옛날 처녀적 회억(回憶)에 얼굴이 붉어지는 것 같기도 하였다.

한동국 영감도 익수를 아들 장가보내는 것처럼 생각하여 달라는 부탁에, 불행한 친우 안도 생각도 났거니와 이 마님의 색시적 일, 자기의 총각시절 생각이 떠오른다.

"도모지 요새 애들이 자유니 개성이니 하구 고집, 악지들만 늘어서 성이 가십니다만, 하여튼 우겨대는 수밖에 없지 않아요 내 욕심 챔으로 변변치 않은 딸자식만 생각하고 익수의 출세할 길이 뚫린 것까지 막아서는 안되겠습니다만, 그 마님의 재력이 얼마나 되는지는 몰라도 지금 세상에 두 아이의 학비를 댄다는 말이 믿을 수 없고, 설혹이 허풍이 아니기로서니 댁 사정으루 익수 군을 내놓으실 수야 있습니까? 또 어디 사람이 외국 유학만 해야 출세를 하나요? 비릿비릿하게 처가 덕에 외국 유학을 하구 와서, 뉘 덕인데? 내 덕이지 네 덕이지 하고 젊은 것들이 티각태각 하다가 결국 헤어지는 꼴도 많이 보았습니다마는, 그런 점을 잘 타일러 주시죠……."

한동국 영감은 숙경 여사가 박옥주의 더러운 돈으로 내 아들을 유학시키지 않을 것이라는 말에 맞장구를 쳐놓고 나서 이번에는 최후담판을 짓겠다고 말을 돌렸다.

"……일 딴은 좀 체면 사납게 꼬였습니다마는, ……그러지 마시구 우리 또 한 번 택일을 해서 소리 없이 그 말썽스런 약혼식이란 것을 치루어 보실까요? 어디 우리네 때면야 약혼식이니 난장이니 있었습니까? 사주단자 보내구 택일단자 받으면 그만이었는데 허허허……."

한동국 영감은 그래도 자신이 없어서 어벌쩡하는 말눈치 같기도 하였다.

그러나 숙경 여사의 생각에도 그밖에는 도리가 없었다.

"그러죠 또 한 번 날을 받으러 다녀야 하겠군요"

하고 숙경 여사는 하여튼 우선 규정이 난 것만 다행해서 웃음엣소리를 하였다.

"날은 또 받아 무얼합니까. 저번에는 일진이 나빠서 그 꼴이 됐나요 허허허."

영감도 인제야 수미(愁眉)를 편 듯싶어 좋아하였다.

"그저 아무 날이나 잡아 놓고 우리 집에서 간단히 치르기로 하시죠 그리구 혼례도 또 딴소리가 안 나오게 얼른 뭉뚱그려 버리죠"

"도망구니 같군요!"

하고 두 중늙은이는 마주 보고 깔깔대었다. 어쩐지 피차에 정다운 생각이 가슴에 스며드는 듯싶었다.

"그럼 인젠 모든 일을 집의 마누라하구 의논해 주시죠"

한동국 의원은 국회에 나가는 길에 들렸던지라 바빠서 후딱 일어섰다. 하여간 숙경 여사는 한시름 잊게 된 것만 다행해 했다.

저녁때 학교에서 돌아온 딸들더러 오늘 옥인동 영감이 와서 하고 간 이야기를 하니까

"그러면 그렇지, 자긴들 별 수 있겠기에."

하고 별로 신통치도 않다는 낯빛들이다. 삼열이가 공연히 꾀까다로움만 부리고 비쌔서 성이 가시게만 군다는 말이요, 저번에 와서 세 시간씩 오빠와 한 방에서 놀고 갔다는 것이 언제나 못마땅히 마음에 처져 있어서, 트집을 잡고 비쌔 본들 결국에 어쩌는 수 없지 않으냐고 좀 깔보는 기색들이었다. 그러나 피아노나 치고 잘사는 집 외딸로서 독일 간다고 으쓱대는 상전덩어리를 모셔 오는 것보다는 낫다는 생각에, 결국은 차라리 삼열이가 좋겠다고 생각들 할 뿐이었다. 저의들더러 데리고 살라는 것은 아니건마는.

저녁상을 볼 때쯤 해서 익수가 돌아왔다. 모친은 급한 마음에 구두도 벗기 전에

"애, 아침에 옥인동 영감님이 너를 보러 오셨던데……."

하고 말을 꺼냈다.

"네?"

그래도 점잖은 양반이 일부러 만나러 왔다는 데에 좀 놀랬고, 그 후의 소식이 은근히 궁금하던 터이니 반갑기는 하였다. 그러나 밥상에 둘러앉아서 모친이 자세한 이야기를 들려준 뒤에

"아무 날이나 적당한 날 옥인동 댁에서 약혼식을 하자는데 그래두 좋겠지?"

하고 숙경 여사는 물으며 아들의 눈치를 보았다.

"글쎄요……. 아무려나 좋겠죠"

아들은 한참 무슨 생각에 팔렸다가 대꾸를 한다. 어머니는 그 대답이

탐탁지 않은 데서 좀 실쭉한 얼굴로 아들의 기색을 또 넌지시 엿보았다. 두 누이도 어머니와 같은 눈초리로 오라비를 쳐다보았다. 그 말눈치에는 장가가는 총각다운 열정이 없이, 맥이 풀린 것 같아서이었다.

'이거 무슨 병통이든지 난 게로군?'

어머니의 마음은 덜컥 내려앉는 듯싶었다. 누이들도

'걱정거린데! ……하지만 정말 독일 유학이나 가게 되려나? ……'

하고 반은 걱정이면서도, 반은 호기심과 무슨 큰 수나 날 것 같은 막연한 기대를 가지고 오라비의 얼굴을 다시 치어다보았다. 그러나 또 획 돌려 생각하니 오빠가 금시로 미워도 보였다. 남자란 모두 이 모양인가? 하고 또 한 번 남자로서 오라비를 바라본 것이다.

"어쨌든 내일이라두 또 다시 날짜를 정해 놓을 텐데 상관없겠지?"

한참 만에, 모친은 또 다졌다.

"글쎄요……. 약혼식보다두 그 애가 이러쿵저러쿵 하는 모양이니, 또 딴소리가 나올까 봐 걱정이예요"

익수는 이렇거나 저렇거나 마음에 그리 거리낄 것이 없다는 듯이 태연한 대답이었다. 그것을 보니 삼 모녀는 다시 마음이 좀 놓였다.

"무엇 말이냐? 이러쿵저러쿵 하다니?"

"글쎄 말입니다. 저번 약혼식 날을 빠그려뜨린 것두 그 애가 마다고 해서 그런 거 아닙니까?"

자기가 가르쳤다 해서 그 애 그 애 하는 것이다.

"공연한 일에 자꾸 신경질만 내니 걱정예요"

익수의 말하는 소리는 탄식에 가깝다.

"응, 그럼 알았어! 신성이한테 괜히 샘이 나서 그러는 거지 뭐야? 사랑쌈이로구먼!"

하고 작은누이 미수가 소리를 커닿게 내서 깔깔대니까, 어머나나 큰 딸도 따라 웃고 말았다.

"아니, 애, 태동호텔 마님이 널 독일 유학 시키기루 했다면서?"

숙경 마님은 참다못해 직통을 쏘아 보았다.

"누가 그런 소리를 해요?"

하고 익수는 눈이 뚱그래서 어머니를 치어다본다.

"그래두 아마 너만 마음을 돌리면, 독일에 보내 준다나 보더라."

모친은 무슨 생각이 들었든지 한참 만에 아들의 속을 뽑아 보려는 듯이 불쑥 이런 소리를 하였다. 이 마님 역시 큰소리는 치면서도 아들이 독일에 다녀오면 큰 출세를 할 것만 같아서 마음의 한구석에는 그 말의 유혹이 잊혀지지 않는 것 같기도 하다.

"보내 주는 사람만 있다면 가다뿐예요. 하지만 처덕(妻德)으루 갔다는 말은 듣구 싶지 않군요?"

이 말 한마디에 삼 모녀는 다 짐작이 났다. 그도 그럴 듯하였다. 그러고 만일에 박옥주에게 정말 그만한 실력이 있고 꼭 그렇게 해 주려는 성의가 있다면, 이 좋은 기회를 놓치기가 아깝다는 생각들이기도 하였다. 그렇다고 체면이 있지, 한때 욕기에 옥주 편으로 돌라붙어서 자식이나 오라비의 마음을 뒤흔들어 놓을 수도 없는 노릇이다.

24

　"글쎄 별안간 왜 그만두겠단 말야?"

　옥주 마담은 달래듯이 웃음기를 띠우고 장수일이를 건너다보았다.

　"일전에두 말씀했지만, 손님이 안 드니, 어디 영업이 돼야죠? 그러니 인책사직(引責辭職)이란 말예요."

하고 수일이는 차마 코웃음은 내지 못하였지마는 비꼬는 소리를 하였다.

　전 같으면 둘이만 만난 자리에서는 툭 터놓고 무심중에 반말지거리도 나오고, 그것이 지나치면 사무상 일이 끝나거나 말거나 기회를 타서 눈짓으로 침실에 끌고 들어가곤 하였지마는, 지금은 그와는 다르다. 한동국 의원이 이 호텔에 사무실을 꾸민 지 벌써 몇 달이나 되는지? 그동안 박옥주 여사는 예전의 '호텔' 마담같이 가다가는 손을 걸어 주는 일도 없고, 아주 냉랭히 사무원으로만 다루니 정이야 있고 없고 간에, 아니꼽고 질투가 나는 것이었다.

"쓸데없는 소리. 왜 손님이 줄어든다는 거야? 영업 부진의 책임은 내가 질 테니, 잔소리 말구 가만있어요."

옥주 마담은 자기 테이블 앞에 앉아서 몸을 비꼬고 소파에 앉은 수일이를 돌아다보며 또 달래었다. 그것은 사무적인 것보다도 전 같은 애정이 아직 있다는 표시로, 젊은 남자의 마음을 다시 끌려는 기색이기도 하였다. 그러나 정말 애정이라는 것이 있다기보다는 영업상 필요로 이 남자를 놓쳐서는 안 되겠다는 생각과 함께, 울적한 기분으로 사지가 뼈근해지는 생리적 발작이기도 하였다. 옥주에게는 전에 부리던 사람이 되찾아 온 것 같은 착각이었다. 또 그러나 한참 잊었던 젊은 소꿉동무가 필요한 때에 대든 것 같기도 하여서, 옥주 여사는 점잖은 주인의 체통은 지키려면서도 마음속이 근실거리기 시작하는 것이었다.

수일이는 마담의 마음이 차차 돌아왔나 보다 하는, 빠른 눈치로, 여자 같은 생글하는 웃음을 입귀에 띠우면서, 한때 기분으로 그러는지는 모르지만, 어디 해 볼까 하는 생각이 들었다. 해 본다는 것은 한동국이 축출공작(逐出工作) 말이다.

그놈의 영감이 눈의 가시요, 밉기로 말하면야 그 영감에 빠져서 허덕거리는 옥주가 더 밉지마는, 한동국이가 아직도 여당(與黨) 쪽으로 발길을 돌리지 않고 무소속(無所屬)으로 버티는 것이 못마땅해서 그런지 어쨌든 요사이 둘의 사이가 버스러져 가는 눈치니, 이 김에 바짝 채치자는 생각이다.

"쓸데없는 소리가 뭡니까? 요새 왜 손님이 줄어드느냐고 하시지만, 생각해 보세요 한 선생님이 오신 뒤루 전화며 손님이며 객쩍은 시중에 저나 아이들이나 뼛골만 빠지구……. 그건 고사하구라두 요새 와서는 사실 손님이 눈에 띄게 부쩍 줄어들었습니다. 아시다시피 그 영감님이 무소속으루 어디까지나 버티시구, 어중이떠중이가 드나드니까 그런지? 조촐한 손님은 차차 발이 멀어져 가는 것이 사실인 걸 어째요. 전 입맛이 쓰고 재미가 없어서 발 뺄 작정입니다."

장수일이는 오랜만에 옥주에게로 다시 한 걸음 다가선 바람에, 얼굴에 핏대를 올리면서 강경히 대들었다.

"흥, 인제 알았더니 이거야 참 열성분자로군!"

하며 옥주는 가벼이 웃으며, 이 해반주그레한 '옛날 애인'을 내려다보고, 좀 가빠진 숨을 쉬었다. 이것도 생리적으로 참을 수가 없는 일이었다. 하여간 그 '열성분자'라는 말은 호텔의 영업에나 자기 개인에게 대한 열성이라는 말인지, 정당관계에 있어서 여당에 대하여 열성이 있다는 말인지 어정쩡하였다.

"그러니, 이것은 아무래두 그 영감 덕분인 것만 같애요. 무소속인 그 영감님이 채를 잡고 앉은 데라 해서, 아니 그보다두 그 영감님이 직접 경영하는 호텔이 됐다 해서, 전에 오던 손님의 발길이 멀어진 것만은 사실이니 이걸 어떡해요?"

수일이는 딱 얼러대었다. 옥주의 생각에도 그럴싸하니 탄할 말이 없었다. 그래도, 요새로는 한동국 영감을 두둔할 생각은 없어졌지마는, 이 젊은 아이에게 몰려대고 있기만 싫어서

"뭐 그렇게 예민하게 우리 이 조고만 영업 터에 당장 영향이 있을라구. 가만있어. 좀 두구 봐."

하고 옥주는 조금은 한동국이 편을 들고도 싶고 또 자기의 위신을 세우려고 한마디 하였다.

"그두 그렇습니다마는……"

수일이는 승순(承順)하는 눈치로 일단 양보를 하여 놓고서는

"어쨌든 그 영감님 떠나시는 것이 피차에 좋을 것 같은데요 그렇게만 하라시면 제가 좋두룩 할 거니 제게 맡겨 두세요"

하고 다졌다.

"에이 성이 가셔! 난 몰라. 그야말루 좋두룩 하라구."

옥주 마담은 짜증을 내듯이 한마디 던지고는 고단해서 좀 눕겠다고, 발딱 일어나더니 소파에 앉았는 수일이더러는 나가라는 말도 없이 모른 척하고, 그 쑥색의 유착스런 커튼을 헤치고 침실로 들어가 버린다. 가만히 여자의 뒤를 바라보고 앉았던 수일이는 얼굴이 화끈 다는 것을 깨달았다.

수일이는 담배를 붙여 물고 한숨 돌리고 난 뒤에, 찬찬히 담뱃불을 끄고 일어나서 침실로 따라 들어갔다.

"에이, 오늘은 왜 이리 무더워! 인젠 정말 여름이 온 게군."

한잠 자고 침실에서 나온 박옥주 여사는 공연히 짜증을 내며 창문을 활짝 열어 놓고 자기 테이블 앞에 앉다가 침실에서 뒤미처 나오는 수일이를 보고 생글하여 보이면서

"아래층에 내려가거던 아이스크림을 하나 올려 보내 줘요"

하고 이른다. 수일이도 획 돌려다보고 생글 웃기만 할 뿐 아무 대답이 없이 나가 버렸다. 조금 있다가 커단 접시에 탐스럽게 담은 아이스크림

이 올라왔다.

이날 저녁때부터 전등불이 일찍 들어와서 그런지 호텔 안은 명랑하여졌다. 사무실 안의 장 지배인의 목소리도 다른 때보다 컸거니와, 일하는 남녀 종업원까지 웬일인지 생기가 난 듯이 보였다. 박옥주 여사는 언제나 하듯이 저녁밥 전에 호텔 안을 한 바퀴 휘 돌고 나서, 자기 집 전용인 목욕탕에 들어가 앉아서

'아무래두 그 영감은 떠나게 하는 수밖에 없겠군! ……'
하는 생각을 무심히 하였다. 또 다시

'아무래두 사람은 젊고 봐야 해.'

이러한 잡된 생각도 머리끝을 스쳐 갔으나, 그것은 그런대로 혼자 웃어넘기고 나서, 사실 호텔 영업에도 영향이 있지, 내 말(여당으로 끌려는 권고은 영 듣지를 않지, 게다가 염치없이 자꾸 신성이를 며느릴 삼겠다구 떼를 쓰니 도시가 성이 가신 일이라고 곰곰 따져 보는 것이었다. 그러나 그거야 장수일이가 어떻게든지 좋도록 처리하겠지마는 공연히 벌려만 놓은 여성동지회는 또 어떻게 끌고 나갈지 처치가 곤란하다는 생각이 든다.

사실 박옥주 여사가 여기에 착상(着想)하고 일을 벌여 놓은 것은, 한동국 의원을 여당으로 끌어들일 수 있다는 전제하에서였었다. 그렇게만 되면 한동국 영감을 앞장세우고 돈도 끌어낼 수가 있으려니 하는 속다짐으로 기대가 컸던 것인데, 이제 와서는 이도 저도 다 틀렸으니, 여성동지회를 만든 취지도 무의미하게 되었지마는, 대관절 돈맛이나 보아야 취지를 돌려서라도 운영을 하여 보지, 이 꼴이 될 줄은 몰랐다

고 한탄을 하면서도 속으로는 또 다른 타개책을 모색하는 것이었다.

그런지 며칠 후엔가? 이즈막에는 사무실에도 잘 오지 않고 간간이 들르던 한동국 의원이 왔다. 오늘도 국회에서 늦었기에, 쉬어 가든 자고 가든 하여간에 옥인동 막바지 자택보다는 가까우니, 호텔로 발길이 돌았던 것이다.

"아, 선생님! 오래간만입니다. 고단하실 텐데 우선 이리 좀 들어오시죠."

사무실에 있던 장수일이가, 오늘은 유별히 현관까지 나와서 맞아 들였다.

"응, 할 말 있건 내 방으루 가세."
하고 한동국이는 코웃음을 쳤다.

국회에서도 제일선에 나서서 쟁쟁한 투사의 한 몫은 못 보지마는, 그 뒷받침은 하고 앉았는 한동국이가, 아무리 이 호텔의 방은 빌려 쓸망정 지배인의 방에 끌려 들어가 앉으랴는 자존심은 잃지 않았다. 그것은 고사하고 한 의원은

'이 애가 별안간 왜 이렇게 날뛰나?'
하는 생각이 들자, 흐흥……하고 속으로 짐작이 들었다. 괘씸하기 짝이 없다. 당장, 옥주를 불러내라고 소리를 치고 싶었으나, 꾹 참고 자기 사무실로 들어갔다. 사무실에는 아무도 없었다. 차차 월급을 못 주게 되니 붙어 있는 아이가 없게 되었다.

옆방에 아무 기척도 없는 눈치가 주인은 없는 모양이다. 하여간 잠깐 쉬어 가자는 생각으로 앉았자니, 발자취 소리가 가까워 온다. 장 지배

인이 정말 따라오는 모양이다. 한동국 의원은 셋방살이가 세전 독촉을 하러 오는 주인이나 만난 것같이 싫었다. 사실 그거나 다름없었다. 장수일이는 기세가 등등한 눈초리로, 그래도 입가에는 인사성인 웃음인지 멸시하는 비꼬는 웃음인지 웃음기를 띠우고 들어와 마주 앉더니

"선생님, 요새 매우 바쁘신 모양이죠? 사무실두 비어 놓구 별루 안들어오시는 걸 뵈니……"

하고 말을 꺼냈다.

"응, 그저 그렇지. 한데 내게 뭐 할 말이 있어?"

하고 한동국 의원은 사무적으로 얼른 말을 해치우자는 생각이다.

"그런 게 아니라, 죄송한 말씀입니다마는 요새 좀 손님이 붐비는뎁쇼……"

전에는 안 그렇더니 무척 가증스러운 눈치로, 여전히 비웃듯이 생글생글 웃으며 당돌히 나가 달라는 말이나 다름없는 소리를 한다. 한동국 의원은 이 자식이 무엇 때문에 별안간 이렇게 버르장머리가 사나와졌나? 하고 아니꼬워 못 견디겠으나, 이따위 젊은 애를 상대로 옥신각신하는 것도 점잖지 않겠기에 꿀꺽 참고

"응, 알았네. 떠나달라는 말이지? 곧 떠나 줌세. 나가 있게."

하고 쾌쾌히 대꾸를 하면서 꾸짖듯이 무안을 주었다. 마담이 있느냐니까 아마 안에 있을 것이라 한다.

"그럼 좋두룩 해 주세요"

장 지배인은 이 한 소리를 남기고 나가 버렸다. 쫓아내겠다면서 무엇을 좋도록 하라는지 나중에는 별꼴을 다 당한다고 한동국 의원은 여기

에서까지 무소속의 설움을 받는가 싶어 하 어이가 없었다. 그러나 고 자식이 별안간 서슬이 시퍼래서 발칙하게 구는 꼴을 보니, 전부터도 박 옥주의 솜씨에 반반한 젊은 애를 가만 두었을 리가 없으리라고 짐작 못한 것은 아니지마는, 저는 저대로 질투가 나서 그런다손 치더라도, 박옥주가 뒤에서 꼬드겼을 것이 분명하니 더 괘씸하다. 사람의 의리가 그럴 법이 없다고 혼자 화를 내며 안채에 전화를 걸었다.

"아 그동안 웬일이세요. 바쁘기야 하시겠지만 한 번두 꿈쩍 안 하시 구."

옥주는 우선 전화로 반색을 하여 놓고, 당장 뛰어나왔다.

"아니 저녁은 어떡허셨세요?"

언제나 이만 때 만나면 예사로 묻는 말일 텐데 오늘은 한동국 영감 의 귀에 간사스러운 우발점으로밖에 들리지 않았다. 신기가 매우 좋지 않은 눈치에 옥주도 벌써 알아차렸다.

"아니 나가 달라고 내대는 판이면야, 이녁이 직접 내게 말할 것이지 애송이 그 놈을 시켜서 나를 욕을 보일 것까지야 없지 않은가?"

한동국이의 얼굴은 금시로 시뻘개지며 험악하였다.

"왜 이러세요? 이 양반이 국회에서 못마땅한 꼴을 보셨기루 왜 내게 와서 화풀이를 하시는 건지? 호호호"

하고 옥주는 더 긴 소리는 않고 대뜸 전화통을 떼어 들더니, 호텔 식당 에다가 대고 맥주부터 가져오라고 명한다.

"아냐, 나 불쾌해서 갈 테야. 어디 인사가 그럴 법이 있나! 내일은 떠 나 줄 테니까 염려 말어."

영감은 쾌쾌히 소리를 치며 일어섰다.

"글쎄, 이 어른이 오늘은 왜 이러시는지 모르겠네! 아직 망녕 나실 땐 아닌데! 호호호!"

하고 옥주는 여전히 좋은 낯으로 매어 달려서 붙든다. 아무래도 오래 사귄 정이 있는지라, 이것저것 따지면 실쭉한 생각이 들다가도, 딱 마주 대하면 인정이 그렇지 않고 그 훤한 신수부터 마음에 드니 이거야말로 진짜로 매어 달리는 것이다. 저번에 신성이를 며느리로 달라거니 못 주겠거니 하고 불쾌히 헤어진 뒤로 오늘이 처음 만나는 것이다.

"내가 ××당으루 머리를 틀어박지 않아서 그러는 거야? 뭐야?"

한 팔을 꼭 붙들린 한동국 영감은 또 소리를 버럭 지른다.

"이거, 정말 망녕이 나셨군! 글쎄 누가 뭐랬어요? 설마 하니 선생님더러 방 내놓으랄까!"

"뭐? 고 녀석이 지금 와서 손님이 붐벼서 방이 모자란다구 하지 않던가!"

영감은 또 기가 막힌다는 듯이 화를 버럭 내고 뿌리치고 빠져 나가려 한다.

"온 천만에! 선생님 덕에 손님이 붐비게 됐다는 인사겠죠 아무려니 방 한 간에 비릿비릿하게 굴 박옥준 줄 아십니까?"

이번에는 옥주가 어벌쩡하면서도 딱 버티는 소리를 하였다. 한동국이는 어느 춤에 놀아야 할지 좀 주춤하는 기색이었다.

그 김에 옥주는 영감을 달래 가지고 자기 방으로 건너갔다. 그러자 또 마침 맥주를 들여오니 한동국 영감도 마음이 슬며시 풀리기 시작하였다. 서로 싫은 사이가 아니니 그렇게 쉽사리 멀어질 수도 없었다.

"하여간 떠나는 주지. 내가 여기 있기 때문에 기밀이 누설될까 봐서 두 ××당 축들의 발길이 멀어지는 건 사실일 거니까."

영감은 그래도 사패 보는 소리를 하니까

"온 별걱정을 다 하시네."

하고 옥주 여사는 가로막았다.

"가만있소 세상은 언제까지나 ××당 천하란 법은 없으니까. 나두 반도호텔 ××호실을 차지하구 들어앉을 날두 있을께니, 이렇게 축객일랑 마소"

한동국 영감은 얼쩡해지니, 무슨 신세타령처럼 구슬픈 소리가 저절로 나온다. 계집은 젊은 놈에게 뺏기고 방마저 몰려나게 되고! 하는 생각에서인지 모른다. 이날도 식사가 나와서 영감은 사양치 않고 먹었으나, 여기에서 묵지는 않았다. 붙들지도 않았다.

25

"애, 약혼식이 모레란다. 다시 택일을 해 왔구나."

이것도 옥인동 마님은 딸의 눈치를 며칠이나 두고두고 보다가 비로소 꺼낸 말이었다. 자기는 구식이요 신시대에 어두우니, 학교 선생으로 나다니는 나이 지긋한 딸이 어려웠다.

"그건 누가 결정을 진 일예요?"

학교에 가기가 바쁜 삼열이는 밥상에서 일어서며 남의 일같이 냉정히 대꾸를 하였다.

"누가 결정을 짓구 말구가 있니? 해야 할 일이니까, 어서 허는 것만 수지."

삼열이는 어머니의 말도 그럴싸하게 들렸으나 잠자코 나와 버렸다. 온종일 수업(授業)을 시키면서도 머리에서는 그 문제가 떠나지를 않았다. 그러나 어디까지나 자기는 떳떳하다고 생각하였다. 몸을 바쳤느니, 몸을 버렸느니 하는 그런 생각은 조금도 없다. 그야 피할 수 있으면 피했어야 좋았고 또 그래야 옳은 일이지마는, 결코 큰 실수를 했다거나 무슨 꼬임에 빠졌다거나 하는 그런 후회는 조금치도 없다. 자기도 남자와 대등한 입장에서 애욕이나 생리적 충동에 끌려서 자기의 책임 아래에 한 노릇이니, 지금 와서 누구를 나무랄 일도 아니요 원망할 일은 못 된다고 아무 굽힐 것 없이 태연히 생각하는 것이다. 그것은 익수를 너무 사랑해서 그런 것이기도 하지마는, 언제든지 식을 올리자면 응할 익수라고 믿었기 때문이기도 하다. 지금도 가만히 생각하면 역시 익수가 좋다. 지난 모든 일이 모두 즐거운 기억으로 되살아 머리에 떠오른다. 그러나 정릉 골짜기에서 본 신성이와 나란히 앉았는 익수는 추악한 배신자로밖에 보이지 않았다. 생각할수록 깨이지 않는 악몽만 같다. 아무래도 무슨 커다란 규정을 짓고서야 자기의 이 뭉친 마음도 풀리겠고 또 일이 제대로 들어설 것 같다.

"애, 이거 좀 입어 봐라."

삼열이가 학교에서 오니까, 어머니는 옷 벗을 새도 없이 안방으로 불러들여서 연분홍 갑사 저고리치마를 장 서랍에서 꺼내 놓는다. 저번 약혼식 한다고 할 제, 바느질집에서 찾아다 놓았으나, 그 법석 통에 팔에 꿰어 보지도 못하고 우그려 넣어 두었던 것이다. 오늘은 아까 아침에 딸에게 그 말을 비췄더니 딴소리는 없기에 안심하고, 지금 들어와서 옷 벗는 길에 치수가 맞나 저고리 솜씨가 예쁜가 궁금해서 우선 입어 보라고 내어 놓은 것이다.

"그만두세요. 집어넣어 두세요. 또 헛수고 마시구."

삼열이의 말이 아침과는 달리 몹시 쌀쌀하여진 데에 어머니는 펄쩍

놀라서

"이건 또 무슨 소리야?"

하고 딸을 흡뜬 눈으로 치어다보았다. 네 아무리 공부를 하고 잘났다 해도, 나도 너의만 하다는 듯이 어머니의 노염은 대단했다.

"글쎄 그만두세요 또 헷수고라니까요"

삼열이는 코웃음까지 치며 제 방으로 훌쩍 건너가 버렸다. 온종일 생각한 일이라 인제는 지치기도 하였지마는, 그 약혼식에 입히려는 옷을 보니, 더 울화가 터져서 발끈하고 만 것이다.

"너, 어쩌자구 이러니?"

모친은 건넌방으로 따라와서 나무랐다. 삼열이는 잠자코 옷을 갈아입고 있더니

"어쩌자구 말구가 없에요 약혼식이라두 하겠거던 그 전에 제게 와서 사과를 하라구 일러 보내세요"

모친도 딸의 말의 뜻을 대강은 짐작하겠으나, 신랑감더러 와서 사과를 하라니 그거야 될 말이 아니다.

"너 아버지 자식이니 왜 안 그렇겠니마는, 사람이 너무 꼬장꼬장만 해두 못 쓰는 거야. 무언지는 모르겠다마는 그 사람이 사과할 일이 있기루 네게 와서 머리를 숙이구 빌 것 같으냐? 사과를 할 일이 있기루 결혼 전 색시가 남편으루 섬길 사람의 사과를 받으면 시원할 건 무어냐?"

어머니는 혀를 찼다.

"사람이 믿는 구석이 있어야죠, 믿는 데가 없는 요리쿵조리쿵 하는

사람한테 어떻게 일생을 맡기란 말예요?"

삼열이는 더 말하기가 싫다는 듯이 한참 동안 잠자코 있다가, 어머니가 얼른 가지를 않으니 마지못해 또 한마디 하였다. 모친은 그 말이 알 듯 모를 듯한 채, 더 큰소리를 내기가 싫어 방문에서 떨어져 부엌으로 내려갔다.

이 날 한동국 영감은 의외로 일찌감치 집에 들어왔다. 모레가 약혼식 이라니, 저번에는 신랑에게 줄 선물로 '파카'의 만년필을 장만하여 두었지마는 이번에는 마침 이달치 세비(歲費 – 월급)를 받아서 주머니에 20만 환이나 두둑이 들었기에 마음이 느긋해서인지, 책사에 들러서『결혼과 가정』이라는 책을 한 권 사 들고 들어왔다.

"애, 이것은 너의 둘에게 주는 선물이다. 같이 보아라."

부친은 매우 신기가 좋아서, 마루 끝까지 마중 나온 딸에게 종이에 싸서 끄나풀로 묶은 책을 내어 주었다. 언제나 바쁜 아버지가 한가롭게 책사에 들러서 책을 사다가 준다는 것은 처음 되는 일이라, 삼열이는 어쨌든 고맙고 황공해서 받았다. 또 아까 어머니한테는 풍풍 포달을 부렸지마는 너의 둘이 보라는 아버지의 말이 구수하게 들리기도 하였다. 그러나 책을 펴 보니, 목차만 훑어보아도 내용이 신통할 것은 없어 보였다.

영감이 일찍 들어온 것만 고마워서 주안(酒案)을 차려 올리고, 마님은 상머리에 앉아 시중을 든다. 영감이 대백(큰잔)으로 서너 잔 하고 나서, 좀 숨을 돌리려고 담배를 피워 무는 것을 보고 마님은 말을 나직이 꺼냈다.

"그런데 또 말썽이군요."

"무엇 말요?"

내일 모래가 약혼식이라는데 또 말썽이라니, 영감은 깜짝 놀랐다.

"글쎄, 약혼식에 입히려구 저번에 지어 온 옷을, 아까 좀 입어 보라니까 아예 마다는군요."

마님은 눈살을 찌푸렸다.

"그 웬일일까? 그야 제 의향을 분명히 물어보지 않은 것은 우리 실수일지 모르지만, 우리 실수라기보다두 그대루 후딱 해치우자는 것이기는 하지마는, 그만하면 저의끼리의 노염두 삭아졌을 텐데……."

한동국 영감은 좀 망단해 하는 낯빛이다. 마님 생각에는 이 말을 들으면 영감이 단통 역정을 내고

'그년이 미쳤단 말인가? 어쩌자는 요량야?'

하고 소리를 버럭 지를 줄 알았더니, 의외로 당자의 의향을 존중하는 눈치로 수군수군 의논성스럽게 말이 나오는 것이 이상도 하고 고맙기도 하였다.

"제 말은, 신성이를 공부시키는 것은 좋으나 데리구 놀러 다닌다든지 그 집에 초대를 받아가는 것은 삼가 달라구 부탁을 했는데 그러마구 해 놓고는, 뒷구멍으로 여전히 같이 놀러 다니니, 그만 약속두 못 지키는 남자를 어떻게 믿구 평생을 허락하여 백년가약을 맺겠느냐는 거예요."

영감은 마누라가 요새로 말솜씨가 부쩍 늘었구나 하는 생각을 하면서

"그 말두 옳기는 옳아."

하고 누그러지는 수작이다.

"아이, 영감두 요새 아이들의 신식물이 잔뜩 드셨구려! 어떻게 타일러서 집안 챙피하구, 남 볼썽사납지 않게 어서 영굴 생각은 안 하시구……"

하며 마님은 발깍 탄한다.

"그두 그렇지만, 당자나 우리로서나, 아니 당자야 더 하겠지마는, 따질 건 따지구 빈틈없이 해야 하지 않겠오? 익수만 해두 독일 유학을 시켜 준다는 그 집 마나님의 허풍에 마음이 들떠서 올지 갈지 하는 눈치니 말이지."

영감은 또 한 잔 따른다.

"나두 그런 눈치는 알아요. 그러니 더욱이 이편에서 다잡아야 하지 않겠에요? 이러다간 그 애 괜히 마음만 빗나갈까 봐 걱정예요."

영감은 마누라의 말도 옳거니 생각하였으나, 따라 놓은 술잔을 쭈욱 마시고 나더니 건넌방에 대고

"애, 아가."

하고 딸을 부른다. 삼열이가 '네' 하고 냉큼 건너왔다.

"게 앉거라. 그런데 그 약혼식인가 무언가, 또 무른다면 첫째 소문이 사나워서 어쩌나? 대관절 너희들 새는 어떻게 된 셈이냐? 좀 시원스럽게 이야기를 해 봐라."

부친은 취기도 금시로 가신 듯이 엄연히, 그러나 나는 어디까지나 민주주의적이요, 너의들 젊은 애들의 기분이나 감정도 이해할 수 있다는

듯이 상냥스럽게 말을 붙였다.

"전들 뭘 알겠에요 어떻게 된 갈피인지? 더구나 남의 속을. 하지만 어쨌든 성실해 뵈지가 않아요, 그러니까 마음을 외곬으로 먹고, 성실한 제 본심루 돌아올 때까지 얼마 동안 가만 내버려 두는 것이 좋겠에요"

한동국 영감은 딸의 말을 알아들을 수도 있지마는, 남이 거죽으로 이해하는 것보다 더 섬세하고 미묘한 감정의 움직임은 당자끼리밖에 통하지 않는가 보다고 생각하였다. 따라서 너무 간섭을 하여서는 안 되겠다는 생각이 들면서도 그래도 한마디 하였다.

"글쎄 너의들은 무슨 오해가 있는지 감정의 갈등이 있는지 모르겠다마는, 어른들끼리의 언약도 있으려니와 두 집 체면을 생각해 봐야지. 익수 집 편에서는 이쪽에서 하자는 대루 다수긋이 따라오는데, 유독 네가 이렇게 말썽이니 걱정 아니냐? 가만있어. 어른 하는 대루 해로울 건 없으니."
하고 타일러 보았다.

"하지만 저의는 일생의 문제인데, 한때 체면이나 일가나 친지간에 창피스럽다는 생각으로 함부루 할 수야 없지 않아요 가만 내버려 두세요 아버지께서 찾아가서서 하자시니까 아버지 말씀을 거역할 수두 없구, 아버지 면을 봐서 질질 끌려온대서야 말이 됩니까. 좀 더 가만 내버려두면 당자두 제정신이 들어서, 지금 같은 실미지근한 태도를 뉘우치구 바싹 달겨들 때가 올 거니까 그때까지 기대리는 것이 좋을 것 같애요 지금 같애서는 울며 겨자 먹기루 마지못해 데려가는 수밖에 없다는 수작이니, 왜 저를 식은 밥 치우듯이 급히 서두실 게 뭐예요"

그 말을 들으니 그럴싸하고 어른들도 할 말이 없다.

"가만 있거라, 그렇게 외곬으로 고깝게 생각할 것만두 아니야."

부친은 이렇게 딸을 제지하고 나서 마누라를 치어다보며

"그러나 사람이 체면이 있지, 저 집에다 또 뭐라구 한단 말요?"

하고 망단해 한다.

"그건 염려 없에요. 제가 학교에다 전화 한 마디만 걸어두 되구요……."

"가만 있거라. 좀 더 생각해 보자."

부친은 딸의 말을 제지하였으나, 당자의 의사를 무시하고 우격다짐으로 일을 진행시킨다면 모르지마는, 삼열이의 의견을 존중한다면 별다른 묘책도 없다. 하루가 그대로 지나갔다.

옥인동 집에서는 하는 수 없이 이튿날, 바로 당일 아침에 식모를 사직동 집에 보내어 색시가 간밤에 갑자기 먹은 것이 얹혀서 토사를 하고 누웠으니, 약혼식은 또 부득이 며칠 연기하는 수밖에 없겠고 자세한 것은 추후 다시 의논하자고 전갈을 해 왔다. 어른이 와야 할 말이 없으니 우선 이런 눈 가리고 아웅 하는 전갈이나 해 놓는 수밖에 없었다.

"하는 수 없지, 조섭이나 잘 하라구 해라."

숙경 여사는 입맛이 썼으나 장단을 맞추어 헛대답을 해 보냈다. 이것은 어린애 장난도 아니요, 대관절 될 혼인인지 안 될 혼인인지 코가 맥맥한 노릇이다. 그러나 아들의 눈치를 가만히 보니, 삼열이가 영 발을 끊고 얼씬도 안 하는 꼴을 보고는 또 이렇게 되지나 않을까 하는 예감이 있던 터라 그리 놀라지는 않았다.

뒤미처 편지가 왔다. 일선에 있는 둘째아들의 편지가 한 달에 한 번 씩은 오는지라, 숙경 여사는 반색을 하며 뛰어 나가 받아 보니, 이것은 또 의외에도 삼열이의 편지다. 사랑 편지거나 무어거나 제집 식모애를 시켜 보내도 넉넉할 텐데 우편으로 보낸 것부터 이상하고, 하필 오늘이 되어 들어오도록 부친 것을 보면 혹시 절교장이나 아닌가도 싶어서, 아들에게 온 여자 편지지마는 뜯어보았다.

"목발로 걸으시는 선생님이시라면 말이 끔찍스럽습니다마는, 선생님은 그 쌍지팽이를 겨드랭이에 끼고 걷는 불편과 볼모 사나움을 느껴 보신 일은 없으십니까? 원광으로 뵈오면 선생님 등 뒤에는 버팀목까지 비스듬히 서 있는 것 같애요 호호호……. 하지만 선생님은, 왜 나는 나대로 똑바로 서서 으젓이 걷지 않느냐고 하실 거예요 실례가 되는 이런 객설 다 취소합니다. 그러나 목발에 의지하시고 버팀목에 기대어 서 계시거던 과거는 얼른 다 집어 치우시고 꼿꼿이 서서 곧장 걸어 보세요 반드시 제 앞에까지 와 보시라고 팔을 벌리고 기다리고 서 있는 것은 아닙니다마는.

아 참 내일은 약혼식이라죠? 저는 학교에서 피치 못할 일이 있어 몸을 빼쳐낼 수가 없어요 용서하세요 약혼식이야 해도 좋고 안 해도 좋습니다마는, 우선은 선생께서 병환이 완쾌하세서 따루따루……걸음마를 타실 때까지 연기해 두는 게 어때요 호호호……. 용서하세요."

두 번이나 읽고 난 숙경 여사는 아들이 조롱이나 당한 것 같아서

"이건 무슨 객쩍은 소리야. 그런 줄 몰랐더니 그 애두 퍽 앙칼지구 성질이 뒤틀렸어."

하고 혼잣소리를 하며 역정을 냈다.

26

"아유 어떻게 오세요 그런 줄 알았더라면 전화라두 걸어 드리는걸."

박옥주 여사가 들어서는 것을 보고 숙경 여사는 황급히 나와서 맞는다.

"왜요?"

옥주도 눈이 커대졌다.

"또 연기랍니다."

"그 또 웬일이예요? 애 비릇기보다두 어렵군요."

옥주 여사는 실상은 이번이야말로 정말 약혼이 되나 보다 하고, 그동안 그렇게 공들인 것이 아깝고 실망이 되나 하는 수 없이 단념했던 것인데, 또 연기라니 끝끝내 말썽이 벌어져서 결국은 안 되고 마는 혼인인가 싶어 다시 일루의 희망을 갖게 될 듯싶지마는, 남의 일이라도 좀 딱하다는 생각이 없지 않다.

"어서 올러 오십쇼."

아랫목으로 새 방석을 내어 깔고 앉히려니까, 옥주 여사는 방석을 저리로 밀어서, 상좌를 비키어 영창을 등지고 앉은 주인마님과 마주 앉았다.

"지금 생각하니, 괜히 기별을 해드렸군요"

"뭘요. 그럼 우리 새인데 잠자코 계셨다면 되레 섭섭한 일이지……."

어저께 숙경 여사는 퍼뜩 생각이 나서 태동호텔로 전화를 걸고, 오늘 약혼식을 한다는 통기를 하였던 것이다. 반드시 오라고 청자를 하자는 생각은 아니나, 신성이가 익수에게 공부를 하러 다녔다는 것은 그만두고도 자기 아들을 끔찍이 생각해서 사위를 삼겠다는 것만이 아니라, 학비를 대어 주어 독일 유학까지 시키겠다던 터이니, 말만이라도 고마워서 약혼식 날 모른 척하고 지내기가 안 되었기에, 청자는 아니요 그저 기별만 해 두었던 것이다. 옥주 여사는 물론 식에 참석한다고 하였으나, 식이 신부 집에서 거행되는 줄을 아는데 설마 이리로 오리라고 생각지도 않았고, 또 연기한다는 전갈을 듣고도 올 거 없다고 전화를 걸어 줄 생각은 미처 못 했던 것이다.

"이것은 약혼식이라 해서가 아니라, 약소하나마 우리 애 갱미돈[授業料]으루 가져 온 겁니다. 늦어서 미안합니다."

옥주 여사는 인사가 끝난 뒤에, 핸드백에서 두둑한 양봉투를 꺼내 놓고 다시 인사한다.

"온! 매달 보내셨는데 또 이건 뭘!"

하고 숙경 여사는 도리어 미안해하였다.

그러나 옥주 여사로서는 왜 그런지 딸년이 시시부지 그만두고 말았는데 제대로 인사 한마디 하러 오지 못했고, 또 겸사겸사 약혼을 한다니 이것 저것해서 오만 환을 싸 가지고 온 것이다.

"그래, 당자가 연기하자구 편지를 해 왔에요?"

옥주 여사는 이때껏 무심했으나, 돈 봉투를 받아서 머리맡으로 놓는 그 옆에 편지가 있는 것을 보고, 안익수라고 또박또박이 예쁘게 쓴 그 필적으로 삼열이의 편지가 아닌가 해서 물어보았다. 해마다 받는 삼열이의 크리스마스카드에서 삼열이의 솜씨 있는 필치를 보고 늘 칭찬하였기에 선뜻 눈에 든 것이다.

"네, 아까 식모아이를 보내서 기별이 왔는데 또 편지가 왔구먼요"

하고 숙경 여사는 인사성으로 웃고 말았다.

"어디, 봐두 상관 없겠에요?"

하고 옥주 여사는 호기심이 나서 손을 내밀었다.

"보세요"

하고 숙경 여사는 좀 실쭉했으나 봉투를 집어 주었다. 옥주 여사는 겉봉을 앞뒤로 자세히 보고 나서는 속을 빼어 읽고 나더니

"우리 모녀를 빗대 놓구 한 말이군요. 병환이 어서 완쾌되랐으니 상사병이란 말인가? 우리 집 애와 무슨 연애나 어엿이 하는 줄 아는 게지? ……참 정말 젊은 것들이 어느 쪽이나 다잡아서 죽자 사자 연애라두 열렬히 하는 것을 봤으면, 좋은 음악을 듣는 것같이 유쾌하구 귀여워두 보이련마는, 댁 아드님은 훈장님이라 그럴 용기두 없는 모양이죠? 호호호."

하고 편지를 다시 넣어 밀어 놓는다.

"아이, 연애박사두 성이 가세요 예술가라든지 노는 여자 아니구, 들어앉아 살림할 여자가 연애니 사랑이니 하구 뒤흔들구 다녀두 걱정이죠. 그런 것으루 봐선 삼열이가 직업두 조촐하구 참하니 똑 알맞건마는……."

숙경 여사는 은근히 맏며느릿감을 자랑한다.

그럭저럭 세 시가 가까워 오니까, 익수가 세 시의 식에 늦을까 보아 헐레벌떡 책가방을 들고 달려든다. 모친은 말할 것도 없고 옥주 여사도 어쩐지 가엾은 생각이 들었다. 익수는 어머니가 내어 주는 편지를 황급히 읽어보더니, 허허허……하고 웃고만 제 방으로 내려갔다.

"이거 봐. 익수, 옷 벗지 말구 이리 좀 와요 할 말이 있으니."

옥주 여사가 무슨 생각이 났는지, 아랫방에 대고 소리를 친다.

"뭡니까?"

가방만 두고 나온 익수가 마룻전에 와서 선다. 그 얼굴에는 아무 실망의 빛도 어리지 않았다. 약혼식이 연기되고 신부는 까짜를 올리는 편지를 보내왔지마는 일향 태평인 표정이다.

"퇴짜 맞은 신랑은 아니지만, 애를 써 일찍 나왔다가 기분두 좋을 것 없을 거구 하니, 어머니 모시구 우리 어디 아이스크림이라두 먹으러 나갈까?"

밖에 자기 집 차는 세워 놓았겠다, 이 모자를 데리고 나가서 저녁이나 먹이겠다는 생각이 든 것이다.

"에이, 그만두세요 난 미안해 죽겠는데……."

하고 숙경 여사는 질색을 하였다. 무엇보다도 또 이 마나님이 자기 아들에게 손을 거는가 싶어서 성이 가시다고 생각하였다.

"뭘 그러세요. 형님, 바람 쏘일 겸 나가십시다. 식두 안 하구 쓸쓸하니 형님두 답답하실 텐데……."

결국 익수 모자는 끌려 나서고 말았다. 이번도 반도호텔이다.

식당에 손님을 데려다 놓고 난 옥주는 전화를 걸러 나와서, 집에부터 걸고 신성이더러 오라고 하였다.

"나 오늘 음악회에 갈 텐데……."

"예서 저녁 먹구 가렴."

"약혼식은 끝났에요?"

"또 연기란다."

신성이는 전화통에 대고 깔깔대었다.

다음에는 옥인동에다 걸었다.

"선생님이세요? 삼열이 있에요?"

"왜? 삼열이는?"

"여기 지금 반도호텔예요. 사직동 마님하구 익수 군두 와 있는데, 삼열이가 왔으면 화해두 시키구 얘기가 되겠는데요."

"헌데 아직 안 들어왔어. 뭐 화해 여부가 있나. 시간이 가면 감정도 삭을 것이요, 오해도 저절로 풀어질 것이지."

어떻게 얼려서 익수 모자가 반도호텔를 갔는지? 그건 고사하고 요전까지도 익수를 내어 놓으라고 그렇게 기가 나서 조르던 사람이, 인제는 화해를 시킨다고 나서니 알 수 없는 노릇이다.

"그럼 선생님, 안 오시겠에요? 맥주 잡수러."

"응……."

하고 한동국 영감은 날이 날이요 좌석이 좌석이라, 좀 편편치가 않은 생각이 들어서 잠깐 생각을 하더니

"가지 가. 오늘 설사를 하지마는 공짜 술을 그대루 내버리는 수야 있나! 하하하!"

그리고 한동국 영감은 옥주가 무슨 농간을 부리는지 궁금해서도 가 보겠다는 생각이다.

"그럼 내, 차를 보내드릴께 나오지 마시구 계세요"

옥주는 전화를 끊고 다시 집으로 걸었다. 신성이를 불러내어, 지프차를 타고 반도호텔까지 와서 그 차를 옥인동으로 보내라고 지시를 하였다.

신성이는 좀 짜증이 났다. 반도호텔에 가기가 싫은 것이 아니라, 또 차까지 보내서 그 영감을 불러오는 것이 까닭 없이, 까닭 없이가 아니라, 본능적이랄까 싫기 때문이다. 신성이도 벌써 전부터 어머니와의 관계를 눈치는 채고 있기에 말이다.

신성이가 톡 튀어 들어오면서 마님과 익수에게 차례로 꼬박꼬박 인사를 하였다.

"아 그동안 웬일야? 공부에 바쁘기야 하겠지만 한번두……."

숙경 여사가 말을 거니까

"선생님께서 무단결석을 했다구 종아리를 때리실까 봐 겁이 나서 못 갔죠 뭐."

하고 새새 웃으며 익수를 치어다보고는 다시 한 번 꼬박 절을 한다. 좌

중이 모두 깔깔대었다. 옥주 여사는 하여간에 마음에 흡족하고 딸이 재롱스러워 더 귀여웠다.

저녁때이기는 하지마는 초여름이라, 목이 컬컬해서 아이스크림을 시켜다 먹으며 잡담에 팔려 있으려니까 한동국 영감이 쑥 들어선다. 두 여자의 눈이 일시에 그리로 가면서 역시 신수나 풍채가 좋은 것이 마음에 들었다.

"이거 웬일들이시오? 우리 집은 하두 쓸쓸하기에 오라는 대루 나왔지만, 이럴 양이면 우리 마누라두 데리구 왔더면 좋았는걸! 하하하……!"

잔치를 하려다가 말았으니 쓸쓸도 하겠지마는 공연한 괘사다. 누구보다도 옥주더러 들어 보라는 말이다. 허나 숙경 여사는 머리를 푹 수그렸다. 듣기 싫다는 것이다.

일어섰던 아이들은 영감이 좌정한 뒤에 차례차례 인사를 하였다.

"응, 그런데!"

하고 한동국 영감은 익수의 인사를 받고 말을 걸려다가 얼른 돌려서 사직동 마님을 건너다보며

"우리, 오늘두 또 실패했습니다그려!"

하고 껄껄 웃어 버렸다.

"이거 참 어떻게 하면 좋겠에요 어린애 장난두 아니구요……."

숙경 여사는 영감을 공격하자는 생각이 아니라, 피차에 걱정이 되니 의논삼아 하는 말이었다.

"염려 마세요 모든 일은 시간이 공간이 해결하는 것이니까요"

하고 한동국 영감은 무슨 철학자나 되는 듯이, 여자들은 알 수 없는 소리를 하고 또 껄껄거렸다.

요리가 나오고 맥주를 따르고 하니까, 이 중늙은이들은 노냥 시간이 가는 줄 모르고 판을 차린다. 젊은 두 남녀는 시원스럽게 이야기할 수도 없고 갑갑할 지경이었으나, 먹을 것만 다 먹고 신성이는 발딱 일어나며

"어머니 나 가요"

하고 익수를 끌까 말까 하고 망설이려니까 모친은

"응, 좀 일찍 아니냐? 안 선생두 같이 가 보지."

하고 익수에게 권한다.

"가시겠에요? 뭐 그리 신통치는 않은 피아노 독주횝니다마는."

미국에서 온 스미스 여사의 독주회가 시공관에 있다는 것이다. 익수는 싫을 것도 없거니와, 이 자리에서 어서 해방이 되고 싶기도 하고 또 신성이를 데리고 가는 맛에 선뜻 일어섰다. 익수에게도 그런 사람 꼬이는 고장에 예쁜 처녀를 데리고 다니는 것이 칫수가 나간다는 허영심이 없지 않았다. 그러나 다만 그런 단순한 이유만도 아니었다. 그것은 자기 혼자 생각으로도 마음의 표면에 나타내는 것을 꺼리는 것이지마는. 아직 시간도 있고 날이 환하니 좀 거닐기로 하였다.

"그 웬일예요? 무슨 까닭수가 있는 게지 또 연기라죠? 저 보기에도 좀 답답하군요."

신성이는 이야기 삼아 슬쩍 건드려 보았다.

"이 아가씨, 답답하실 일두 많구면! 아무려니 나보담 더 답답할라구.

허허허. 하지만 아직 결혼 전 교제 기간의 기미를 모르니까 그렇지, 누구나 하루하루 연장돼 나가기를 바라거든요."

하고 익수는 또 껄껄댔다. 그 목소리에는 부드럽고 정다운 맛이 어리었다.

"아무래두 선생님이 한눈을 파시니까 그게 못마땅해서 그러는 것 같은데……, 왜 엇다가 한눈을 파시는 거예요?"

하고 신성이는 깔깔댄다. 이 의외의 소리에 익수는 깜짝 놀라며 얼굴이 화끈 다는 것 같았다. 요새 여자대학생쯤 되면 당돌하기가 짝이 없지마는, 누구의 속을 떠보려는 수작인가? 익수는 하 어이가 없어 빙긋 웃기만 했다. 그러나 공연히 헛수고만 하지 말라는 암시인지? 정말 한눈을 자기에게 팔고, 점점 가까이 다가서는 것 같은 생각이 들어서 따지는 말인지도 모르겠다. 하여간에 그 말은 익수의 마음을 간질여 놓았다.

"한눈을 팔다가 돌부리에나 채게."

익수는 한참 만에 이런 소리를 하고 옆에서 걷는 신성이에게로 얼굴을 돌리려니까 저편도 고개를 이리로 돌리다가 째꾹하듯이 눈길이 마주 치며 웃었다.

"호호호……. 발부리를 채서 넘어지시면 내가 옆에서 붙들어 드리죠."

하고 신성이는 무슨 의미나 품은 말처럼 생글 웃어 보인다. 그러나 그것이 호의를 가지고 하는 말인지 익수는 생각하여 보았다.

'어쩌면 이 여자는 자기 어머니가 유학이라도 시켜 주겠다는 바람에 이렇게 줄줄 쫓아다닌다고 속으로 웃을지도 모를 거라.'

이런 생각이 들자 익수는 자기가 그런 비루한 사람은 결코 아니라고 속으로 부인하면서, 신성이를 정말 좋아하는가? 좋아하면 어쩔 텐가? ……하고 자기의 마음을 분석해 보고 음미하려는 침묵이 잠깐 지나갔다.

동시에 삼열이의 새침한 얼굴이 떠올랐다. 만나 보고 싶은 그리운 생각이 자다 깬 듯이 불현듯 났다. 실로 오랜만의 충동이다. 그러나 아까 그 편지 사연이 머리에 떠오르자 비로소 언젠가 삼열이와 약속한 말(신성이와의 교제를 끊겠다는)이 생각나며 조금은 찔끔하였다. 이러나저러나 얼마 동안은 신성이와 좀 떨어져 지내야 신성이에게도 위신이 서겠다는 반성에 가까운 생각도 든다.

어쨌든 내일은 삼열이를 만나서 해혹(解惑)이라도 하고 속히 결말을 지어야 하겠다는 결심도 하였다.

"이거 보세요 저기……."

하고 신성이는 익수의 팔을 툭 건드리며 저편 보도로 눈짓을 한다. 건너다보니, 한동국 의원과 옥주 여사가 나란히 서서 온다.

"구경들을 가시나? 어쩨 이리 오시누?"

세종로까지 슬슬 걸어갔다가, 지금 마악 국제극장 앞을 지나 내려오는 길이다.

"너 웬일이냐?"

옥주 여사가 길 건너로 소리를 친다.

"시간이 좀 일러서요 구경 가세요?"

"응! ……참 어머니께선 바쁘시대서 택시를 태워드려 가시게 했지."

하고 이번에는 익수에게 소리를 치며 지나쳤다.

"근사한데!"

신성이는 들릴까 말까 한 소리로 한마디 하고는 새새 웃는다. 아닌 게 아니라 풍신 좋은 초로(初老)의 신사와 산뜻하고 부유해 보이는 중년 부인이 나란히 어깨를 맞겯고 한가롭게 거니는 양이 어느 부잣집 의좋은 부부 같다. 옥주 여사도 그것이 좋아서 신수 좋고 풍채 나는 이 영감을 놓치기가 아까워하고 같이 나다니는 것을 재미로 여긴다. 장수일이는 그저 집 속에서나 재미를 볼 위인이지, 역시 밖에 내세우는 데는이 영감이 번채 있고 생색이 난다.

"선생님, 우리두 남이 보면 멋 모르구 근사하다구 하겠죠? 호호호"

신성이는 무슨 생각이 났든지 이런 소리를 불쑥하고 또 생글 웃는다. 익수도 따라 웃었으나 의외의 소리에 좀 놀라기도 하고 또 한 번 가슴을 간질이는 것 같은 느낌이었다. 그러나 원체 신성이의 성격이 개방적이요 별로 꺼리는 것이 없으니 그만 소리쯤 예사다.

이날 구경을 하고 나온 한동국 영감은 오랜만에 옥주를 따라서 태동 호텔로 발길을 돌렸다.

시공관에서 파해 나온 두 남녀도 그대로 헤어지려다가, 제집이 바루 지척이라 해서 그런지, 신성이가 차나 마시고 가라고 끄는 바람에 익수는 인사성으로 데려다라도 줄 겸 따라 섰다. 그러나 큰길을 돌쳐 저만침 들어가자니까, 호텔 앞 환한 불빛 속에 지금 마악 돌아오는 '두 양주'의 뒷모양이 바라다 보인다. 익수는 찔끔해서 발을 멈칫하다가 신성이의 귀에다 대고

"난 가요"

하고 속삭이고는 돌쳐섰다. 신성이는 인사 대신 상긋 웃어만 보이고 붙들지는 않았다. 어머니가 저 영감을 데리고 오는데, 자기마저 젊은 남자를 끌어 들이는 것 같아서 우습기도 하고 실쭉해서다.

익수 역시 신성이의 생각처럼, 자기의 처지가 한동국이와 비슷한 것같이 느껴져서 도망을 치듯이 빠져 나왔지마는 신성이를 따라다니며 산보를 하고 구경을 같이 가고 하는 것을 저 영감이 속으로 어떻게 생각했을지 좀 송구도 하였고 딸(삼열이)에게 그런 이야기나 아니할지 애가 쓰이던 차인데, 또 여기까지 신성이를 따라온 것을 들키면 점점 더 의심만 살 것 같아서이다.

익수는 사직동까지 내처 걸을 작정으로 전찻길을 건너, 또 다시 반도 호텔 앞을 지나면서 문득 아까 신성이가 하던 말이 생각난다. 뉘게든지 한눈을 파는 때문이란 말과, 우리도 멋모르는 사람이 보면 근사하다고 하리라는 이 두 마디가 다 실없은 소리라면 그만이지마는, 선악(善惡) 간에 무슨 뜻을 품은 것이었다면 다시 생각하여 볼 일이라고 검토를 되풀이하는 것이었다. 하여간에 좋은 의미로 들어 둔다면 앞으로 일은 벌어질 각오를 해야 할 것이요, 나쁜 의미로 해석한다면 두 말에 다 놀리고 비웃는 악의가 숨어 있다. 놀리고 비웃는 뜻이라면 그것은 멸시요 참을 수 없는 모욕이다.

'멋도 모르고……' 라는 말에도, 우리는 사제 간인데……라거나 아무렇지도 않은 사이란 말인지, 또 혹은 당신은 어떤지 몰라도 나는 당신을 생각해 본 일조차 없는데 멋도 모르고 라는 뜻도 된다. 익수는 갈피를 잡을 수가 없어 또 하나 번민이 늘었다.

"허나 내일 삼열이는 어떻게 만나누?"

그런 중에도 한편에는 이런 걱정도 해 본다.

27

　“왜 그리 만날 수가 없어요? 있다 만날 수 있을까? ……내가 댁으루 가두 좋지만 거북할 거니 역시 우리 집으루 오지.”

　전화를 거는 익수는 좀 어색하였으나, 삼열이도 이건 누구를 놀리나? 무슨 딴청이냐? 하는 생각에 발끈하였다.

　“오랜만이구먼요 글쎄 왜 그렇게 못 뵙게 됐던지? …….”

하고 삼열이는 비꼬는 소리를 하다가

　“댁엔 뭣 하러 가요?”

하고 딱 잡아떼었다. 그러나 다른 선생들이 들을까 봐서 전화통에 입을 대고 목소리만은 소곤소곤하였다.

　사실은 오랜만에 듣는 익수의 목소리가 반갑지 않은 것은 아니다. 이 이가 전에는 그렇지 않았는데, 왜 그리 만날 수가 없느냐고 뒤집어씌우는 수작이 무척 얼굴 가죽이 두꺼워졌거니 싶어 감정이 더 반발하는 것이었다.

학교에서 나오는 길에 네 시 반까지 전에 늘 가던 A다방에서 만나자고 하였으나

"시간이 없는데요. 지금부터 회의예요."
하고 삼열이는 거절해 버렸다.

"그럼 덕수궁 앞으로 잠깐만 나와 주시구려."

회의라는 것은 핑계일 것이 뻔하거니와 익수로서 생각하면 자기 잘못도 있지마는, 삼열이가 너무 심하고 악지가 세다고 토라졌던 마음을 풀고, 이편에서 고개를 숙이고 화해를 청하는 판이니 다소곳이 굴 일이지, 여전히 빳빳이 나서는 그 언성부터가 못마땅하였으나 다시 구슬려 보았다. 그러나 삼열이는 정말 회의이기 때문에 빠져 나갈 수가 없다고 역시 언하(言下)에 거절하였다. 기실 만나고 싶지 않은 것은 아니나, 아직 지금 같은 감정으로는 덕수궁 같은 풍치 좋은 자리에서 만나서 전날같이 속삭거리거나 하는 그러한 달콤한 로맨틱한 기분은 나지를 않았다.

"그러면 지금 나 학교루 갈 테야."
하고 이편 대답은 들을 새도 없이 전화를 탁 끊어 버렸다. 교무실에 몇몇 남아있는 직원들이나, 들락날락하는 젊은 교사들의 귀에 들어갈까 보아 어느 때까지 옥신각신하기가 귀찮았다. 익수의 생각에는 한참 생색내서 만나자고 하는 것을 비쌔는 것이 아니꼽다고까지는 생각지 않으나 못마땅하였고, 또 하나는 벌써 손아귀에 들어온 여자가 버티면 얼마나 버틸 테냐고, 제 마음 내키는 대로 고집을 부리려는 생각이기도 하였다. 익수는 여자란 것을 모르던 몇 달 전만 해도 누구나 얌전하다

하고 성미가 고왔는데, 요새로 딴 사람이 된 듯이 배짱이 굵어졌다.

　그래도 제 본바탕이 있고 체면을 생각하며 한동국이의 오죽치 않은 위세나마 그것을 생각할 뿐 아니라, 홀어머니의 정경을 짐작하기로서니 함부로 할 수 있으랴 하는 양심이 있어 그렇지, 그렇지만 않으면야 '너 아니면 여자가 없더냐' 하는 듯이 배짱을 부리지 말라는 법도 없게 되었다. 역시 익수의 마음의 한구석을 근질거리게 하고 떼어치지 못하는 것은 신성이요 그보다도 옥주 역사의 그지없는 호의와 애호는 저버릴 수가 없고, 딱 결단하고 끊을 수도 없다.

　"그래, 지금 창덕궁 앞으로 가는 거야?"

　벌써 교무실의 뉘게서 들었는지, 제일 가까운 고삼(高三)의 수학선생인 R군이 책가방을 총총히 꾸려 가지고 나서는 익수를 가로막듯이 하며 껄껄 웃는다. 뒤에 남아 앉았는 두어 젊은 선생들은 익수가 부럽기도 하나 약혼을 하였다니 자기라도 그럴 것이라고, 예사로 귓가로 들어두고 모른 척하여 버렸다.

　이맘때쯤 해서 삼열이가 전화통에서 떨어져 자기 자리로 가 앉는 것을 보고, 아직도 부글대는 교무실 속에서 평소에 제일 못마땅한 체육선생이 불쑥,

　"오늘은 아무 회의두 없는데 어서 나가 보시죠"

하고 웃지도 않고 비꼬는 바람에 모두들 깔깔대었다. 삼열이는 속으로 조금도 굽죌 일이 없다는 생각이면서도 얼굴이 살짝 발개졌다. 그러나 저편에서 온다는데 휙 가 버릴 수도 없어 밖에서 나는 기척에만 귀를 기울이고 기다리고 있으려니까 손님이 왔다는 당번 아이의 내고(來告)

다. 삼열이는 자기가 일어서면 뒤에서 또 웃음이 터질까 싶어 주눅이 들었으나 그렇지도 않았다. 누구나 다 경험이 있는 일이요 과년한 처녀가 약혼을 했다는지 아직 안 했다는지 하는 남자와 만난다는 것이 이상할 일은 아니라고 여기는 것인지도 몰랐다.

삼열이는 미리 생각하여 놓은 듯이, 현관에 나가서 익수에게 목례만 하고 잠자코 교장실 옆의 응접실로 데리고 들어갔다. 여기는 교장실의 응접실이라기보다도 선생들에게 개방하여 마음대로 쓰게 하는 대신에, 교장은 벽 하나를 격하여 저절로 엿듣는 수도 있고, 젊은 남녀인 경우에는 감시하게도 된 데이다.

테이블을 격하여 마주 앉으며 익수는 인사 대신에 아무 의미 없이 헤헤헤 웃었으나, 삼열이는 속으로는 반가우면서도 말끔히 치어다만 보고 있다. 원체 남성이란 덜 돼 떨어진 것이요, 여성은 올차게 영근 것인지? 익수의 성격이 관대한 것은 좋으나, 두루춘풍으로 모진 데 매듭이 진 데가 없는 한편, 삼열이는 소견이 얕고 좁은 것은 아니지마는, 한번 옥조인 마음을 좀체 펴지 못하는 결곡하고 매서운 데가 있어 그러한지도 모르겠다. 이러한 성격들은 도리어 이 두 남녀를 절장보단(折長補短)으로 서로 화합하게 할 수 있는 걸맞는 내외가 될 것 같다는 짐작도 들게 하였다.

"자, 지난 일은 어느 편이 잘잘못간에 따질 것 없이 그래 어떡했으면 좋겠는지? 하자는 대루 할 거니까."

익수는 툭 터놓고 말을 꺼냈다.

"내 말이 그 말예요. 선생님은 어떡허실 작정인지? 먼저 말씀해 보세요"

삼열이는 전부터 마음에 먹고 있는 한마디 말만 해서 돌려보내리라고, 생각이나 인사로 양보하여 보였다.

"정말 나 하자는 대루 하겠어? ……"

그러나 삼열이는 잠자코 앉았다가

"어서 말씀해 보세요"

하고 쌀쌀히 뒷말을 재촉한다.

"뭐 뻔한 일이지. 그동안 일은 피차 쓱싹하구 어서 약혼식이라두 해 둡시다. 어른들 성화에 못 견디겠구, 또 사실 노인네들을 괜한 걱정만 시켜서 미안하지 않은가요."

익수의 말씨는 금시로 깍듯하여졌다.

"그게 걱정예요? 근본 문제가 해결돼야죠 어쨌든 가을루 밀어 두기루 하세요 아직두 선생님 마음은 공중에 떠 있으니까 두어 달 동안 여유를 드릴께 잘 생각하셔서 좋을 대루 하세요 그 두 달 동안이 나로서는 지루하구두 귀중한 테스트 기간이란 것을 잘 알아 두세요"

삼열이의 말투는 조행이 나쁜 학생을 훈계나 하는 듯이 뾰롱뾰롱 하였다.

"하하하……. 그 두 달 동안이 근신 기간이요 테스트 기간이라! 잘 알겠습니다. 허허허……허지만"

하고 익수가 무슨 변명을 하려니까, 삼열이는 선뜻 말을 가로채서

"허지만이구 뭐구 없에요. 어서 가 주세요. 회의시간에 들어가 봐야 하겠에요"

하고 홀뿌리는 소리를 하고 손님보다 먼저 일어섰다. 저편이 자기를 인제는 아무렇게 해도 좋을 자기 사람이 되었고 자기 손아귀에 넣었다는 배짱이면야, 이편도 남자라 하고 장래의 남편이라 하여, 소중히 여기고 마음에서 우러나오지 않는 존경만 하라는 법이 있으랴고, 삼열이는 한층 더 뛰는 시위운동을 하는 것이기도 하였다.

"그럼, 내일 모레 새, 내 다시 전화를 걸 테니 또 한 번 만나요. 아무래두 오해가 풀리지 않은 모양이니까, 그걸 어서 풀어야 할 거야……."

익수는 남 회의라는 것을 붙들고만 있을 수가 없어 머쓱한 선웃음을 치며 일어섰다.

"테스트 기간 중에 만나 뵙는 거야 어려운 일 아니지만 전부터 곧잘 말씀하시던 그 근신의 실적을 가지구 만나도록 하시죠"

하고 삼열이는 '테스트'라는 말이 우습기도 하고 익수에게 어서 가 달라고까지 한 말이 너무 심하였다는 생각이 들어서 비로소 입가에 웃음기를 머금어 보였다. 익수도 속으로는 모욕을 당하였구나 하는 자존심에 불쾌하였으나, 이때껏 노기가 등등하던 삼열이의 얼굴에 웃음이 떠오르는 것을 보고는, 그래도 마음이 조금은 풀려서 또 허허허 웃으며 실없이

"네 네, 내일 모레 새 실적을 가지구 와 뵙죠"

하고 마주 일어나 한걸음 다가서며 여자의 손을 넌지시 붙들었다. 삼열이도 손을 뿌리치기까지 할 수는 없어서, 이편에서 맞힘을 주지는 않았으나 가만히 하는 대로 내버려 두었다. 오랜만에 기분이 좋다. 그러나 헤어져 나온 익수는 불쾌하였다.

삼열이만을 나무랄 수는 없지마는, 쓸쓸털털한 기분을 뉘게 탓할 수도 없고 혼자 꾹 참는 수밖에 없었다.

집에 돌아와서 저녁상을 받고도 익수는 고개를 밥상에 틀어박고 말이 없다. 숙경 여사는 아들이 왜 그럴까 하고 애가 씌워서, 눈치만 슬슬 보며 정성껏 시중을 들어 주다가 그래도 마음에 걸려서

"왜 그러니? 학교에서 뭐 불쾌할 일이 있었니?"

하고 말을 붙여 보았다.

"아뇨"

아들은 간단히 대꾸만 하고, 밥은 몇 술 뜨는 채만 하고 제 방으로 내려가 버렸다.

이때쯤 해서 집에 들어간 삼열이는 매우 기분이 유쾌하여서

"어머니, 조금 아까 이 선생이 학교루 전화를 걸구 찾아 왔겠죠"

하고 제 방에서 옷을 벗으며 안방에다 대고 커다란 소리로 말을 걸었다.

"응, 그래? ······."

하고 모친은 귀가 번쩍 띄어서 허겁지겁 딸의 방으로 뛰어왔다.

"아니 별일은 없구요. 하구 싶은 말은 다 못 했지만, 그래두 단단히 해대구 나니 속이 시원하구먼요"

하고 깔깔 웃는 딸의 얼굴을 바라보며 어머니는 얼떨한 기색으로 무슨 소리를 함부로 했는지 겁이 나는 기색이었다.

"그래 어떡허자든?"

어머니는 딸의 모처럼 그 좋은 기분을 상할까 보아 조심조심 물었다.

"어떡허자거나 말거나, 누가 자기네 하자는 대로만 한대요! 추풍 날 때까지 그대루 연기해 두자구 했죠"

"응, 그두 좋긴 좋아. 여름 삼복지경에 누가 혼인을 한다든. 피로연은 피로연이요, 또 따루 집에서 겪느라면 음식은 쉬구 사람은 널치만 되구……"

옥인동 마님은 살림하는 늙은이의 생각에 이러한 딴청을 한다.

"누가 그 걱정예요? 두 달 동안 여유를 줄 테니, 그동안 잘 반성을 해 보구, 새 사람이 된 걸 봐야 약혼이구 뭐구 하겠다는 말이죠"
하고 삼열이는 흥분 끝이라 또 발끈하였다. 모친은 그 기세에 눌려서 잠깐 멈칫하다가

"모르겠다! 어디 남정네한테 그렇게 심악하게 말하는 법이 있니! 그러다가 저쪽이 아주 팩 토라지면 어쩌자구."
하고 모친은 불안한 마음에 눈살을 찌푸리며 안방 쪽으로 건너갔다.

'토라지면 토라지……'

삼열이는 벗은 양복을 털어서 장 안에 걸고 나서, 책가방을 추스르며 혼잣소리를 가만히 한다.

"가을까지 물리자는 것두 아버지께 여쭤 보구 말이지 어쩌면 너 혼자 생각대루만 하니?"

안방에서 흘러나오는 어머니의 목소리다. 삼열이는 좀 찔끔하였다.

28

"선생님 안녕하세요? 얼마나 더우세요?"

낮잠을 자다가 벌떡 일어나 앉은 익수는 얼떨하였다. 신성이가 찾아오리라고는 생각지도 않은 일이다.

"방학 후에 통 소식두 모르겠구, 전화를 걸어 볼 데두 없으니, 가 뵙구 오라구 어머니께서 하셔서 왔에요"

"응! 이 더위에 올 것까지야……."

잠이 덜 깬 익수는 반가우면서도 멀거니 내다만 보며 말을 걸자니까, 운전수가 낑낑 매며 커다란 참외 부대를 안고 들어와서 안마루에 쿵하고 내려놓는다.

안방에서도 낮잠이 들었던 숙경 여사의 삼 모녀는 깜짝 놀라 일어나며 눈들이 벌겋다. 더위에 지쳐서 파제삿날 아침처럼 모두 눈알에 핏줄이 서고 고단해 하는 기색이다.

"응, 너 어떻게 왔니? 덥다, 어서 올라 오너라. 어머니께선 안녕하시냐?"

"네, 안녕하세요? 가 뵙구 오라셔서요"

신성이는 축대 위에서 주저주저하며, 무엇보다도 제 자의로 익수를 만나러 온 것이 아니라는 변명부터 하려는 말눈치였다.

"그런데 이건 왜 사 보내셨니?"

숙경 여사는 마루 끝에 나와서 운전수가 내려놓고 나가는 것을 보고 인사를 하였다. 작년에도 복중에 참외 한 짝을 사 보내와서 진창 잘 먹은 일이 있지마는, 올해는 신성이까지 안동(眼同)을 해 보내서 더위문안을 시키는 것은 의외이다. 다 생각이 있어 하는 일이요. 하나라도 무심해 하는 일이 없는 옥주인 것은 잘 아는 숙경이기도 하다.

다시 아랫방으로 내려온 신성이의, 땀이 촉촉이 배인 얼굴을 보자, 익수는

"퍽 더우신 모양인데, 이거 어떡허나? 우리 집엔 수돗물밖에 없으니……핫하하."

하며 미안한 생각에 웃음엣소리를 하다가

"우리 요 앞에 빙수 가게에라두 나가 보실까?"

하고 또 농담을 붙인다.

"난 걱정 마세요 오늘 같은 무더운 날, 땀을 뻘뻘 흘리시구 낮잠만 주무시니 뵙기에 딱하군요 선생님, 우리 한강 나가 보실까? 보트를 타 보세요."

신성이는 한강 나가자고 끌어낼 생각으로 온 것은 아니나, 낮잠만 자고 들어앉아서 장장하일을 무료히 지내는 것을 보니 어쩐지 딱하게 보

여서 끌어내 보겠다는 생각이 든 것이다.

"하, 말만 들어두 시원하긴 하지만……."

하고 익수는 헤헤……웃었다. 이런 때 보면 익수는 그저 호인(好人)만 같고, 돈을 흥청망청 쓰고 돌아다니는 신성이의 눈으로 보면 쭈그리고 들어앉았는 이 남자의 신수가 아깝다는 생각이 들었다. 한때 기분인지 객기인지는 모르겠지마는.

"왜요? 말만 들어두 시원하긴 하지만 어쨌단 말씀예요?"

신성이는 아무 까닭도 없이 남자를 그저 잠깐 가엾이 본 까닭에 가벼운 웃음이 입가에 귀엽게 떠올랐다.

"아니 총각 처녀가 보트를 타러 다녔다면 소문이 사납지 않은가?"

익수는 웃지도 않고 거침없이 태연히 이런 소리를 한다.

"호호호……. 선생님두! 검문소에 걸리거든 선생 제자 새라구 하면 고만이죠 하하하……."

신성이는 왜 그런지 익수의 시치미 떼고 어수룩한 이런 소리를 하는 것이 희한히 들리고 우습기도 하였다.

익수가 빙수집을 가자더니, 어느 틈에 얼음을 띤 미숫가루 꿀물에, 참외를 벗겨 내려왔다. 신성이는 이 집에 다녀야 대접을 받아 보는 것이 처음이지마는, 그 얼음이 뜨는 미숫가루물이 세상에 처음 맛보는 천하일미만 같았다.

원체 미숫가루물이란 처음 먹어 보는 것이요 저의 집 가풍으로 미숫가루라는 말도 들어 보지 못하고 구경도 못 하였었다.

"어머니 잠깐 나갔다 들어오겠어요"

"응, 저녁 전에 일찍 들어오너라."

나이 삼십이 가까워도 역시 자식은 자식이었다. 강가에 가는 줄 알았
더면 펄쩍 뛰었을지 모르나, 하여간 신성이와 짝을 지어 나가는 것이
싫기도 하고 좋을 상 싶기도 하고, 이 부인의 마음은 갈피를 잡을 수가
없었다. 그러나 누이들은 될 대로 되라지 하는 생각이다. 깔끔하고 말
썽 많은 삼열이보다는 신성이가 새 맛이 있고 그 활달한 성격이 여자
끼리라도 마음에 드는 듯싶었다. 또 하나, 그 덕에 오빠도 독일 유학을
하게 되리라는 데에 새로운 호프가 있었는지? ……신성이는 익수의 뒤
에서 얼굴을 숨기듯이 하고 섰다가

"안녕히 계세요."

하고 꼬박하고는 잽싼 걸음으로 익수를 따라 나갔다.

밖에 세워 두었던 지프차의 앞자리에 올라앉아 선들바람을 쏘이며
달리니, 익수는 어디 갇혔다가 나온 사람처럼 속까지 시원하고 기죽을
펼 것 같다.

"집에 잠깐 들렀다가 한강으로 가요"

뒤에서 신성이가 운전수에게 일렀다.

"아니, 차는 돌려 보내구 그 길에 말씀만 여쭙게 하면 그만 아닌가?"

어머니한테 심부름 나온 하회도 알려야 하고 한강에 나간다는 말도
해야는 하겠지마는, 익수는 거기에를 들렀다가는 그 마님한테 붙들려
서 잔소리를 듣기도 성이 가시고 붙들려서 대접을 합네 어쩌네 하는
바람에 한강에 못 나가고 마느니 라는 생각에서 하는 말이다.

"선생님 가만 계세요 어머니한테 붙들려 주저앉게 될까 봐 그러시

죠?"

하고 신성이도 벌써 짐작하고 해해 웃었다. 그러는 동안에 차는 벌써 신성이집 문전에 닿았다.

"어머니, 다녀왔어요. 전 지금 한강엘 나가요."

총총히 뜰로 서며 신성이는 소리를 쳤다.

"한강엔 무슨 한강?"

하는 옥주 여사의 목소리가 육간대청 마루에서 뜰로 흘려내려, 문밖의 차 속에 앉은 익수의 귀에까지 들려온다. 그러고 보니 익수는 신성이가 차에서 나리면서

"잠깐만 그대루 계세요. 곧 다녀 나올께요."

하고 들어가기에 그대로 앉았던 것인데, 문전까지 와서 옥주 마님한테 인사를 안 하고 간다는 것이 죄밀 같은 생각에 뛰어나오려는 판인데,

"어머니 가만히 계세요. 선생님하구 잠깐 바람 쐬구 올 테니요."

하고 신성이가 모친의 입을 틀어막으려는 대답을 듣고는 익수는 더구나 미안한 생각이 들어서, 차에서 내려 어정어정 안마당으로 들어갔다. 서창 밑에 선풍기를 틀고 앉아서 무엇을 하고 있었던지, 옥주 여사는 반색을 하고 뛰어나오며

"이 사람아, 문전까지 와서 날 안 보구 갈 작정이었어? 그래 더위에 몸 성하구 잘 있었우?"

하고 나무란다. 익수는 할 말이 없게 되었으니, 그저 웃고만 그늘진 쪽으로 잠자코 비켜서며

"안녕하셨에요."

하고 굽실 인사를 하였다.

"그래그래, 어서들 갔다가들 와. 나두 헤엄을 칠 줄 알구, 수영복이 있더라면 따라나서는걸!"

하고 옥주 여사는 깔깔 대었다. 딸이 K여고에서 수영을 배우고 보트도 잘 놀릴 줄 아니 안심이지마는 실없는 말만이 아니라, 젊은 아이들 노는 틈에 따라 나서 끼우고 싶은 것을 참아 버렸다.

'저의끼리 둘이 놀라지! ……'

옥주 여사는 자기 딸이 어쩌다가 마음이 그렇게 돌렸나 싶어 그것만 좋았다.

한강에 나가서 보트에 올라앉은 익수는 노타이에 회색바지를 입은 채로 구두도 그대로 신었으나, 무엇보다도 신성이가 신이 나서 해해거리며 손이 익게 노(櫓)를 젓는 것을 보고 유쾌했다. 익수 역시 K중학 때부터 수영을 배웠고 보트쯤은 공기 놀리듯이 자신이 있는 터이다. 신성이도 하늘색 원피스를 입은 채로 올라앉았으나, 힘 안 들이고 노를 저으며 마주 보고 생글 웃는 양이 매우 상쾌한 기색이다.

한참 오글거리는 인도교 밑을 빠져 나와서 좀 더 하류로 흘러 내려가는 대로 노도 쉬고 한숨 돌리고 나니, 익수는 가슴을 활짝 펴고 큰 숨을 쉬었다. 문득 그러나 머리에 떠오르는 것은 삼열이의 그 매서운 표정이다. 그 매서운 표정이란 '테스트' 선언이요, 반성 선언이다. 결국 자기는 근신 기간 중에서 풀려나온 죄수인가 싶어 속으로 웃음이 복받쳐 올라오기도 하였다.

"선생님, 무슨 생각에 그렇게 팔리셨어요?"

"허허허……. 애인 생각을 하느라구!"

"그거 좋군요 왜 안 그러시겠어요! 하지만 애인 생각에 일이 빠져, 노는 놓치지 마세요 호호호……."

"이거 뭐 내가 노망을 한 줄 아는구먼? 신성 양이나 연인 생각에 노를 놓치질 말라구, 하하하."

하고 익수는 노인 같은 어투로 껄껄대었다.

"목숨 같은 노를 놓치두룩 그렇게 연연불망할 애인이나 있구 봐야죠!"

하고 신성이도 깔깔대었다.

익수는 흥에 겨워서

'왜? 나 여기 있지 않아?'

하고 실없은 소리가 곧 목 밑까지 치밀다가 깜짝 놀란 듯이 정색을 하였다.

보트를 이리저리 끌고 다니면서, 젊은 남녀끼리 물끄럼 마주 보고 눈웃음을 치는 재미로거나, 서늘한 강바람이 시원하여서 두어 시간이나 지루한 줄 모르고 지냈다. 두 남녀가 다 같이 아무 사심 없이 유쾌하였다.

해가 서산에 기울 때쯤 되어, 그 오구탕을 치던 철교 위아래도 어지간히 사람이 삐인 틈을 타서 육지로 올라와 합승차라도 잡아타려고 북적거리는 정류장에 끼어 섰으려니까, 이게 웬일인가! 태동호텔 차가 손님을 맞으러 정거장에 나갈 때처럼 글자를 빨갛게 물들인 깃발을 휘날리며 달려오다가 딱 서지 않는가! 운집한 여러 사람 틈에 신성이가 끼어 있을 것 같기에 찾아내려 하였다는 것이다. 어쨌든 두 남녀는 반겨서 뛰어와 올라탔다. 하두 늦으니, 어머니가 애가 씌어서 내어 보내 준 것이었다.

이 날 저녁 식탁은 역시 모녀끼리만의 쓸쓸하던 때와 달라서 남성하나가 끼었다는 것만으로만 웃음소리가 그칠 새 없고 질번질번히 화기애애하였다.

"어머니, 나 해수욕장 갈 테예요. 올엔 가족적으루 어머니두 같이 가세요."

신성이의 발론이었다. 대학에 들어간 뒤로는 해마다 거르지 않고 여기저기 마음 내키는 대로 갔었지마는, 늘 동창생 두서넛과 패를 지어 다녔기에 말이다.

"글쎄 그래두 좋지. 오늘 한강에 못 따라간 벌충(보충)으루 올엔 따라나서 볼까? 언제쯤이 좋을까?"

모친은 선뜻 응하였다.

"어머니 편할 대루 정하세요. 언제든지 틈나시는 대루!"

신성이는 못 갈 것을 가게 된 것은 아니지마는, 웬일인지? 퍽 좋았다. 실상은 한강에 갔다 온 김에 재미가 나서 급작스레 서두르려는 생각이 난 것이기는 하였다.

"내야 아무 때나 좋지만, 정작 이 선생님 형편이 어떠신지?"
하고 옥주 여사는 익수를 웃으며 쳐다보았다.

"저요? 천만에! 가족적이라시라면서 저두 가족입니까? 허허허……. 호위병으루 필요하다신대두, 체면이 있지 이래 봬두 일류 고등학교에서 날리는 선생인데, 벌거벗은 부인네들이 물속들이 첨벙거리는 뒤나 따라다닌대서야 말만 들어두 챙피스럽지 않습니까. 하하하."

두 모녀두 깔깔대었다.

"말만은 허번주그레하게 하지만, 미인선발대회에 머리악을 쓰구 간 사람은 누구길래?"

옥주 여사는 일부러 웃음소리를 던졌다.

"그거 무슨 생소리십니까? 이러시다가는 무고죄에 걸리십니다."

또 깔깔들 대었다.

"하여튼 세상두 그런 데는 재빨리 깨었어. 제철이거나 말거나 해수욕복은 천하일색들을, 편안히 앉아서 속이 트릿하두룩 보게 됐으니 말이지."

하고 옥주 여사는 그 나이에 그러한 데 나가지 못하는 것이 분해서는 아니겠지마는, 한마디 하고는 깔깔대었다.

"에이, 어머닌, 그런 구식 완고 소린 그만두세요. 어서 날짜를 정하세요. 어디루 갔으면 좋을까……?"

딸의 핀잔에 찔끔하면서도 반주 몇 잔에 얼근해진 옥주 여사는 기분이 매우 좋아서

"내야 뭐 아니. 헴을 칠 줄 아니, 보트를 절 줄 아니. 그리 수영복이나 입구 어울러 다니면서 해수욕장 기분이나 맛보자는 것밖에! 쉽게 말하면 요릿집 주방(부엌)에서 흘러나오는 구수한 냄새나 맡으러 다니겠다는 거지! 늙는 거란 이렇게 설단다!"

하고 옥주 여사는 딸의 핀둥이가 못마땅해서 또 한 잔 든다.

"어머닌, 이건 무슨 망녕의 소리세요 벌써 취하셨구먼. 애, 일선아 이 술병 내가라."

하고 신성이는 발끈해서 부엌에다 대고 소리를 빽 질렀다.

"내가 뭘 취했니? 하지만 그러기에 하루라두 젊었을 제 유쾌히 잘 놀라구, 해수욕장에두 데리구 가서 뒷배를 봐 준다는 것이 아니냐."

하고 여기까지는 취담 같더니, 옥주 여사는 불그레하던 얼굴이 금시로 딴사람같이 말짱하여지면서,

"잔소리 말아. 내일 모레 떠나기루 하구, 어디 작년에 너 가봤다던 대천으루 가 보자. 올에는 거기가 신통치 않더라라는 말두 들었다만 먼 데 갈 거 뭐! 있니. 가 봐서 벌이가 될 듯싶으면, 나두 호텔 하나 지어 보자꾸나!"

이 마님의 강주정 바람에 좀 머쓱해서 그저 선웃음만 치고 앉았던 익수는 역시 여자라두 사업가라 착안점이 달라서 영업 터를 구하러 가겠다는구나 하고 혀를 찼다.

29

대천에를 가기로 작정이 되고 보니, 신성이에게는 난처한 일이 하나 생겼다. 매년 짝을 지어 다니던 동무들에게 알리나? 마나? ……의리로는 알리고 떠나야 하겠고, 알리고 보면 같이 가자고 해야 경우가 되겠는데 왜인지 끌기는 싫다. 끌기는 싫기는커녕 따라들 나설까 봐 걱정이다. 익수와 아무렇지도 않은 사이라고는 생각하면서도, 그 아이들 앞에 익수를 내어 세우기는 싫다. 비장한 보물이면 자랑삼아 내어 보이고도 싶을 텐데 역시 감추어 두고만 싶었다. 결국 모른 척하고 떠나 버렸다.

대천에는 예정대로 토요일 오후에 도착하였다. 무더운 날씨다. 신성이는 작년에 왔을 때 묵던 여관이 여염집 비슷이 조촐하고, 그 뒤채가 조용하니 좋다고 그리로 가자고 우겼으나 어머니는 태동호텔 마담답게 한사코 우겨서, 올해 새로 지었다는 명색이 호텔이라는 데로 들고야 말았다. 옥주 여사는 같은 값이면 이것도 견학이라는 생각이었다. 이층 저 구석으로 정갈하게 나란히 붙은 두 방을 정하여 널찍하고 더블베드가 놓인 방을 모녀가 차지하게 되었다.

그러나 여기에를 오더니 익수가 쭈뼛쭈뼛하며 쥐어 지내는 듯싶이 자굴(自屈)하는 듯한 눈치에, 신성이 모녀는 다 같이 벌써 알아차리고 가엾게도 생각하고 딱해도 하였다. 옥주 여사는 남자를 많이 겪어 보고 다루어 본 솜씨라 신수 값을 하기로서니 익수가 좀 의젓이 버티어 주었으면 하는 생각이었으나 아직 나이가 있어 그렇거니 생각하였다. 그러나 바다에 나가서 둘이 보트를 타고 오더니 훨씬 달라졌다. 명랑한 얼굴들이다.

이튿날 저녁때 또 바다로 나갈 때는

"어머니두 같이 가세요. 보트 태워 드릴께!"

하고 딸이 조르기도 하려니와, 저녁 때 바다 경치도 보고 보트라도 타 볼까 하는 생각으로 옥주 여사는 따라 나섰다.

옥주 여사는 방에서 딸과 함께 서울서 마련해 가지고 온 해수욕복을 입으면서 처녀 적 기분 같은 데에 행복감과 알 수 없는 자랑을 느꼈다. 그 기분이 사라질까 보아 아까운 생각도 들었다.

바닷가에 나가서 보트 안에서도, 옥주 여사가 가운데 멀거니 앉았으니 싱겁기가 짝이 없었다. 더욱이 팔 다리를 내놓고 앉았는 것이 허전하였다. 더구나 반 간통도 못 되는 거리(距離)에 마주 앉았는 젊은 아이의 시선이 넌짓넌짓이 자기의 해수욕복을 입은 웃통으로부터 쓰다듬어 내려오더니 발끝에 와서 한참 멈추는 기색을 눈치 채자, 옥주 여사는 얼굴이 좀 빨개지며 하얀 두 발을 약간 옴츠렸다.

익수는 예쁜 발이라고 생각하였다. 부끄럼을 타는 듯이 약간 움직이

265

는 그 발의 표정이 상기되면서 상그레 웃음기를 띠우는 얼굴 표정과 똑같다고 생각하였다. 익수는 도리어 겸연쩍은 생각이 들어서 얼른 출렁거리는 물 위로 외면을 보여 버렸다.

생김새야 딸도 어머니 못지않은 전체의 체격이나 곡선미로 말하면 신성이가 훨씬 발육이 좋고 현대적이지마는 구두 속에서 키워진 채가 크고 볼이 넓은 발만은 어머니의 버선 속에서 자라서 늙도록 고대로 있는 고전적이기도 한 그 조그만 발의 앙증한 곡선미를 따를 수가 없으리라고 생각하였다. 그뿐만 아니라 얼굴이나 몸 전체의 고운 살결도 그렇지마는, 발도 포동포동하니 아직도 탄력이 있는 살결이다.

옥주 여사는 꿈결 같은 무슨 혼자 생각의 끝인지는 몰라도 내일이면 여기 온 지가 사흘이나 되는데, 자기만 먼저 서울로 올라갈까……하는 생각이 들었다. 젊은 애들 노는데 쌩이질이나 되는 듯싶어서, 이 보트도 괜히 따라 나와서 탄 듯만 싶다. 그런 생각이 드니, 새삼스레 벌거벗다시피 한 몸뚱이를 젊은 애 앞에 보이고 앉았는 것이 부끄럽고 사납다는 생각도 든다. 또는 한가운데 딱 버티고 앉아서 저의끼리 마주 보고 이야기도 못 하게 하는가도 싶어 어서 피해 주어야겠다는 생각이 든다.

"사모님, 벌써 향수(鄕愁)에 걸리셨에요? 허허허. 무슨 생각에 팔리신 것 같은데…… 그러지 마시구 좋은 경치두 보시구, 재밌는 얘기나 들려주세요 아 참 맥주라두 따라 드릴까요?"

오늘은 익수가 더 명랑하여졌다.

"그래. 선생두 한잔 하시지. 난 서울 일이 걱정이 돼서 내일쯤은 나 혼자만이라두 올라갈까 하는데……."

이것은 딸이 오해하지 말라는 말 같기도 하였다. 그러나 신성이는,

"아이, 어머니두. 어머니가 먼저 올라가시면 우린 어쩌라구……."

하고 뒤에서 소리를 빽 지른다. 헤벌어진 바닷물 위이니 목청을 돋우어야 하기는 하였다. 하지만 어머니가 저의 둘만 내버려 두고 먼저 가겠다는 말에 신성이는 놀라기도 하였다. 익수 역시 의외소리에 귀가 번쩍 하여지면서 무슨 '기회'를 준다는 암시를 주는 것이나 아닌가 하여서 이상하다는 생각이 들었으나 못 들은 척해 버렸다.

"뭐 어떠냐? 사제 간인데……. 선생님이 어련히 잘 돌보아 주실라구."

하여 옥주 여사는 무심코 한 말이 두 젊은 아이들에게는 이상히 들리지나 않았나 싶어서 얼른 휘갑을 치느라고 한 말인데, 그 역시 예민한 두 남녀의 감정에는 역효과를 냈는지 피차에 눈길을 피하였다.

노를 놓아도 좋을만한 그리 붐비지 않는 모래사장 가까이까지 오자, 익수는 발밑에 놓인 맥주 통을 집어 따서 종이컵에 따라 옥주 여사에게 권하였다. 맥주잔을 들고 꾸부리며 내어 미는 익수의 떡 젖혀진 실팍한 어깻집이며 허연 기름져 보이는 등어리로 눈이 먼저 가서 잔은 허둥지둥 받았다. 한 번 질러서 두 숨에 쭉 켜고 나서, 종이 잔을 익수에게 도로 넘기며 술통을 이리 달라니까,

"제 따라 먹죠"

하고 익수는 안줏감 봉지와 사과를 집어 옥주에게 주었다. 사과는 어깨 너머로 딸에게 넘기고 나서, 맥주 통을 들어 익수에게 따라 주고는

"이만하면 뱃놀이 됐지? 대천 온 값 뺐어!"

하고 깔깔대었다. 호텔에서 나올 때 뱃속에서 어머니가 심심해할까 봐서, 신성이가 조금 시켜 가지고 온 것이었다.

익수는 두 번째 통을 따서, 종이컵이 흐느적거려서 재미없기에 통째 마시라고 마님한테 주려니까, 어느 틈에 와 닿았는지 보트 한 채가 나란히 출렁거리면서, 처녀들의 주고받는 환성(歡聲)이 야단스럽다.

"어쩌면 너만 살짝 빠져 왔니?"

"그러지 않두 기별을 할까 했지만 이번엔 어머니를 모시구 오게 됐기에, 너의하군 다시 다른 데루 가 볼 작정으루 그만뒀지."

"응, 다 알았다! 그만둬. 호호호⋯⋯."

웃통을 벌겋게 벗은 준수한 남자가 저편에 앉았는 것을 보고 샘이 나서 하는 말이다.

"아, 사모님두 오셨군요? 안녕하세요?"

인제야 알아본 듯이 옥주 여사에게 커단 소리로 인사를 하는 것은 진옥이다. 올봄에 신성이의 생일에 왔다가 가서 삼열이한테 알려 주어 한동국 영감의 부녀가 인사를 오게 한 신성이의 동창생이다.

"응, 언제들 왔니?"

저쪽 보트에도 세 여학생이 탔다.

"오늘 새벽 차루요"

진옥이는 다시 신성이더러

"어제 우연히 너의 집에 전화를 걸었더니 혼자 떠났다지. 화딱지가 나서 부랴사랴 추격을 해 온 건데! 하하하⋯⋯. 원수 외나무다리에서 만난다구, 어쩌면 이렇게 쉽사리 만나게 됐니!"

하고 지껄댄다.

"어쨌든 반갑다. 이런 데서 만나니 더 반갑구나!"

옥주 여사는 손에 받아 들은 맥주 통을 비로소 꿀떡꿀떡 마신다. 원체 호텔의 냉장고에 뼈가 저리게 채워 두었던 것이라, 시간이 꽤 지났건마는 얼음물 마시듯 시원하다.

"그래 너희들은 어디다 여관을 잡았니?"

"××호텔예요?"

"응, 그래? 우리두 거기란다. 그 잘됐다! 인젠 난 너희한테 우리 딸을 맡겨 놓구, 내일은 서울루 가련다."

이것은 옥주 여사가 아까 젊은 아이들이 듣기에 괴란쩍은 말을 무심코 한 변명으로 한 말이기도 하지마는, 주기가 도니까 별안간 깔깔대며 저쪽 보트에다 대고서

"너희들 보기에, 내 수영복 입은 꼴이 어떠냐? 근사하냐?"

하고 딴청을 한다. 나이 사십이 넘어서 수영복을 입고 젊은 아이들 틈에 끼어 보트 놀이를 하는 것이 좀 어색하다는 생각이 들어서였다.

"온, 천만에! 우리 어머니가 그래 주었으면 좋겠는데 참 이쁘구 어울리세요."

하고 진옥이가 펄쩍 뛰는 소리를 하니까, 앞에서 노를 젓던 아이가

"애, 신성아, 넌 어쩌면 그렇게 복두 많으냐? 참 부럽구나!"

하고 놀려 주었으나, 사실 부럽다는 말눈치다.

이 날 호텔에 돌아온 두 패는 밤 가는 줄을 모르고, 이 방 저 방에서 오락가락 법석이었다.

"아이, 이 등쌀에 어디 내가 끼어 있겠니? 난 내일 간다."

옥주 여사는 드러누워서 저의들 노는 꼴만 보다가, 실없은 소리처럼 또 간다는 말을 꺼냈다. 그 말에는 떠들던 소리가 뚝 끊이고 잠깐 잠잠하여졌다. 그러나 신성이는 인제는 어머니를 붙들려는 소리는 아니하였다.

자정이 넘어서나 신성이 모녀가 자리에 눕자

"애, 쟤들은 아래층 다다미방에서 셋이 함께 뒹구는 모양이지?"
하고 모친은 더블베드의 옆에 누운 신성이에게 말을 걸었다.

"그야 그렇죠 학생들인데……."

"그러니 말이다. 너희들이 며칠이나 더 놀구 오던지. 난 내일 떠날 테니 진옥이를 이 방으루 데려다가 같이 지내렴."

신성이는 '그래두 좋죠' 하고 대답을 하고 싶었지마는, 이번에는 그래서는 어머니한테 미안하다는 생각이 들어서 자는 체하고 잠자코 말았다.

옥주 여사가 서울로 올라간 뒤에 또 사흘 동안 다섯 남녀는 익수를 중심으로 유쾌히 놀았다. 아무 놀이나 역시 이성이 엇걸려야는 하겠지마는, 익수의 의젓하고 점잖이 믿음성스러운 데에 네 처녀들은 마음 놓고 밤낮없이 실컷 놀았다. 신성이는 속마음으로 은근히 자정을 느끼면서 익수를 다시 보게 되었다. 이렇게 점잖고 명랑하고 지식이 풍부한 남자가 있을까 싶었다.

서울에 올라와서 정거장 앞에서 뿔뿔이 헤어지기가 서로 아까워하였다. 이튿날 하루를 쉬어 고단이 풀리니까, 신성이는 어서 익수를 찾아가서 인사라도 하고 싶은 생각이 간절하였으나 참아 버렸다.

"아이, 익수 집에 전화라두 있더라면!"

어머니는 자기의 마음을 어떻게 알아차리고 저런 소리를 하는가 싶었다. 사실 신성이는 궁금해서 전화라도 걸어 보고 싶었다. 옥주 여사도 궁금도 하고 또는 사직동 마님에게 인사말이라도 하고 싶었던 것이나, 신성이는 저쪽에는 전화가 없어도 이쪽에 대고 익수가 전화를 걸어 오지나 않을까 하고 온종일 기다렸으나 허사였다.

30

중복이 지나고 한참 더운 때지마는 지루하던 장마가 거친 뒤라, 바람결도 있고 아직 날씨가 꾸물거려서 그리 찌는 것 같지는 않다.

"응, 호출장을 본 게로군! 이리 올러올 거 없이 시원한 저리루 가지."

익수가 산뜻한 노타이 바람으로 들어서며 인사를 하니까, 옥주 여사는 살이 비칠 듯이 상글한 원피스를 입은 아래로, 익수가 해수욕장에서 보고 조금 있으면 고전미가 되리라고까지 내심으로 상탄(賞嘆)하던 그 종아리와 발을 아낌없이 드러내 놓은 채 마루에서 오락가락하며 무슨 분별인지를 하다가 반가이 맞는다. 제 방에서 뛰어나온 신성이도 전에 없이 반가워하는 눈치다. 호출장이라는 것은 어제 띄운 속달우편 말이다. 해수욕장에서 돌아오자 곧 장마가 져서 서로 일주일 동안이나 만나지를 못하기도 하였거니와, 한 번 다시 모여서 놀고 싶은 생각으로 오늘 신성이가 그 일행을 초대하는 것이다. 그것도 날마다 신문의 천기예보를 보고 날이 들기를 기다리다가, 오늘부터쯤 개인다는 바람에 어제 서둘러서 전화가 있는 진옥이한테부터 연락을 하여 오늘 다 오기로 되었는데, 익수에게만은 신성이 자신이 가기도 싫고, 차를 보내면 숙경 여사가 또 어쩌나 알까 보아서 속달로 엽서를 띄웠던 것이다.

앞장을 서서 익수를 호텔로 끌고 가는 신성이의 몸은 가볍고 생기가 도는 얼굴에 연해 잔웃음을 쳐 가며 쉴 새 없이 말을 붙이는 것이었다. 하여튼 해수욕장에 다녀온 뒤로 한걸음 다가선 것 같다.

"무슨 일예요? 장마에 갇혀 있다가 풀려 나오게 돼서 고맙긴 하지만……."

끌어들여 앉히는 대로 누구의 침실인지는 몰라도 화려한 침대의 옆의 등의자에 앉으면서, 익수는 의아하여 말을 꺼냈다.

"무슨 일이든지, 우선 땀이나 들이세요 오늘 내 생일예요"
하고 신성이는 침대에 반쯤 걸터앉으며 깔깔대었다.

땀을 들이고 말고가 없이 사무실과 침실 사이에 언제나 육중히 늘어져 있는 커튼을 활짝 젖혀서 걷어 붙여 놓고 사무실 천정의 선풍기가 되레 바깥에서 불어드는 선들바람을 밀어낼 지경이다.

"뭐? 그 언제든가? ……그래 일 년에 생일이 두 번씩은 아닐 거요, 그때가 이맘때든가?"
하고 익수도 마주 웃었다.

사실은 여기가 옥주 여사의 사무실인지 무엇인지는 몰라도 방에 들어서자 먼저 눈에 띄우는 것이 하얀 상보(床褓)를 씌운 커다란 둥근 식탁이었다. 차림새가 호텔의 양식이 나오는 모양이다.

"하여튼 이 아가씨 생진은 두 번 먹는데, 저번에두 빈손으루 와서 무

273

안쩍더니 ……그런 줄 알았더면 안 오는걸."

하고 익수는 또 껄껄 웃었다. 익수 역시 일주일이나 함께 뒹굴고 온 끝이라 전과 달라서 진정 신성이를 속으로 귀엽고 아끼는 마음이 드는 것이었다. 두 남녀는 같은 감정에 팔려 맥맥히 앉았다가 신성이는 익수가 무료해 할까 보아서

"잠깐만 기대리세요. 인제 선생님의 벌거숭이 제자들이 몰려올 거니까!"

하며 웃어 보였다. 익수는 신성이가 제 생일이라는 말을 들을 때부터 삼열의 모습이 머리에 떠올라서 앞을 알찐거리는 것만 같았다. 아버지를 따라 꽃다발을 가지고 왔던 삼열이, 명동을 지나 으슥한 거리를 걸을 때 질투에 타던 삼열이, 억수같이 쏟아지는 비를 맞아 가며 자동차에서 업혀 내려오던 삼열이……그리고 그 다음 일들은 생각하기에 벅찼다.

냉커피로 목을 축여 가면서 단둘이만 마주 앉았기가 피차에 왠지 모르게 달콤하면서도 지루하기도 하다. 전에 공부를 시킬 때도 단 둘이만 한 방에 있었지마는 놀러 나와서는 언제나 어머니가 옆에 붙어 있었기 때문에 유난히 단둘이만 앉았다는 것을 의식하는 것이다. 어머니의 눈이 감시의 눈은 아니었으나 하여간 그 눈길에서 벗어나 이렇게 시원스럽고 화려한 침실에 마주 앉았자니, 신성이보다도 익수가 도리어 선이나 뵈러온 신랑처럼 수줍은 생각이 들고, 여자들보다 일찍 온 것을 후회까지 하였다. 그만치 안익수라는 남자는 앞뒤를 돌아보는 사람이기는 하고 배짱이 세지 못하다 할까? 신경이 날카로우면서도 선(線)이 가

는 편이다. 지금도 익수는 삼열이 생각이 머리에 떠올랐던 끝이라 혼잣속으로

'내가 성격파산자(性格破產者)는 아닐 텐데……'

하고 혼자 생각하는 것이다. 인제야 정신을 차린 것은 아니다. 이때까지 삼열이에게 언약한 것을 지켜 본 일이 없는 것은 고사하고, 약혼은 저편에서 자꾸 피하여 왔다 할지라도 삼열이에게 성의가 있고 없고 간에, 어째서 자기는 이런 속임수로만 몇 달을 살아 왔던가 하는 부끄러운 생각이 획 머릿속을 지나가기도 한다.

기다리는 일행이 지껄대며 식모의 안내로 건너왔다. 몇 해 만에 만난듯이 유난스럽게 인사를 주고받기에 법석들이다.

"애, 지금 오면서 의논했다만, 저번엔 우리가 너를 쫓아갔던 거지? 의미 없어! 그러니 이번에는 우리에게만 예년회(例年會)를 하자는 말야."

익수에게는 건성 고개만 꼬박들 하고는 앉고 서고 수선들을 떨면서, 첫째 발의(發議)가 또 해수욕을 가자는 것이다. 그러나 신성이는

"글쎄……. 어머니가 가라실지?"

하고 탐탁지 않은 대답이었다.

"응, 그래? 너, 어머니만 모시구 대천 간 걸 봐두 출천지효녀(出天之孝女)인 줄은 알았다만, 그래 이러기냐?"

누군가가 장난으로 핏대를 올리며 신성이에게 대어들었다.

"호호호……. 애가 별안간 미쳤나? 친구의 만찬회에를 왔거든 주인대접을 해서라두 좀 점잖게 굴려무나!"

하고 신성이는 가벼이 받아넘겼다.

"어쨌든 너 결혼 전 마즈막이니, 기념 삼아서라두 따라나야 하지 않겠니? 몇몇 해를 두구 해마다 같이 다니던 정리를 생각하기루 살짝 꽁무니를 빼는 수작이 어디서 나오니? 시집야 가든 말든 내 아랑곳이랴마는, 하하하……안 선생님, 경우가 안 그렇습니까?"

가로막고 나선 진옥이는 또 다른 짐작이 있는지라, 익수에게까지 덤벼들었다. 익수는 선웃음만 치고 앉았다.

"애들은 무슨 딴소리야? 누가 결혼한다던."

하고 신성이가 코웃음을 치자니까, 동무들은 일부러 수선스럽게들 깔깔대었다. 해수욕까지 같이 다니게 된 것을 보면 알쪼지……하는 것이 저의들끼리의 뒷공론이었다. 그래도 어머니가 데리고 다니며 교제를 시키는 것이니 입을 삐쭉거리지는 않았다.

신성이는 그 눈치에 반발적으로 또는 우리끼리만 가자는 말이 익수에게 미안한 생각이 들어서

"안 선생님 가신다면 저두 가죠"

하고 신성이는 익수의 의향부터 물었다. 익수는 귀가 번쩍 하며 얼떨해서 대답이 미처 나오지를 못했다.

동무들도 신성이의 한층 더 뜨는 여무지고 당돌한 말에 질끔 해서 웃지들도 못하고, 익수의 기색만 바라들 볼 뿐이다. 그러나 진옥이가 선뜻 말을 꺼냈다.

"알았다. 안 선생님은 어떻게 들으실지 모르지만, 안 선생님을 모시고 가야만 따라나서겠다는 조건부란 말이지? 오케이. 그야 안 선생님이가 주신다면 더 좋지. 그러지 않아두 감독으로 모시려는 생각들이었

어."

하고 익수의 면을 세워 주려고 얼른 휘갑을 쳤다.

"허허허……. 해수욕 가는데 감독이 필요할까만……."

하고 익수는 자기가 실없이 놀림감이나 된 듯싶어 어색한 듯이 약간 상기가 되면서 비로소 입을 벌렸다. 그러나 처음 말 같아서는 따라나서 겠다는 줄 알았는데

"……허지만 연래로 짝을 지어 다니던 클럽 같은 것인 모양인데, 내야 뭣 하자구 따라다니겠나요."

하고 거절해 버렸다. 그러나 신성이의 그 고마운 말에 대해서는 미안도 하고, 또 역시 말은 그렇게 했어도 따라가고 싶지 않은 것도 아니었다.

"왜 그러세요? 선생님 같이 가세요."

세 학생은 일제히 소리를 치며 인제는 도리어 졸라댔다.

"그래야 신성이두 따라나설 거 아닙니까! ……."

여기 가서는 일제히 터놓고 웃었다. 신성이와 익수도 마주 보고 웃지 않을 수 없었다. 세 아이들도 익수가 싫은 것은 아니나, 신성이와 좋아 지내는 꼴에 샘이 날 뿐이다.

"이 더위에 댁에 들어앉어 계시면 뭣해요? 가시죠! 나도 갈께요."

신성이가 점점 더 대담히 나오는 이 말에, 세 학생들은 어안이 벙벙 해서 인제는 웃음을 죽였다.

"글쎄……그렇다면 나두 또 따라나서 볼까요?"

하고 익수는 웃음엣소리처럼 대꾸를 하였다.

"아아! ……대환영입니다. 축복합니다."

하고 학생들은 또 깔깔대었다. 이 '축복합니다'는 그중에도 제일 수단꾼인 왈패가 입이 간지러워서 한마디 곁들인 것이지마는, 신성이는 그까짓 놀리는 소리쯤 동무끼리 예사요 귓가로 들어 둘 뿐이었다. 그러나 자기가 나서야만 가겠다고 지나치게 호의를 보인 신성이의 말에 잔뜩 상기가 되어 앉았는 익수에게는 결코 예사로이 들리지 않았다. 신성이가 두 차례나 같이 간다면 저도 따라 나서겠다고 뇌이던 그 말이 놀림감이 되기도 하겠지마는, 이 처녀의 심경이 어째 이리 급작스레 변했을까? 하고 고맙고 좋으면서도 좀 겁도 났다. 정작 이렇게 되고 보니, 지금부터 뒷갈망이 걱정이요, 삼열이에게 양심의 가책을 뚜렷이 느끼지 않을 수 없었다.

식탁이 벌어졌다. 사무실이라 하여도 여자가 쓰는 방이요, 화사스러운 침실이 무대처럼 옆에 헤벌어져 있으니, 다섯 사람쯤 둘러앉은 식탁이지만 큰 잔치같이 번화해 보인다. 그러나 또 한소끔 지껄대는 틈에 상좌로 버티고 앉은 익수는 역시 혼자 딴생각에 팔려 있다.

'겁을 낼 지경이면야 왜 이때껏 줄줄 쫓아 다녔더냔 말야? 그리고 내일이라도 또 해수욕장에를 따라서겠다니 말이지! 흥. ……'

이것은 또 하나의 다른 익수가 귓속에 대고 비꼬는 듯이 혼자 생각하는 것이다.

"그래, 이번엔 어딜 갈 테야? 주최자 측의 의견과 스케줄을 좀 들어 보자."

웬일인지 오늘은 아까부터 신성이가 다른 때와는 달리 퍽 기분이 좋은 눈치면서도 침착한 태도이더니, 지금 와서는 그 말괄량이의 '축복합니다'라는 비꼬는 소리를 들은 때문도 있겠지마는 아주 안존한 기색이 눈에 뜨이게 다르다.

'호호호……. 애가 정말 연애를 하는 게로군! 표정이 점점 심각해 가는데!'

하고 진옥이는 넌짓넌짓이 신성이의 얼굴빛만 가만히 살피고 있다.

"뭐, 송도(松島)루 가지. 송도가 우리 제2고향 아냐?"

하고 너설이가 앞장서 발론을 하였다.

딴은 피난생활 3년에 부산이 정들었기보다도 이 처녀들에게는 송도가 잊혀지지 않게도 되었던 것이다.

'……허지만 누가 연애를 걸려거나 결혼을 장대구 쫓아다녔던가? ……'

익수는 여자들의 재잘대는 것은 귓가로 들으면서 이러한 자문자답을 또 계속하였다. 사실 삼열이가 너무 꼬장꼬장하게 따지고 쌀쌀히 구는 데에 지치고 화가 나서도 옥주 여사가 귀해 하고 끄는 대로 끌려다닌 것이기도 하다.

그러나 그중에도 진옥이만은 또 관점이 달랐다. 오늘 이 자리에서만 해도 앞질러 나서서 익수의 체면도 세워 주고 함께 가도록 매만져 놓기는 하였지마는, 역시 삼열이가 마음에 걸린다. 대천에 갔을 때 익수가 따라온 것을 보고

'허! 이거 인제 아주 글렀군!'

하며 삼열이가 이 꼴을 보았다가는 기절을 할 거라고, 삼열이가 가엾은 생각에 안타깝기도 하였지마는, 가만히 있는 딸을 들쑤셔대서 남 못할

노릇을 버르집어 놓는 어머니도 어머니려니와 양단간 딱 결정을 못 짓는 익수도 딱한 사람이라고 생각하였다. 그런데 신성이마저 솔깃한 눈치니 진옥이는 더 놀랄 수밖에 없다.

신성이와는 고등학교 때부터 친한 동무 아니, 신성이가 사랑하는 온당한 남자라면 자기도 경의를 가지고 대하고 싶다. 물론 안익수가 온당치 않은 사람이라고 생각하는 것도 아니요, 경의를 가지고 대하지 않는 것도 아니기는 하다. 그러나 삼열이와 익수의 사이를 속속들이 알지는 못하지마는, 몇 번이나 약혼식을 하려다가 만 원인이 어디 있는 것을 잘 아는 진옥이는 오늘 이 자리의 광경, '축복합니다'라는 놀리고 비꼬는 소리까지 나오게 된 것을 보고는 어느 편을 들 수도 없고 딱한 사정이라는 생각만 든다.

삼열이와는 두 해 윗반이요 깊은 교제가 없어도 한 동리에 살던 관계로 학교 갈 때 들러서 같이 가고 하여 언니같이 정이 들었기 때문에 남의 일 같지 않게 동정이 가는 것이다. 대천에 갔다가 와서는 삼열이와 길가에서라도 만날 기회가 없었고, 또 일부러 쫓아가서 불을 지를 까닭도 없고 하여 가만 내버려 두었지마는 점점 일이 커져갈 것만 같으니, 삼열이에게 귀띔이라도 하여서 얼른 약혼을 하게 하는 것이 옳지 않은가 하는 생각도 든다.

식탁에서는 의논이 한참 부산하다가 결국 송도로 가기로 결정이 났다.

"선생님, 어떠세요?"

다른 애가 묻는다면 형식적인 인사로밖에 들리지 않겠지마는, 신성이 참다랗게 묻는 데는 역시 뜻이 있어 보여서 세 학생은 깜짝 놀라며 익수의 의사를 제쳐 놓고 저의끼리만 정한 것이 안되었다는 생각이 들었다.

"아 좋죠. 아무데나 가자시는 대루 따라다니면 그만 아닙니까. 하하하."

네 여자는 기를 펴고 깔깔대었다. 익수는 익살을 부리는 것이 아니라, 혼자 생각에 잔뜩 속이 뭉쳤던 것이기도 하지마는 자기의 처지가 딱해서 저절로 자조적인 겸손의 말이 나온 것 같았다.

이튿날 저녁차로 떠나면서도 익수는 좀 풀이 죽었다. 하나는 역시 삼열이 생각이 걸리는 것이요, 대천에서도 그랬지마는 신성이가 차표도 사 주고 숙박료도 치러 주고 할 것이 다른 애들 보기에 창피스럽다는 생각이 들어서다. 게다가 아무래도 신성이의 짐이 많으니 가방 하나라도 들어다 주며 줄줄 쫓아다니는 자기 꼴이 우스꽝스럽고 가엾게 생각되는 것이었다.

31

옥주 여사는 딸을 뚝 떠나보내 놓고 나니 허전한 생각에 다음날 낮에 한동국 영감에게 또 전화를 걸어 보았다.

대천에 갈 때는 미처 한동국의 생각까지는 못하고 그대로 갔었으나, 다녀와서 보니 호젓하고 심심하여서 국회로 집으로 몇 번이나 전화를 걸어 보아야 어딘지도 모를 시골에 갔다는 것이었다.

"아니, 어딜 갔었습니까? 나두 오늘 마악 돌아온 길인데……."

영감도 퍽 반기는 목소리다.

"잔소리 말구 어서 오세요"

"가지. 그러지 않아두 갈 작정이었는데……."

이 날 어슬녘에 한동국 영감은 왔다.

"오래간만이군요 그동안 통 뵐 수가 없으니 웬 난봉이 나셨에요?"

그럭저럭 한 달 만에나 만나니 옥주도 반가웠다.

"내 난봉야 그저 그런 거지만, 이 마님은 또 무슨 바람이 나서…….

그래 어느 해수욕장에를 갔습디까?"

한동국이는 서울을 떠나던 날 알리고나 가려고 전화를 걸었더니, 무슨 해수욕장인지는 자세히 몰라도 모녀가 어제 떠났다는 소식은 알고 지방 유세(遊說)와 재선(再選)을 보러 길을 떠났던 것이었다.

"큰일 났군요 안 난봉 바깥 난봉, 집안 꼴 잘 되겠네! 호호호……."

웃음엣소리라도 제법 재미있는 살림이나 하는 듯이 하는 말이 한동국 영감에게는 좋게 들렸다. 그러나 대천에 익수까지 데리고 갔더란 말에 영감은 시무룩해졌다.

"우리 모녀만은 심심하지 않아요? 지팽이 삼아 데리구 갔었죠. 귀한 남의 사위 꾀어낸 건 아니니까 걱정 마세요"

저편이 실쭉해진 것을 보니 도리어 흥미가 나서 옥주는 해해거린다.

"글쎄 이 마나님아, 사위나 됐으면 상관없지만 총각 처녀를 왜 그런 데까지 꼇구 다니느냐 말야?"

하고 한동국 영감은 기가 차다는 듯이 껄껄 웃고 말았다.

"그런 데라니요? ……"

옥주는 눈이 커대졌다.

"아 젊은 연놈들이 벌거벗고 물탕을 치며 지랄을 버릇는 데가 아닌가!"

"호호호……. 이 완고 영감님을 좀 데리구 갔더라면! 이번엔 나하구 어디 딴 데 가 보실까?"

"싫어! 늙은이끼리 무슨 재미루? 축 처진 젖통이나, 바짝 마른 늙은놈의 정갱이는 목욕탕에 가서 내놓기두 창피할 지경인데! 허허허."

영감은 질색을 하며 마침 내어다가 따라 주는 맥주잔을 들어 벌떡 벌떡 켠다.

한동국 영감은 다른 때 같으면 여기에서 식사를 하고 이눌러 잤으련마는, 대천에 익수를 데리고 갔었더라는 말에 심사가 틀려서 괘달머리를 떨고 나서 버렸다. 그러니 가만히나 있었으면 좋겠는데 옥주 여사는 불쑥 또 한마디 한다는 소리가

"어제 저녁에는 또 익수랑 휩쓸려서 부산 송도루 떠났답니다. 젊은 것들이 날뛰는 데는 이루 말릴 수두 없구, 당해 낼 수가 있어야죠."

하고 새새거리는 데에 한 영감은 더 부아가 났던 것이다. 영감은 집에 돌아와서도 찌르퉁하니 신기가 좋지 않았다. 삼열이에게는 아예 그런 말을 꺼내지도 않을 작정이었지마는 며칠 동안은 울화가 치밀어서 마누라에게도 까닭 없는 화만 탕탕 내었다. 딴 계집애 꽁무니만 줄줄 쫓아다니는 그놈도 그놈이려니와, 모든 사정을 번연히 알면서 자기를 골을 올리려는 듯이 일부러 샅샅이 보고를 하는 옥주의 태도나 말눈치가 더 심사에 틀리었던 것이다.

"무얼로 보든지 제 년이 무어라구!"

영감은 며칠을 두고 속으로 되씹었다. 선거비용 백만 환을 받을 때와는 엄청나게 달라진 둘의 사이였다. 영감은 옥주의 그 금력(金力)이 아니꼽다는 것이요, 옥주 여사는 백만 환 들인 덕을 보쟀더니 결국은 허탕이래서 그런지, 기를 쓰고 사위 쟁탈전을 전개하는 것이었다.

한 대엿새 지냈다. 한동국 영감은 혼잣속으로 거진 올 때도 되었군! 하고 기다려 소용도 없는 사람이건마는 무심히 이런 생각을 하고 있으

려니까, 하루는 저녁상을 받고 앉았는데 진옥이가 삼열이를 찾아온 눈치였다. 전에 학교 다닐 때 간혹 들러도 안마당에까지 들어오는 일이 없던 진옥이가 오늘은 부리나케 삼열이 방에를 따라 들어가는 품이 무슨 급한 일이 생겼는가도 싶었다. 한참 소곤대더니

"애를 써 일러 주러 와서 고맙긴 하지만, 그만둬. 인젠 아랑곳없으니까……. 좋두루들 놀라 다니라지!"

하고 삼열이가 핀잔을 주는 소리가 들려온다.

진옥이는 제 생각에도 딱해서 송도에서 올라오는 길로 일러 주러 온 것이었다. 송도에 가서 둘의 사이에 무슨 특별한 사건이 생긴 것은 아니나, 아무래도 눈치가 달라져만 가기에 진옥이는 오늘 오는 길로 달려들어서 약혼식이라도 어서 하라고 권고한 것인데 삼열이는 팩 토라져서 쏘는 소리를 하여 보내고 말았다.

"애, 그 애 와서 뭐라던?"

동무를 보내고 밥을 먹으러 안방으로 들어온 딸더러 아버지가 눈치를 보아가며 가만히 물었다.

"별소리 없에요. 부산으루 놀러 갔더라나요."

삼열이의 목소리도 안존히 그야말로 별일 없는 것 같은 침착한 눈치에 늙은 부부는 우선 안심이 된 눈을 마주 쳐다보았다.

"그래, 그건 어쨌든 그 앤 잘 다녀왔다던?"

한동국 영감은 역정스러운 목소리로 슬며시 속을 떠보려는 듯이 물었다.

"그건 모르겠어요. 그댓말은 없으니까."

삼열이는 태연히 시치미를 떼었다.

"그래 넌 아주 그 애하구 교제를 끊을 작정이냐?"

부친은 순탄히 뒤를 따져 보았다. 그러나 삼열이는 거기에는 대답이 없다. 그것을 보고 영감 부부는 안심도 되고 측은한 생각도 들었지마는, 삼열이는 그 익수를 인제는 단념하였다는 말인지, 누가 뭐라 해도 자기만은 태산같이 믿는다는 굳은 자신을 가지고 하는 말인지 조금도 사색이 없이 태연하다.

"내 인제 말이다만 그동안 그 마님이 대천 해수욕장에 둘을 껄구 갔다가 신성이 동무들을 만나니까 그만 거기 떠맡기구 자기만 먼저 올라왔다는데, 또 부산에들을 내려갔었구나……."

진옥이도, 공연한 자극을 시킬까 보아 그런 자세한 이야기는 아니하였지마는 삼열이는 별로 놀라는 기색도 없이 잠자코 듣고만 있다.

"그러니 너두 아주 결단을 해라. 성이 가시게 질질 껄 것 없이 속 시원히 파의를 해 버린다든지, 또 한 번 불러다가 제 의향도 들어 보고, 타일러서 제자국에 다시 들어서게 한다든지 양단간 귀정을 내야 하지 않겠니?"

부친은 딸에게 사정이나 하듯이 의견을 물었다.

"가만 내버려 두세요. 저두 뭐 서둘러서 시급히 시집을 가야 할 것두 아니구, 그만 나이에 타이른다구 되겠습니까. 제 체면두 있구 하니까, 독일 유학을 가구 싶어서 그러는지? 저 하는 꼴이나 두구 보자죠 가면 가구 오면 오구, 탁방이 날 때 되면 나겠죠"

부친은 딸이 그저 어리다는 생각만 하고 있었는데 이것은 아주 달관

한 말눈치다.

"그래, 네 말두 옳다. 매사가 때가 있는 것이요 서루 연분이면 되는 거지. 안 되는 것을 억지루 했다가는 또 나중이 성이 가시다."

어머니의 말이었다.

"그런데 나 보기에는 네가 너무 따지고 뾰롱뾰롱히 구는 게 성이 가신데, 저편에서는 곱살 궂게 구니까 자연 그리 꺼려가는 것 같은데 ······. 그러니까 불러다가 타일러서 오해를 풀게 하자는 말이다."

부친은 말은 이렇게 하면서도, 늙은 자기로서는 알 수 없는 젊은 것들의 미묘한 감정의 충돌이나 반발이 있을 것이니, 역시 때를 기다리며 가만히 놓아두고 보는 것이 옳겠거니 싶은 생각도 들기는 하였다.

32

여성동지회의 말이 예회(例會)라는 것은 두 달 만인지 석 달 만에 열었다. 처음 출발할 때의 기세로 보아서는 풀들이 죽었지마는, 아직 먼 일이지마는 그래도 내후년에 있을 대통령, 부통령 선거에 대비하기 위해서도 이런 모임이나마 놓쳐 버리는 것은 아깝다는 생각이 누구에게나 있었다. 그동안 두 번 회합에 그리 많이 쓴 것은 아니나 옥주 여사가 비용을 혼자 부담하였기에, 이번에는 한동국 영감이 점심 한턱을 내기로 하였다. 점심 한턱이라야 한 십여 명 모이는 아낙네들에게 호텔 식당에서 싸구려로 만들어 들이는 라이스카레와 돈가스쯤에 커피나 한 잔 곁들이는 정도이었다. 그것은 어쨌든지 간에 한동국 영감으로서는 숙경 여사를 만나는 것이 첫째 일이었다. 딸의 혼사로 이 마님을 또 찾아가기는 좀 점적하기도 하거니와, 여름내 오래 못 만나서 보고 싶은 생각도 들었고, 또 어떻게 이런 기회나 타서 자연스럽게 혼담을 다시 익혀 보자는 속셈도 있었던 것이다. 그러나 결국은 또 옥주 여사에게

발등을 밟히고 말았다.

"댁 아드님두 올에는 얼굴이 무척 걸었겠죠? 글쎄 올에는 애들이 해수욕에를 두 번씩이나 갔구먼요 그 덕에 나두 한 번 따라가 보긴 했지마는……."

옥주 여사는 무슨 자랑이나 되는 듯이 묻지도 않은 이야기를, 숙경 여사에게 꺼냈다.

"아, 노인네가 호강하셋군요. 예전 학생시절 솜씨를 좀 잘 뵈셨을까!" 하고 반장 이희자가 칭찬을 하여 주었다. 그러나 숙경 여사는 한동국 영감에게 미안한 생각이 들어서 잠자코 있으려니까, 또 옥주 여사가 한동국 영감에게 좀 들어 보라는 듯이 말을 잇는다.

"글쎄 신성이는 대천 다녀와서 고단하구, 동무가 꺼는 것도 마다구 하더니, 익수 선생이 간다는 바람에 저두 나세겠다지요! 호호호……."

"집에서는 통 어디를 갔다 왔는지두 몰랐에요"

숙경 여사는 사실 인제야 짐작이 나기도 하였지마는, 한동국 영감의 눈치를 보아 가면서 변명삼아 대거리를 하였다. 이 마님도 자기 딸들이 삼열이에게 대한 평판이 좋지 못한 데에 기울어져서 그런지, 아들이 신성이와 놀러 다니거나 말거나 그리 애가 씌우지는 않았다. 그래도 의리로 생각하나 경우와 인사로나, 한 영감의 얼굴을 마주 보기가 겸연쩍었다.

여성동지회의 회합이라는 것은 그저 오랜만에 얼굴이나 보고 연을 끊지 않았다가 선거운동 때 나와서 한몫 보아 달라고 모이는 것이지마는, 오늘은 특별한 결의사항이 하나 있었다.

일. 한 선생은 당적(黨籍)을 반드시 가지실 것.

일. 당적을 가지시는 데는 반드시 여당(與黨)을 택하실 것.

이 두 가지 결의 사항은 여성동지회로서는 큰일이나 한 것 같았다. 한동국 영감은 그저 싱긋이 웃고만 말았다.

"선생님, 우리끼리 얘기지만 어떡허실 테예요?"

"태도를 분명히 하세요. 그래야 우마두 성이 가시지를 않겠구요!"

"아니, 태도만 분명히 하시면야 고생두 덜 하시겠죠? 위선 지프차라두 한 대 생기실 거구……."

라이스카레와 돈가스로 배가 불룩해진 여성 동지들은 제각기 한마디씩 외치며 졸라대었다. 그러나 한동국 영감은 여전히 껄껄대기만 하고 앉았다. 여성 동지들의 말이 고맙고, 자기의 마음도 얼마쯤 돌기 시작은 하였으나 딱 결단을 하기는 어려운 처지이기도 하였다. 하여튼 명색이 결의니 무어니 하고, 말께나 하고 똑똑한 체하는 여인들이 한동국 영감에게 육박을 해 오고 하는 것도, 한 의원을 마지막으로 다루어 보고 자기의 위세를 보이자는 옥주 여사의 농간에 지나지 않았다.

회가 파하니까, 한동국 영감은 숙경 여사를 따라 나와서 둘이 택시를 집어탔다. 숙경 여사 역시 오랜만이라 이렇게 둘이만 차를 타는 것이 기분에 좋았다.

"또 내 입으로 말을 꺼내기두 싫습니다만, 대관절 어떻게든지 귀정을 내야 하지 않겠에요?"

차가 벌써 세종로를 바라보고 달리자 시간이 없겠기에 한동국 영감은 하고 싶던 말을 얼른 꺼냈다.

"글쎄올시다. 저의들 눈치만 보구 있을 수두 없구, 그렇다구 대지르구 총찰을 하는 수두 없구, 내 사정은 더 딱합니다."

그러나 이 마님은 이 영감에 대한 향의는 여전하지마는 삼열이에 대해서는 생각이 전과 달라졌기 때문에 말이 어리뻥뻥하였다.

"글쎄 그 주책없는 마나님이 젊은 것들을 줄줄 껄구 다니면서, 내게까지 막 반항적으루 덤비며, 자랑인지? 누구를 놀리는 것인지? 챙피스럽게까지 구니 이걸 어떻게 해결을 지어야 옳을지 모르겠군요"
하며 영감은 한탄을 한다. 그러나 숙경 여사는 잠자코 대꾸가 없다. 숙경 여사는 아무리 한 의원에게는 호의가 있어도, 아니, 남달리 호의를 가졌기 때문에 혼잣속으로 이렇게 생각하는 것이었다.

'그런 하소연은 듣구 싶지 않은데! 돈 얻어 쓰구 정을 통해 놓구, 덕볼 건 없이 시들해지면 으레 그런 거지, 별수 있나! ……'
하고 가벼운 질투까지 느끼면서 코웃음을 치는 것이었다.

"자, 그건 그렇다 하고, 밤낮 헌 소리를 되풀이하는 것 같지만, 어떻게 타개책을 나두 연구해 보겠지만, 익수 군과 의논을 해 보세서 기별을 해 주세요 정 익수 군의 의향이 저리로 쏠린다면야 하는 수 없는 거요……"

한동국 영감으로서는 최후통첩이나 다름없는 발언이었다.

"글쎄올시다. 저두 몸이 마를 지경으루 자나 깨나 걱정입니다. 어떻게든지 잘 되겠죠만, 삼열이는 왜 발을 뚝 끊구 안 와요? 좀 자주 보내 주세요 그저 별수 있나요. 자주 만나면 정이 붙는 거니까……"

"나 역 그 생각예요 그 애는 그저 경우만 따지면 쌀쌀히 구는 듯싶은데 요새 애들이 어디 그걸 받아 주려나요!"

이러한 정도로 이야기는 결론 없이 마친 대로 숙경 여사를 집에 데려다 주고는 헤어졌다.

그러나 사흘도 못 가서 또 하나 돌발사건이 생겼다.

내일이 개학식이라 하여 삼열이도 학교에를 나갔었는데, 불쑥 신성이 찾아 왔다. 신성에게도 모교니까 놀러왔나 싶었더니, 선생들에게 인사를 하고 다니고 잠깐 노는 눈치다가 넌지시 자기를 불러내는 데에 삼열이는 눈이 똥그래졌다.

"오늘 나오실 줄 알구 이리 뵈러 왔습니다만, 내일 네 시쯤 해서 창경원으루 잠깐 와 주시겠에요? 꼭 말씀할 게 있어 그러는 건데요"

신성이가 일부러 자기를 찾아온 것이 이상도 하고, 그 말하는 태도가 당돌한 데에 다소 반감이 없지 않았으나, 삼열이 역시 신성이와 직접 한 번 만나서 이야기를 해야 이 일이 끝장나겠거니 하는 생각이 없지 않았던 터이기에 그러마고 선뜻 대답을 하여 보냈다.

그러나 이튿날 약속대로 창경원 연못 앞에 기다리고 있는 신성이가 익수와 나란히 앉았는 것을 보고, 설마 하니 혼자 오려니 하였더니 한 수 넘어 갔구나 하는 생각에 우선 낯빛이 달라졌었다. 그러나 분한 생각이야 익수에게 더하였다. 무슨 낯짝으로 신성이와 함께 와서 자기를 만나겠다고 기다리고 있는 것인지 이 남자의 정신이 완전히 돌았고나! 하고 실망은 더 한층 깊었다.

"아이, 오시는구먼요 바쁘실 텐데……."

신성이가 일어나며 인사를 하자니까 익수도 따라 일어서며 잠깐 거들떠만 보았다.

"이상스럽게 생각하실 건 없에요 결국에는 우리 셋이 터놓구 이야기를 해 보는 수밖에 없을 것 같은데, 그런 기회를 맨들 사람두 나밖에 없을 것 같아서 두 분을 청한 거예요……."

식물원 쪽으로 향하여 익수와 삼열이 사이에 끼어서 걸으면서 신성이는 찬찬히 말을 꺼냈다. 그러자 익수는 좀 겸연쩍은지 휙 앞장을 서두어 간통이나 떨어져 먼저 가 버렸다. 둘이 이야기할 기회를 주려는 눈치기에 거기에는 삼열이는 아무렇게도 생각지 않았다.

태풍이 몇 차례나 지나간 뒤의 초가을 하늘은 맑게 개이고 드높았다. 사람이 아직 삐이지 않은 사이를 누벼 가며 걸으면서 신성이는 또 입을 벌렸다.

"쉽게 말하면 그럴 것 없이 우리 셋이 툭 터놓구 이야기를 해 보자는 말예요 남이 알면 언니부터두 이상스럽다구 웃을지 모르지만, 난 단순히 저이를 인격적으루 존경할 수 있구 음악에 대한 이해두 있구 하기에 요새루 마음이 끌리게 된 것은 사실이지만, 익수 선생은 몹시 혼자 고민하는 것 같아서 가만 보구 있을 수 없군요. 내가 잘못이란 말은 듣구 싶지 않으니까요."

삼열이 편에서 아무 대꾸가 없으니 신성이의 말이 자연 길어갔다.

"하여간 두 분 사이가 어떤 사정이신지 이야기를 털어 놓구 해 보세요."

"그건 나더러 물을 게 아니라, 나하구보다 더 가까운 익수 씨한테 물어 보지."

톡 쏘는 삼열이의 대답이었다. 그 말씨에 신성이는 자존심을 깎인 것 같아서 속으로는 홱 토라졌으나 꼭 참고서

"통, 그 냥반은 무슨 말이 있어야 말이죠. 그러니 하두 답답하기에 주제넘은 말이지만, 언니 사정이라두 들어보자구 나선 것이죠."

신성이는 자기의 위치가 뒤틀리는가 싶어서 얼른 돌려 붙였다

"그래두 양심이 있기에 말을 못 하는 게로군. 내게 물을 게 아니라, 그이한테 자세히 물어 봐요. 양심이 있는 사람이라면 자기의 처지두 잘 알 것이니까! ⋯⋯그래, 그 소리 하자구 날 예까지 불러냈어? 난 가겠어."

삼열이는 은근히 무슨 암시를 주는 소리를 퐁퐁 쏘고 나서는 화를 내고 휙 발길을 돌렸다. 인사도 없이 가 버리는 것이었다. 신성이와 둘이만 만나는 줄 알았더니, 이것 보라는 듯이 익수를 달고 온 것도 꼴사나워 볼 수 없는 일이지마는, 익수가 보는 앞에서 이만큼은 쾌쾌히 뿌리치고 가는 것이 옳다고 생각하였다.

신성이도 기껏 호의를 가지고 피차의 우의를 상하지 않고 일을 해결하려는 것인데, 그렇게 심각하고 체면 없이 군다면 너 할 대로 해 봐라, 난 나대로 할 거니, 하는 역심이 드는 것이었다.

삼열이가 그렇게 무안을 주고 가 버리고 멀리 떨어진 익수조차 사람 틈에 섞여서 보이지를 않으니 신성이는 망단하였고, 단순한 생각으로 벌인 일인데 뜻밖에 모욕만 당한 것이 분하여서 얼굴이 해쓱하여졌다. 그래도 허덕지덕 달려가서 익수를 만나니까 반갑기도 하였지마는

"그대루 가 버렸어?"

하고 픽 웃는 것이 고마웠다. 그러면서도 양심에 물어 보라지 하고 쾌쾌히 꾸짖고 뺑소니를 치던 삼열이의 목소리가 귀에 남아 있어서, 남자의 얼굴이 다시 한 번 치어다보이기도 하였다.

'그런 줄 몰랐더니, 잘못 걸렸나 보다.'

하는 겁도 났다. 그러나 둘이만 걷는 동안에 신성이는 마음이 저절로 풀렸다.

'설사 그렇다기루, 그러니 어떻다는 거야? ……'

신성이는 삼열이에게 대한 반감으로 모든 것을 눈감아 버리자는 앙큼스러운 배짱이기도 하였다. 그래도 마음이 안 놓여서

"그런데, 선생님 양심에 물어 보라든가 하여 의기당당하게 가 버리니, 좀 선뜻한 생각두 들던데요?"

하고 신성이는 잠자코 나란히 걷다가 넌지시 남자의 속을 떠보았다.

"응, 그런 소리를 해요? 그렇다면 내 마음은 도리어 가벼운데!"

익수는 코웃음을 쳤다. 이렇게 말하는 익수 자신도 어느 틈에 자기의 배짱이 이렇게 커졌는가도 싶었지마는, 또 사실은 이러한 계제에 어름어름하여 두는 수밖에 없지 않으냐는 생각이기도 하다. 그보다도 삼열이 편에서 악의를 가지고 노골적으로 나오는 바에야 사릴 것이 어디 있겠고 자기의 저지른 일 때문에 늘 무겁던 마음이 거뜬해진 것 같았다.

신성이는 그 말의 참뜻[眞意]을 잘 알아듣지는 못하였으나 이 남자가 어떻게 된 사람인가를 생각하여 보면서

"그래두 처녀 총각끼리 그런 말이 함부루 어떻게 나오겠에요 이상하

지 않아요?"

하고 신성이는 팔팔한 기운에 곧이곧솔대로 따지려 덤볐다.

"허! 이건 신사 숙녀 사이에는 입에 담지 못할 말인데! 허허허……."

익수는 얼른 말을 이렇게 피해 버렸다. 그러면서도 선생질을 몇 해해 보는 동안에 말수가 이만치나 하는 생각을 해 보았다.

33

"······아니, 아다가두 모를 그 알량한 여성동지회란 대관절 뭐예요? 이때껏 아무 하는 일두 없이, 이름 좋은 하늘타리루. 내 그저 그것부터 수상쩍더라니!"

화가 나니까 그렇겠지마는, 옥인동 마님은 영감한테 새새 들어 두었던 치부장(노트)을 털어 놓는지, 박옥주 여사의 흉허적을 한바탕 주워섬기고 나더니 말끝을 쓱 돌렸다. 말수 없고 주변성 없는 구식 마님 같아도 꼬장꼬장하니 속도 살고 입도 살았다. 아들 때문에 기가 줄고 물려지내게쯤 된 숙경 여사는 무슨 책망이라도 듣는 수밖에 없는 처지기도 하지마는, 옥주의 역성을 들 묘리도 없어서 깔깔 웃으며

"왜 아다가두 모르세요? 그럼 처음부터 잘 모르셨던 게죠"

하고 슬며시 부채질을 하였다.

"그야 왜 모르겠에요. 우리 영감 놀아나게 하는 켓속이거니 하는 짐작야 왜 없겠에요. 하지만 젊은 것들까지 주름을 잡구 그 지경이니 말

이죠"

오늘 옥인동 마님은 만날 가야 끝장이 날 것 같지도 않고, 인제는 진력이 나서 혼담으로 또 숙경 여사를 찾아가기가 죽기보다 싫었으나, 함께 옥주에게 가서 젊은것들을 두 번씩이나 해수욕에 보낸 책망도 톡톡히 해 주고 싶고, 세 집 어머니끼리 한자리에 모여서 선후책을 터놓고 의논해 보자는 생각이 있어서 온 것이었다. 그러나 이 마님이 어제 삼열이가 신성이 춤에 창경원에까지 어림없이 끌려갔다가 그 꼴을 보고 돌아온 것을 알았더라면 한층 더 길길이 뛰었을 것이요, 숙경 여사에게도 단통 들이댔을지 모른다. 그러나 창경원에서 돌아온 삼열이는 혼자 끙끙 앓을 뿐이었지, 어머니한테도 통 말이 없었다.

"……어쩌다 그런 데가 걸렸는지? 당자는 싫다는데 억지루 끌구 다니며 붙여 주랴 하니 챙피스러워서……"

옥인동 마님은 노골적인 자기 말부터가 천착스러웠으나, 숙경 여사더러 들어 보라고 슬쩍 한마디 하고서는

"유한마담인 줄야 인제 안 것이 아니지만, 악질 악취미야. 그러다간 총각 처녀들을 몰이를 해다가 비밀 댄스홀이나 차려 놓구 아주 판 차리구……"

옥인동 마님은 무슨 말을 하려다 마는지 뒤를 후리마리 하여 버렸다.

"온 별 말씀두! 아무려니 그 분두 체면이 있겠지! 젊은 것들이 나선다니까 그 마님은 감독 삼아 따라갔던 게죠"

팔은 안으로 굽는 거라, 따라다닌 아들의 변명은 못될망정, 그렇게 상스러운 소리를 붙여 가며 옥주 여사를 마치 무슨 뚜쟁이 짓이나 하

는 것처럼 몰아붙이는 것이 듣기에 괴란쩍어서 한마디 대거리를 하였다. 그러나 옥인동 마님은 숙경 여사가 옥주의 편을 드는 말눈치가 듣기 싫었다.

"하여튼 가 보시죠. 지금 와선 두 분 마님이 하시기에 달렸으니까."
하고 옥인동 마님은 책임을 들씌우는 소리를 하였다. 숙경 여사도 무리치 않은 말이라고 생각하면서 간들 별 수 있겠는가마는 따라나서고 말았다. 거진 저녁때나 되었다. 숙경 여사는 요새 와서는 아들의 눈치로 보아서 이래도 좋고 저래도 좋다는 생각이 드는 것이었고, 지내보니 혼담이란 옆의 사람의 우격으로 안 되는 일이요, 역시 당자의 마음이 돌아야 하겠다는 생각이 들기 때문이다.

옥주 여사는 마침 집에 있었다. 두 마님이 동반을 해서, 더구나 옥인동 마님의 기색이 좋지 않은 눈치로 옥주 여사는 벌써 짐작이 나섰다.

"한여름 해수욕장으루 동래 온천으루 잘 놀러다니셨더군요?"

옥인동 마님의 첫인사였다. 이 마님은 그동안 영감을 빼앗겼던 분이 오늘에 와서야 대끝까지 올라온 듯싶었다.

옥주 여사는 그 웃음엣말처럼 비양대는 소리에 속으로 코웃음을 치며

"한 선생두 자기 몰래 갔다구 노하시더군마는, 두 형님이나 모시구 갔더라면 좋았던걸."
하고 깔깔 웃다가

"아 그럼, 자식 길러서 재미가 뭡니까? 남같이 놀 때 놀리구 호강두 시켜 줘야 하겠구, ……그까짓 것쯤 호강이랄 거야 있습니까마는, 나두

더 늙기 전에 젊은 애들 덕에 구경두 하고 놀아 봐야 하지 않아요? 하하하."

하며 무슨 아니꼬운 참견이냐는 듯이 한층 더 뛰는 소리를 한다. 누가 유인자제를 하여 데리고 다녔으니 걱정인가? 당신 딸을 추겨 냈으니 시비냐는 듯이 도리어 비꼬는 수작이기는 하였다.

옥인동 마님은 자기 영감이 쫓아다니지 못한 것을 불평이더라는 말눈치에 더 부아가 나서

"아니, 여성동지회라든가 하는 것을 운영해 나가실 만한 옥주 씨가 그럴 줄은 몰랐군요."

하고 대어 들었다.

"뭘 몰랐단 말예요?"

의외에도 옥인동 마님이 시비조로 말투가 달라지는 것을 보고, 당장 옥주 여사도 얼굴이 해쓱해지며 맞섰다.

"아니, 무엇 땜에 그 영감이 해수욕에를 못 따라갔다구 노여워 하구, 알리지 않구 갔다구 책을 잡더냐 말예요. 그 까닭을 말씀해 봐요 유부녀한테 그랬다간 목 달아날 소리 아닌가! 기가 맥혀!"

옥인동 마님은 막 비양대며 따지었다. 두고두고 눈꼴 틀리는 것을 참아오던 분이 인제야 조금은 풀리는 것 같아서 속이 한편 구석이나마 후련해진 것 같았다.

"그거야 당신 영감께 물어 보실 일이지, 내게 무슨 트집이세요?"

옥주는 눈을 똑바로 떴다. 흡사 시앗싸움같이 되어 가는 꼴을 보자, 숙경 여사는 한자리에 앉았기가 민망하고, 창밖에서들 들을 것이 창피

해서

"그런 객설 그만하시구, 하시구 싶거던 남 듣지 않는 데서나 하시든지. 자, 어서 우리 헐 이야기나 하십시오"

하고 옥인동 마님의 입을 틀어막으려 하였으나, 속으로는 좀 더 시원히 콕콕 박아 주지 못하는 것이 안타깝기도 하였다. 옥주 여사와 한동국 영감과의 관계를 질투하기로는 숙경 여사가 어쩌면 옥인동 마님보다 더할지도 모른다.

"호강두 호강 나름이지만, 누가 딸 호강시킨다구 뭐랠까! 하지만 내 딸 호강시키자구 얌전한 남의 집 귀한 아들 맘만 달뜨게 들쑤셔대니 말예요. 따님 호강시키고 따라다니며 보는 재미가 어떻던가요?"

하고 마구 비양대며 코웃음을 친다.

"아니, 이 마님이 환장을 하셨나? 남은 어쩌든 무슨 총찰야? 상제보다 복제기가 더 설기루 남의 아들 걱정까지도 맡아 할 건 뭣이우?"

옥주 여사도 퐁퐁 들이댄다.

"누가 헐 소린지 남의 사위 가루채려니 복제기가 왜 안 설을구! 어디, 환장 안 한 마님이나 일을 제대루 분명히 하시란 말예요"

"분명히 못 할 게 뭐란 말예요?"

"약혼식을 물렀다 하면, 기다렸던 듯이 기를 쓰구 나서서 젊은 것들을 붙여 주니 말예요. 시체 어머니는 딸의 중매두 들어야 어머니 값에 나가는지? 약혼식을 두 목씩이나 물리게 만든 것은 누군데? 양심이 있건 생각을 해 봐요"

옥인동 마님은 이왕 내친걸음이라, 속에 품었던 말을 죄다 쏟아 놓고야 말겠다는 듯이 점점 더 기가 나서 달려든다. 그까짓 늙은 영감을 한때 뺏겼던 것은 어쨌든지, 딸의 정상을 생각하면 체모만 차리고 가만있을 수가 없다.

"이런 미친 이 봐! 말이 흉 없지 중매라니? ……붙여 주다니? ……이것두 국회의원 한동국의 부인으루 소위 점잖다는 집 마나님의 말버릇이야? 자기 영감 체면두 생각해야지!"

하고 옥주 여사는 더 발발 떨었다.

"아이, 괜히들 그러시는군. 참으세요"

숙경 여사는 가만히 있을 수만 없으니, 뉘게고 없이 한마디 말 지었다.

"난 아무두 가루챈 일 없어. 가루챘건 재주껏 찾아가시구려."

하고 독이 잔뜩 오른 옥주 여사는 훌뿌리는 소리를 하다가 또 코웃음을 치며

"다 자란 자식이 저의끼리 좋아 지내는 걸 낸들 어쩔 수 없지 않아요"

하고 버티는 것이었다.

"그렇기두 해요 사내자식은 더구나 어렵죠. 부모의 간섭 없이두 저는 저대루 장가갈 수 있는 나이니 일일이 총찰할 수두 없구……"

숙경 여사는 옥인동 마님에 대한 변명 삼아서인지 한마디 장단을 맞추었다. 그러나 옥인동 마님은 당장 기색이 달라졌다. 자기편으로 믿고 끌고 왔는데, 아들의 신성이와의 교제를 눈감아 준다는 듯이 저편으로 돌라붙는 눈치가 놀랍고 분하였다.

"이 마님이 어쩌자구 이런 어리빵빵한 소리만 하시는지? ……며누리 보시는 자국인데, 당자의 의사가 제일이지 내야 굿이나 보구 떡이나 먹겠다는 듯이 지금 와서 딴청이시니 이럴 수가 있나!"

하고 이번에는 숙경 여사에게로 달겨들었다. 숙경 여사는 말이 막혀서인지 애를 써 변명을 하고 싶지가 않아서인지 잠자코 있으나, 옥주 여사는 불똥이 옆으로 튄 것이 다행도 하고 숙경 여사의 입에서 무슨 소리가 나오나 들어 보려고 생그레 웃으며 치어다보고 앉았다. 이때까지 독이 잔뜩 났던 옥주 마님의 얼굴이 금시로 풀리고, 은근성스러운 웃음을 띠운 것을 보자, 옥인동 마님은 의심이 더 부쩍 들었다. 시기가 났다.

'허. 일은 다 글렀어! 벌써 저의끼리 내통이 있는 게지……'

하는 생각을 하니 분하고 창피하고……속이 들끓었다. 그런 것을 까맣게 모르고 속아 넘어간 것이, 이때까지 숙경 여사만은 찰떡같이 믿었더니만치 더 분하다.

"이건 경매장에 내놓은 싸구려 흥정 같구먼요 내 말두 안 듣는다, 부모의 승낙 없이 제 맘대루 장가갈 나이두 됐다. 새삼스럽게 당자의 의향대루 따르는 수밖에 없다 하시는 말눈치니, 그럼 언제 당자의 의사를 무시하구 정혼했던가요? 쉽게 말하면 난 다 길러 놓은 자식이요 혼담은 제 의사에 맡길 수밖에 없으니, 재주껏들 해 봐라. 값만 많이 부르는 자국이면 두말없이 그리루 떨어질 거 아니냐는 말씀인 모양인데…… 지금 와서 체면에라두 그런 말씀이 나와요? 아주 터놓구 분명히 말씀을 해 보세요."

옥인동 마님은 옥주 여사와 말다툼하던 거와는 달라, 더 바짝 몸이 달아서 따진다. 속은 것이 분하다든지 당장 이 자리에 앉았기가 창피스러울 지경이라든지 하는 것은 그래도 여유 있는 생각이다. 귀한 딸이 몸을 버렸을지도 모르고, 가슴에 못을 박아 주어서 일생을 시달리게 되는구나 하는 생각을 하면 이게 무서운 고비라는 생각이 드는 것이었다.

"이 마님이 왜 이리 서두시나? 가만 두구 보십시다요 매사가 순리루 가면 일은 제대루 되구 마는 거니까……"

숙경 여사는 사실 분명한 대답을 할 수도 없지마는, 자기의 마음 역시 흔들리는 터라, 그저 달래느라고 하는 말이었다.

"그렇구 말구요! 우리끼리 만날 논 이기듯 밭 이기듯 해야 별수 없잖아요? 저의끼리 해결을 지으라죠."

옥주 여사의 이 말에 옥인동 마님은 또 발끈하였다.

"그러니까, 주인마님 말씀은 당자들이 하는 대루 내버려 두는 게 순리라는 말이죠? 하지만 약혼까지 하기루 된 것두 누가 억지루 시켜 한 일은 아니겠죠? 젊은것들이 주착없이 이리쿵저리쿵 마음이 변하는 대루 내버려 두구 되어가는 대루 따라가는 것만이 순리는 아니겠죠? 저의들이 좋다 해서 혼인해 놓구, 일 년이 못 가서 싫증이 난다구 딴 계집 끌어들이구 하는 것두 순리일까요?"

두 마님은 벙벙히 앉았다.

"남의 딸, 남의 집 망신시켜 놓구 이건 뭣들예요? 어디 그 순리루 이 당장에 익수부터 불러다가 당자의 의사를 물어보기루 하시죠."

평소에 생각하였던 거와는 딴판으로 옥인동 마님은 기가 나서 따지며 펄펄 뛴다. 좌중은 또 다시 잠잠하여졌다.

"잠깐 가만 계셔요. 곧 불러오죠."

말이 막힌 것 같은 것이 분해서인지 옥주 여사는 한참 만에 책상 위의 전화통으로 다가앉는다. 익수를 당장 어디서 불러오려는지? 두 마님은 제각각 딴 의미로 눈이 커서 마주 치어다보았다. 그야말로 시급한 흥정이나 하는 듯이 시각을 다투며 서로 열고가 나서 하는 꼴이 좀 천착스럽다는 생각도 없지 않았으나 가만히 하회를 기다렸다.

"신성이냐? 안 선생 왔니?"

호텔의 자기 방에 거는 것이다. 아까 딸이 두 마님을 피해서 스르르 호텔로 건너가는 양이, 오늘도 으레 익수가 올 거라는 짐작이 있기에 전화를 거는 것이다. 두 마님은 또 한 번 속으로 혀를 찼다. 익수가 날마다 와서 틀어박혔는지는 몰라도, 으레 올 것으로 미리 짐작 쳐 놓고 있는 말눈치니 말이다. 게다가 언제나 무심히 보여지지 않는 침실이 달린 외따로운 자기 방을 딸에게 내어주고 거기서 둘이 놀게 하는 모양이니 그것도 예사롭지는 않게 생각이 든다. 이런 지나친 걱정은 옥인동 마님만 아니라, 숙경 여사도 좋게는 생각지 않았다.

"응, 그래? 마침 잘됐다. 어머니 오셨으니 들어와 뵈라구 해. 너두 같이 들어오렴."

전화를 끊고 난 옥주 여사는 매우 신기가 좋아졌다.

"새 학기부터 또 독일어 강습을 시작했다나요. 이번에는 시간 형편이 그렇다구 이리루 '선생님'이 출장교수를 하게 됐나 봐요."

이것은 당장 체면이 있으니까 임기응변으로 꾸며대는 말이었다. 요새로 부쩍 익수의 발길이 잦아져서 거의 날마다 저녁때면 오는 것이 예사가 되었다.

옥인동 마님은 이 꼴을 보기가 싫고 창피한 생각도 들어서 곧 일어서고 싶었으나, 어디 꼬락서니나 두고 보자는 생각으로 화가 치미는 것을 참으며 앉았고 숙경 여사도 첫째 옥인동 마님 보기에 안되어서 애가 씌었지마는, 무어라고 입을 벌릴 수도 없어 가만히 아들이 들어오기만 기다렸다.

"피아노나 쳤으면 쳤지, 괜히 남 바쁜 사람 날마다 오게 해서 미안해요"

이야기 삼아 꺼낸 인사겠지마는 옥주 여사는 여전히 신기가 좋다. 왜 좋으냐 하면 옥인동 마님한테 한 수 졌지마는 내 딸과 익수가 얼마나 좋은 새인지 눈으로 보고, 요새말로 '확인'을 하고 가라는 것이요, 당장 이 자리에서 당자의 말도 들려주게 되었으니 말이다.

신성이가 들어와서 손님들에게 인사를 하려니까, 상냥한 숙경 여사는 언제나 같이 웃는 낯으로

"한여름 잘 지냈어?"

하고 대꾸를 하였으나, 옥인동 마님은 빤히 얼굴만 무안스럽게 치어다 보았다. 뒤미처 들어온 익수가 어색한 낯빛으로

"어떻게들 오셨에요"

하고 꾸벅 인사를 하는데도 역시 대꾸도 없이 잠깐 거들떠만 보고는 외면을 해 버렸다.

'이눔두 그 침대에서 뒹굴다가 들어왔겠지!'

하는 생각에 구역질이 날 것 같고 마주 보기도 싫었다. 그 침대! 자기 영감이 나가 자는 날이면 신세를 졌을 침대! 생각만 해도 더럽고 불쾌하다.

'자기가 그 어른에게 못 푼 한을 딸의 대(代)에 물려서 기어코 이 아이를 사위 삼겠다는 건 또 몰라두 그 더러운 침대부터 대를 물리려는 것은 아닌지?'

옥인동 마님이 이런 지저분한 잡념에 팔려 있으려니까, 옥주 여사는 어서 빠져나가려는 익수를 붙들어 앉히고

"자, 어머니두 계시구, 이 마님두 걱정이 돼서 일부러 쫓아오셨으니, 사내답게 아주 털어 놓고 어떻게 할 작정이란 것을 말해 봐요"
하고 속이 시원하게 당장 이 자리에서 '증언'을 하라고 졸라대는 것이었다. 그러나 익수는 어둔 밤에 홍두깨로 당황하면서 그저 헤 웃고만 앉았을 뿐이다.

숙경 여사는 이럴 수도 없고 저럴 수도 없을 아들의 심경이 처지가 딱해 보였다. 무슨 죄나 진 듯이 이런 데 끌려 나와서, 하기 어렵고 싫은 말을 하라고 시달리는 것을 열적게 헤 웃고 말이 막히는 모양이니, 사정이 그럴 수밖에 없기는 하지마는 변변치 못해 보여서 싫었다. 계집 애들이 따르니까 저는 첫수가 나가는 듯싶어 좋은지도 모르겠지마는 어미 마음은 그렇지 않다는 분한 생각이 앞선다. 이런 때도 역시 남편 생각이 간절하다.

'저의 아버지만 계셨으면 버젓이 집안에 들어앉아서 점잖게 체모두 차리겠고, 이따위 지저분한 호텔로 쭐레거리고 다니게 되진 않았겠지!'

하는 생각이 훌쩍 든다. 첫대 자기네보다 잘 사는 집이니 아들이 이렇게 날마다 드나들며 파묻혀 있다면, 구구스럽게 데릴사위로나 준 것 같아서 군돈스러운 생각이 들어 아들의 모양이 쓸쓸해 보이고 누(陋)가 져 보이기도 하다.

"어서 말 좀 해 봐요 이 마님은 날더러 자네를, 아니, 안 선생을 꼬여대서 데리구 놀러 다녔다구 생소리를 하시니, 그래 내가 까닭 없이 이 성화를 받구 가만있겠느냐 말야? 그러니 어서 여기서 속 시원히 말을 해 봐요 호호호"

옥주 여사의 말은 뼈가 지지 않고 웃음엣말 같기는 하였으나, 익수로서는 옥인동 마님을 마주 보기가 안된 터인데 진땀이 빠질 노릇이다. 숙경 여사도 아들의 무색해하는 꼴이나 그저 공연히 헛웃음만 치는 양을 바라보고, 이 자리에 앉았기가 점점 더 거북하여졌다.

"천만의 말씀예요 두었다 말씀하죠"

하며 익수는 하마터면 어린애처럼 머리를 긁적긁적 긁을 뻔하였다.

"아, 난 가요 마님은 더 앉았다 오시지!"

하고 옥인동 마님은 일어서 버렸다. 숙경 여사더러 뒤처져 더 앉았다가 올 거 아니냐는 말에도 의미가 있고 가시가 돋쳐 있었다. 하여튼 마주 보고 앉았기가 싫거니와 '차차 두었다 말씀하죠'라는 말을 들으니 자기의 앞에서는 말하기가 거북하다는 눈치다. 선뜻 피해 주려는 것이다.

"아 왜 이러세요 잠깐 할 말씀 있으니 앉으세요"

하고 옥주 여사가 붙드는 동안에 익수는 슬쩍 마루로 빠져 나가고, 그 눈치에 벌써 건넌방에서 나갈 차비를 차리고 있던 신성이는 마루 끝에

나와서 새 구두를 부리나케 신으며

"어머니, 저 잠깐 나갔다 와요"

하고 힝너케 빠져 가는 익수의 뒤를 놓칠까 봐 총총걸음으로 따라 나갔다.

실상은 이것도 두 마님이 보라는 시위였다. 신성이 역시 우리는 이러한 사이가 되었으니, '확인'하여 달라는 무언의 항거를 하는 것이었다.

34

"신관이 구관만 못하라구는 하지만……해해해."

"그러니 어쩧다구?"

신성이의 그 말이 또 한 걸음 다가서는 의사표시이기에 익수는 귀가
번쩍하며 따졌다.

"그렇기는 하실 테지만, 내친걸음인데 어떡허실 테예요? 왜 분명히
태도를 정하시질 못 하시구……. 지금두 세 마님이 법석이신데, 왜 또
박또박히 따질 건 따지구 할 말은 하구 하시질 못하냐, 말예요? 역시
신관이 구관만 못하죠? 또 혹은 우물쭈물하는 것이 여자를 다루는 수
단인진 몰라두."

신성이는 처녀로서는 좀 일된 수작을 붙이며 새새거렸다. 실상은 구
체적으로 이야기가 일전(一轉)한 것이 며칠이나 된다고, 신성이의 입에
서 이런 소리가 나올까마는 급한 성미에 어제 창경원에서 삼열이에게
네 따위가 아니꼽게 뭐냐는 듯이 홀뿌리고 가는 모욕을 당한 오늘에

와서는 한 걸음 더 바짝 달겨드는 기세다.

"여자를 다루는 수단? ……흐흥. 난 그런 건 모르니까요"

익수는 신성이의 말이 벌써 투기 비슷이 지나친다고 생각하였다. 그러나 신성이가 이런 말을 거침없이 붙일 수 있는 사이가 되었기로 아무 까닭은 없다. 둘이만 마주 앉아 공부도 해 왔고, 해수욕에를 함께 다니며 한 여관에서 뒹굴었어야, 남자의 손길 한 번, 몸에 닿게 한 일은 없다. 바깥부모가 없이 커진 탓인지, 조금만 비위에 틀려도 제멋대로 날뛰고 기분이 좋으면 좋은 대로 버르장머리 없이 구는 때도 없지 않으나, 그래도 예술가 기질이래서 그런지 깔끔하고 조촐한 데가 있다.

둘의 사이가 급전(急轉)하여진 것은 송도에 갈 때부터 싹이 보였지만, 지금 와서 신성이를 괴롭히는 것은 남자의 마음을 자기가 얼마나 붙들었느냐는 점이다. 삼열이와는 어떻게 된 채 놓여 있는지도 일체 말이 없으니 궁금하다. 타고 남은 잿더미 속에서도 다시 불길은 뿜어 나올 수 있지 않은가. 어쨌든 선뜻 물러설 것 같지도 않은 강적이 턱살을 치받치고 있으니 더구나 어설픈 짓을 할 신성이가 아니라. 모친도, 내 딸이 제 앞가림은 할 만큼 똑똑하라누! 하는 자신이 있어서 방임주의로 저의끼리 좋아하는 대로 내버려 두는 것인지도 모를 일이다. 올려 보이는 데에 일종의 차밍을 느끼는 것이었다. 고등학교 시절에 농구선수로 한동안 장을 친 일도 있다나, 하여간 익수의 걸음걸이에는 눈에 띄지 않을 만치 잔잔히 흐르는 율동미가 몸 전체에 흘렀다. 이것은 해수욕장에 가서 동무들이

"얘, 안 선생 체격 좋더라. 걸음걸이에두 탁 틀이 잡힌, 우아하구두

빈틈없는 데가 있구……."

하여 저의끼리 칭찬하는 것을 듣고, 신성이는 자기가 칭찬이나 받은 듯이 좋아하였었다. 그 후부터 신성이는 익수에게서 또 하나 새로운 미점(美點)을 발견한 듯이 같이 거니는 데에도 흥미를 느끼게 되었다. 실상은 말하자면 송도에 다녀온 뒤에 신성이의 마음이 급속도로 익수에게 쏠리게 된 것도, 동무들이 익수의 체격을 부러워하고 걸음걸이가 차밍하다고 법석들을 하는 데에 자극이 된 점도 있었다. 석양판에 한참 더 복작대는 명동거리로 밀려드는 사람 떼를 거슬려서 한가로이 걸어갔다. 지나치는 젊은 남녀의 시선마다 부러워서인지 한 번씩은 자기네의 얼굴을 치어다보며 가는 것이 또한 신성이게는 유쾌하고 자랑스러웠다.

"그래두 뭘 좀 요기하구 가세야죠?"

"뭘, 난 별생각 없는데요"

비로소 말문이 터지면서 익수는 웃어 보였으나, 또다시 침묵이 흘렀다.

을지로 입구에 와서 합승(合乘)도 그리 붐비지는 않지마는, 단둘이 드라이브하는 맛에 선뜻 택시를 잡아탔다. 차는 장충단으로 달린다. 오늘 저녁에 육군체육관에서 열리는 여자 농구 결승전을 보러 나선 길이다. 모교팀이 인기를 집중하였을 뿐 아니라 익수도 전에 선수이었더니만치 좋아하기에 끌고 나선 것이다.

그러나 차 속에서도 익수는 혼자 생각에 팔려서 그저 인사성으로 웃음만 띠어 보일 뿐이지 시원치 않은 기색이었다.

"뭐 그리 염려 마세요 일은 제대루 될 거니까……."

신성이가 도리어 이런 소리를 하며 정답게 위로를 하고 달래었다. 익수는 그 말이 귀엽고 만족해서 별안간 껄껄 웃었다. 사실 그 말이 위로도 되거니와, 삼열이의 대립적이요 내성적인 성격이나 모든 태도에 비하여, 신성이의 적극적이요 너름새 있는 활달한 기질이 좋기도 하였다. 그러나 뒤를 이어 어느 편이 정말 자기의 일생을 행복하게 하여 줄꾸? 하는 생각에 팔려서 아무 대꾸도 없다. 익수는 한편 발목을 붙잡히고, 또 한편 발목이 차차 깊숙이 끌려 들어가면서도 역시 자기중심으로만 두 여자를 달아 보는 것이었다.

경기장에를 들어가서 익수는 학생 때 생각이 나서인지 딴 사람같이 생기가 나고 매우 신기가 좋다. 이것을 보니 신성이도 따라서 신바람이 나고 경기가 시작되니까 나란히 끼어 앉아서 구경에 열중하였다. E여고 팀이 몇 점 차(差)가 아닌 대로 아슬아슬하게 리드해 나가는 데에, 신성이는 모교팀이 혹시나 실수할까 봐 조마조마하면서도 또 거기에 흥미도 있었다.

전반전의 두 회가 끝나고 쉬는 시간이 되자, 두 남녀는 흥분과 긴장이 풀리면서, 한참 재미있던 끝이라 서로 얼굴을 돌려 유쾌한 웃음을 띠우고 한참 정답게 눈이 맞추다가 익수가 말을 꺼낸다.

"오랜만에 보니까 곧 뛰어들어서 한 번 해 보구 싶군요."

"왜 안 그러시겠에요! 난 헐 줄 몰라두 사지가 욱신욱신하는데."

신성이가 대꾸를 하자니까, 미처 말도 끝나기 전에, 누가 옆에 와서 어깨를 가만히 뚜덕뚜덕한다.

"아니, 이게 누구냐! 왜 그리 통 볼 수가 없니?"

신성이는 고개를 홱 돌리며 놀라는 소리와 함께 동무의 손을 붙들고 반색을 한다. 이애 역시 E여고에서 날리던 농구선수라 해서 지금은 C은행에 뽑혀가 있다.

"나두 바쁘단다. 연애두 해야 하구……호호호."

귀에다 대고 소곤거리며 눈은 익수에게로 힐금힐금 두 번이나 갔다.

"바루 요 밑에 모두들 모여 있단다. 진옥이두 와 있구!"

하며 동무의 목소리가 다시 커졌다. 그 말을 듣고 생각하니 신성이는 짐작이 났다. 회관에 들어올 제 저의들 눈에 띄었거나 하였겠지마는, 진옥이가 일러 주니까 이 말괄량이가 신성이의 애인이 보여지이다고 부전부전히 좁은 틈을 비집고 올라 온 것이리라.

"같이 내려가 보지 않겠니?"

설마 애인을 내버려 두고 자리를 뜰까마는 짓궂게 해 보는 말이었다.

"응, 이따 내려갈께."

하고 신성이는 이제는 코대답이다.

"그럼 기다릴게 꼭 나려 와. 오랜만인 동창생들두 중하지."

익수에게도 들릴 만치 목소리를 내어서 비꼬는 소리를 하고는 신성이의 긴치 않은 동무는 아래로 내려갔다.

"그 누군지, 여자 깡패 같구먼."

옆에서 가만히 듣고만 있던 익수는 웃었다.

"동창생들이 이 아래에 응원 와 있는 모양인데 아마 그이두 와 있는 것 같군요"

신성이는 그 말에는 대구도 않고 이렇게 소곤거렸다. 그이란 반갑지 않은 삼열이 말이다. 또 마주칠까 보아 눈살이 찌푸려지는 것이었다. 그렇지 않아도 진옥이가 와 있다는 말에, 익수도 그런 생각이 있었지마는 픽 웃어 버렸다.

"그것두 무슨 숙명인가 봐. 어딜 가나 가는 족족 만나게 되니 이상한 일이야."

신성이는 이런 소리도 하고 마주 웃었다. 그러나 익수는 아까 옥인동 마님을 만난 뒤니만큼 역시 가슴이 뭉클하다. 숨어 다니자는 것은 아니나 역시 죄밑 같다.

게임은 세 골 반으로 E여고가 이겼다.

"선생님, 우리 학교가 이겼습니다. 내 한턱낼게 먼저 가시면 안 돼요."

신성이는 동창생들이 모여 가는 데를 이 북새통에 찾아갈 성의까지는 없으나, 그래도 또 동창생의 눈에 띄어 붙들리거나 할까 봐서 미리 일러 주는 것이었다. 그러지 않아도 관중이 와 일어서서 북적대는 그틈을 비집고, 진옥이가 벌써 뛰어 올라왔다.

"선생님 안녕하세요."

진옥이는 그래도 한여름 같이 해수욕장에서 지낸 사이라 익수에게 반가이 인사를 하고 나서 신성이더러 자기를 나오라는 것이었다. 신성이는 밖에 동창생들이 기다리고 있는 눈치를 차리고, 짓궂게들 구는 것이 싫어 눈살이 찌푸려지는 것을 감추며

"누구 누구들야? 한턱들 먹는 판야? 하여튼 나가자."

하고 따라서면서도 무슨 놀림감 구경감이나 되는가 싶어 좀 불쾌하였

다. 익수의 입장이 괴로워할 것도 애가 씌었다. 다만 삼열이하구 왔느냐고 넌지시 물으니까

"난 몰라, 눈에 안 띄던데."

하는 대답에 두 남녀는 마음이 가벼워졌다.

'그래 그 사람야 이런 데 쫓아다닐 리 없지.'

익수는 마음이 놓여서인지 삼열이의 얌전한 가정적인 성격이 마음에 들어서인지 이런 생각을 하였다.

밖에 나와 보니, 관중이 쫙 삐이고 불빛이 휜한 한구석에 옹기종기 몰려섰던 육칠 명 동창생들이 벌써 알아보고

"으아, 하하하."

하는 환성이 들린다. 예상하였던 일이지마는 그것이 신성이에게는 고맙지 않았다.

'지금 세상에 나이 찬 촌색시들 아니요, 남이 연애를 하거나, 막가는 말로 보이프렌드를 데리고 다니거나, 무슨 아랑곳으루 저 지랄들야 창피스럽게!'

하고 신성이는 새침한 낯빛으로 다가갔으나, 익수는 저편이 나이찬 처녀들이니만치 조금도 불쾌치가 않았고, 장난으로 일부러인지 진옥이에게 늘 들어오던 익수의 얼굴이나 보아 두자는 것인지, 또 어쩌면 교제라도 할 수 있을까 싶어서 신성이보다도 익수를 향하여 대들었다. 너무 체면 없는 해학적 기분이요, 무언가 속에 숨었던 것을 동무를 새에 두고, 야밤이라 하여 함부로 날뛰는 것 같았다. 익수는 차례차례 소개를 받으면서 어깨가 으쓱하여지면서 흐뭇한 기분에 잠겨 버렸다. 그러나

익수는 여자끼리만 지껄이며 가는 뒤를 따라가기도 어색하고, 하여튼 오랜만에 만난 예전 동창이라고 반겨서 차라도 먹으러 가려는 눈치인데, 앞장을 설 수도 없어서 신성이에게만 넌지시 핑계를 대고 빠져 버렸다. 빠져 나니 익수는 기분이 가벼워지기도 하였으나, 다시금 삼열이의 생각이 났다.

'이러다가 어떻게 귀정이 나려는구? ……'

남의 일같이 어렴풋한 이런 걱정을 하고 보니, 기분이 금시로 푹 꺼져서 걸을 기운도 없으나, 사람이 몹시 붐비는 전차고 버스고 탈 생각이 아니 나서 허턱대고 터벅터벅 컴컴한 길을 걷기 시작하였다. 갈 때에 택시를 기세 좋게 달리던 거와는 아주 딴판으로 따분하다.

35

똑똑……하는 노크소리에 소파에 익수와 나란히 앉았던 신성이는 깜짝 놀라서 조금 비켜 앉으며

"누구세요. 들어오세요."

하고 소리를 쳤다. 유리창에는 비바람이 들이치고 방 속은 침침하였다.

"어! ……어머니 계신가?"

문을 펄썩 열고 들어서려던 한동국 영감은 낯빛이 달라지며 주춤 섰다. 익수가 눈에 띄니 괘씸한 생각부터 들면서도 한편으로는 열적기도 하였다. 그러나 두 남녀는 태연히 일어나서, 비바람에 쫓겨 들어온 듯이 좀 당황해하는 영감을 맞아들였다.

"온, 올 가을 들어선 태풍이 왜 이리 잦은지?"

영감은 이 방에 들어오면 으레 차지하는 안락의자에 가서 앉으며 혼잣소리를 하였다.

밖에서는 폭풍이 더 세차 가고 비가 유리창을 좍좍 갈겼다. 전등을

켜도 좋을 때가 되었지마는, 더구나 별안간 밖의 날씨가 이러니 해가 저물어가는 듯이 침침하다.

"그래, 그동안 통 자네 볼 수 없데그려. 학교에나 잘 나가나?"

응접테이블을 격해서 손을 맞잡고 고개를 떨어뜨리고 섰는 익수를 언제까지나 모른 척하고 있을 수만 없으니 말을 걸었다. 그러나 영감의 말투는 곱지 않았다.

"네, 학교는 개학 후에 일주일이나 나갔습니다."

사실 오늘 신성이와 만난 것도 체육관에서 헤어진 지 일주일이다.

"잠깐 기다리세요 어머닌 지금 안방에 계실 테니까요."

잠깐 익수와 나란히 섰던 신성이는 물계가 틀렸다는 말눈치에, 그렇지 않기로 우선 어머니한테부터 알려야 하겠지마는, 너무 비바람이 세차서 주춤하였던 것인데, 쪼르륵 테이블로 가서 안채에 전화를 걸었다.

"웅! 그래? 내 나가마."

옥주 여사는 딸의 전화를 받으면서 안방에 앉아서 그대로 이리로 들어오시래라 하기도 거북하거니와, 이 비바람에 온 늙은이니 더욱이 인사로라도 마중을 나가겠다는 생각이다. 주인마님은 금시로 나왔다.

"우중에 어떻게 오셨어요"

오랜만에 만나니 역시 반가웠다.

"과객(過客)이 비를 피해 들렀다면 미안한 말이나, 오래간만에 뵈니 반갑군요 핫하하……."

젊은 아이들이 옆에서 듣거나 말거나 속에서 우러져 나오는 말이니 하는 수 없었다.

"아니, 날이 선선한데 저리 가세요."

사실 방 안이 싸늘하기도 하였지마는 그 말에 끌려서 우중에 온 이 중늙은이를 따뜻한 데로 데리고 가고도 싶고, 또는 젊은 아이들을 위하여 어서 자리를 피해 주고 싶어서 끌어내라는 생각이었다.

어머니가 한동국 영감을 끌고 나가 주니, 뒤에 남은 두 남녀는 큰 시름 잊은 듯이 하두 좋아서 마주 얼싸안고 싶은 충동을 느끼며 마주 보았다. 그러나 차마 그리할 용기들이 아니 나서, 신성이는 살짝 발개진 얼굴을 감추며 돌아서 가서 스위치를 제쳤다. 별안간 방 안이 환해지니, 두 남녀의 흥분은 가라앉는 것 같았다.

"난 갈 테예요."

일어서 있던 길이니, 익수는 그대로 나서려 한다.

"이건 무슨 망녕이세요? 저 비에 어딜 가세요?"

신성이는 기겁을 해서 익수의 양복소매에 매달리듯이 붙들었다. 어두워 가는 밖은, 아까 같지는 않아도 아직 굵은 빗발이 유리창을 좍좍 갈긴다.

호텔 식당의 마담 전용인 별실로 끌려 들어간 영감은 후딱 내오는 따뜻한 술잔을 들면서도 머릿속에서는 컴컴한 방에 남겨 두고 온 두 남녀의 생각이 떠나지를 않았다. 그러나 지금 와서야 혼자 논래를 꺼내기도 쑥스럽고 웬만치 지치기도 한 한동국 의원은 머릿속의 안정되지 않은 생각과는 딴판으로, 옥주 여사에게 최근 정계 소식을 들려주고 있다.

"허지만, 어디 여당으루 전향을 하자니 저편이 달가워하여야 말이지.

핫하하……. 그것두 늙은 총각이 장가가기가 어렵고, 젊은 과부가 개가하기가 어려운 거나 마찬가진가 봅니다. 허허허……."

이것은 사실인지 몰라도, 옥주 여사에게는 하여야 할 변명이기도 하였다.

"그러시겠죠 돌아가는 대루 하세요."

옥주 여사는 이 노정객의 고충을 생각하여 동정도 갔다.

밖은 빗소리가 차차 잦아갔다. 식사가 끝나니까, 한동국 영감은 더 앉았을 맛도 없고, 저쪽 방의 두 남녀가 어찌되었는지 그것이 더 궁금해서, 천천히 그러나 선뜻 일어서 버렸다.

"가만히 계세요, 차(車)를 낼께. 어쩌면 같이 가실 손님이 또 하나 있을 것 같은데……."

옥주 여사는 웃으면서 발딱 일어나 나갔다. 한동국 영감은 익수와 함께 차를 태워 보려나? 하며 가만 내버려 두었다.

"자, 나오세요."

신성이와 익수를 데리고 온 옥주 여사가 문을 열고 하는 말이 상스러워서 영감은 좀 불쾌하였다. 그래도 아직 비가 들이치는 차 속에 익수를 뒤에 앉히고 달리는 한동국 영감은 기분이 좋았다.

"저, 내일 댁으루 가 뵙겠습니다."

익수는 마음이 저려서, 컴컴한 차 속에서 영감에게 말을 걸었다.

"응? 그래? ……오게. 와. 몇 시에 오겠나?"

"다섯 시쯤 해서 갑죠"

익수는 아까 옥주 여사와 이 늙은이가 함께 나간 뒤에, 신성이와 얼싸안고 싶던 충동을 참아낸 것이 얼마나 다행하였는가 싶은 생각이 들었다.

　[작가의 말]

　이것으로 완결된 것이 아닌 것은 아니나, 미흡한 생각이 없지 않아서 후일 건강이 허락하고 새 기회가 있으면 보족(補足)할지도 모른다.

작품 해설

정종현(인하대)

1950년대 염상섭 소설의 정치와 윤리

1. '민주국가 건설과 (국토)통일'에 봉사하는 문학

한국문학사가 그려온 1950년대 전후문학의 역사상은 '불안'과 '부조리'를 핵심어로 하는 병적 현실과 과잉된 자의식이 넘쳐나는 실존주의 문학으로 요약할 수 있다. 염상섭은 「문학도 함께 늙는가?」에서 이러한 실존주의의 유행에 대한 비판적인 시각을 드러낸 바 있다. "실존주의가 들어오고, 불안이니 부조리니 하는 유행어가 범람하게 된 뒤로는 「리알리즘」이라는 것에 곰팡이 슨 것처럼 일부에서는 생각하는 모양인데, 그렇다면 「리알리즘」으로 일관한 나같은 사람의 문학은 그야말로 늙었다고 할지도 모르겠다"라고 전제하고 "불안과 부조리 속에서 살아오기로 말하면야 어제 오늘 일도 아니겠으니, 차라리 불안과 부조리에 휘둘리기 전에, 표현형식 표현방법으로만도 우선은 「리알리즘」에서부터 출발하여 이것을 졸

* 이 글은 「1950년대 염상섭 소설에 나타난 정치와 윤리-『젊은 세대』, 『대를 물려서』를 중심으로」(『한국어문학연구』62집, 2014)를 수정 가필한 것이다.

업하고 나서, 갱진일보(更進一步)하는 새 길을 모색하는 것이 옳지 않을가 생각"한다고 주장한다.[1] 염상섭은 이어서 "불란서의 국민성이나 실정은 잘 모르되, 표면상으로만 보아도 혹독한 서리를 두 번이나 맞고 난 그네와 건국초에 앉은 우리와는 보는 바와 생각하는 바가 저절로 현수(懸殊)할 것이요, 또 달라야 할 것"이라며 결론적으로 "우리는 일체의 부정적 사념이나 태도를 물리치고 건실하고 건설적인 인생관과 문학 이념을 세워가면서, 민주국가의 완성과 국토통일에 매진하여야 할 것이요, 여기에 문필 봉사를 하는 한편, 민족문화와 국민문학의 터를 굳게 또 훤히 닦아놓는 데에 전력을 기울여야 할 것"[2]이라고 적고 있다. 이처럼, 1950년대의 염상섭은 '민주국가의 완성과 국토통일에 매진'하는 데 봉사하는 문학, '민족문화와 국민문학의 터를 닦는' 문학이라는 정치성 강한 문학론을 주창하며 그 방법론으로서 리얼리즘을 제안했다.

그동안 염상섭의 1950년대 작품에 대한 평가에서는 이러한 그의 비평론에 대한 고려는 전연 부재했다고 해도 지나치지 않다. 비평론의 고려는 고사하고 1950년대 염상섭 소설에 대한 논의 자체가 아주 영성한 편이다. 해방기 한국 사회의 현실을 다룬 『효풍』이 발굴 소개된 이후[3] 그와 관련

---

1) 한수영은 염상섭 문학이 1950년대 실존주의 문학과 다른 지점에 위치하고 있었다는 사실을 지적한 바 있다. 그는 1950년대의 많은 작가들이 한국전쟁을 비일상적 체험으로 보고, 이 일상성의 파괴를 실존주의에 의해 논리적으로 보완하려고 한 데 대해, 염상섭은 일상성에 대한 역사의 폭력적 개입에 대해서도 일상의 질서로 압도해 버린다는 방식으로 표현하려 했다고 보았다. 한수영, 「소설과 일상성-후기단편소설들」, 『염상섭 문학의 재인식』, 깊은샘, 1998.

2) 염상섭, 「문학도 함께 늙는가?」(하), 『동아일보』, 1958. 6. 12.

3) 「효풍」은 김재용에 의해 발굴 소개된 이후 해방기 염상섭 문학의 핵심을 보여주는 작품으로 많은 연구자의 관심을 받아왔다. 염상섭, 『효풍-염상섭 선집2』, 실천문학사, 1998과 선집에 수록된 김재용, 「8.15 이후 염상섭의 활동과 「효풍」의 문학사적 의미」 및 김종욱, 「해방기 국민국가 수립과 염상섭 소설의 정치성」, 『효풍』, 글누림, 2015를 참조할 것.

된 논의가 활발하게 이루어지고 있지만, 해방 이후 염상섭 소설에 대한 논의는 대부분『취우』(1952)에 집중되어 있는 형편이다.『취우』이후의 전후 한국사회를 다룬 장편들인『미망인』(1954),『화관』(1956~1957),『젊은 세대』(1955),『대를 물려서』(1958~1959)의 작품군들은 1950년대 문학연구에서뿐만 아니라 염상섭 연구사에서조차 홀대받아 온 경향이 있다. 물론 선행연구들이 전혀 없는 것은 아니다. 우선 1950년대의 염상섭 소설에 대한 관심은 김종균의 연구에서부터 확인된다.[4] 김종균은 염상섭 문학 전체상을 제시하는 중에 1945년 이후의 염상섭 작품을 3기로 구분한다. 그는 1955년 이후의 작품을 제3기로 구분하며 56편의 작품일람표 및 작품별 개요와 논평을 수행하고 있다. 제 3기 중에서도 집필량이 가장 많은 1958년 작품에 주목하면서 그 특징을 '중년남녀의 애욕에 얽힌 이야기'로 총평했다. 그는 애욕에 얽힌 서사와 혈연 간의 다툼이 등장하는 서사가 문제라는 태도를 취하는 데 오히려 염상섭 작품에 대한 이러한 '도덕적' 판단이야말로 문제라고 지적하지 않을 수 없다.

김경수의 논의는 1950년대 염상섭 소설 연구사에서 중요하게 언급해야 할 연구이다.[5] 김경수는 전후 염상섭 장편소설의 세계를 개관하면서 염상섭의 작품 중 그런대로 완결된 형태를 갖춘 작품군으로『난류』(1950),『취우』,『미망인』,『화관』그리고『젊은 세대』,『대를 물려서』를 거론하며 한국전쟁기 및 전후 염상섭의 장편소설들의 계보가 복잡하기 때문에 서로 이어져 있는 일련의 작품들을 함께 고찰해야 한다고 제안한다. 이어서 1950년대 염상섭 장편소설들의 세계를 주제론적으로『난류』와『취우』연작,『미망인』과『화관』연작, 그리고『젊은 세대』와『대를 물려서』연작

---

4) 김종균,『염상섭 연구』, 고려대학교출판부, 1974.
5) 김경수,『염상섭 장편소설 연구』, 일조각, 1999.

에 이르는 세 계열로 구분하여 검토했다.6) 김경수는 『젊은 세대』와 『대를 물려서』 연작에 나타난 재혼 및 구세대의 연애담과 정략적인 결혼에의 개입을 읽어내면서, 이들 소설이 구세대의 이해타산적인 결혼관이 여전히 현실적인 구속력을 갖는 상황 속에서 젊은 세대들이 새로운 가치관을 실천하고자 하는 점진적인 과정을 보여준다는 점을 지적하고 있다. 이러한 적확한 분석에도 불구하고 김경수의 논의에서는 청년들의 연애 서사와 인식을 통해 염상섭이 제시하고자 한 소설의 정치적, 시대적 의미가 무엇이었는가에 대한 진전된 논의로 나아가는 대신 그것이 풍속으로 후퇴했다는 기성의 판단에 머무르고 만 아쉬움이 남는다.

여기서 염상섭 소설이 지닌 정치성의 문제에 주목하고 있는 연구로 최애순의 작업을 특기해야만 할 것이다.7) 최애순의 연구는 이 해설글의 문제의식을 선취하고 있다. 그녀는 이 두 소설이 '트리비얼리즘'에 빠져 있다거나, 작가 세계가 퇴보했다는 기존 연구에 반론을 제기하며 이들 소설이 1950년대 서울 중산층의 '중도파 보수'의 세계를 그리고 있으며 그 중

---

6) 김경수가 제시하는 『젊은 세대』와 『대를 물려서』의 연속성은 일차적으로는 인물설정과 이야기를 이끌어 가는 단초상황에서 확인된다. 두 작품이 지닌 연속성을 잠시 확인해 두자. 『젊은 세대』에 등장하는 중년의 여주인공 화순은 남편 친구 택규와 부친 대부터 세교가 있어서 어려서부터 어울려 자란 사이로, 택규가 일찍 장가를 가지 않았더라면 자신이 당연히 그와 결혼하게 되었을 것이라고 생각할 정도로 택규에게 남다른 정을 가지고 있다. 그리고 그런 까닭에 택규의 아들 정진이 정작 자신의 큰 딸을 좋아함에도 불구하고 자신이 동재와 결혼하여 낳은 둘째딸을 그와 맺어 줄 욕심을 지닌 인물로 그려진다. 이 구도는 『대를 물려서』에서도 유사하게 반복된다. 이 작품에서 신성의 모친 옥주는 한 때 자신이 좋아했으며 일본 유학시절에 같이 살게 될 뻔 했던 안도에 대한 항의로 안도의 아들인 익수가 역시 부친의 친구인 한동국의 딸 삼열과 혼담이 있는 데도 불구하고 자기 딸을 그와 결합시키고자 애쓴다. 두 편의 소설에서 해당 인물들이 딸과의 교제를 부추기기 위해 정진과 익수에게 자기딸들의 외국어 과외를 부탁하는 것도 동일하다. 이상은 김경수, 위의 책, 250쪽을 참조
7) 최애순, 「1950년대 서울 종로 중산층 풍경 속 염상섭의 위치-<젊은 세대>와 <대를 물려서>를 중심으로」, 『현대소설연구』 52호, 한국현대소설학회, 2013.

산층들이 불과 2년 뒤 혁명의 주체가 되는 아이러니를 보여주고 있다고 주장한다. 『젊은 세대』와 『대를 물려서』 등 두 소설의 분석을 통해서 도시 중산층의 주거 공간, 문화와 여가, 교육열 등의 풍속의 재구성과 함께 중산층의 욕망, 신구 세대 가치관의 충돌 등을 언급하는 점 등은 고평할 만한 지점이라고 판단된다. 그 기본적인 문제의식에는 동의하지만, 최애순의 논의에서도 염상섭이 연애의 서사를 정치적 의식과 모럴의 문제와 어떻게 연결시켜왔는가에 대한 분석이 빠져 있다. 김윤식의 '중산층의 보수주의'론을 원용하여 '중도파의 보수주의'로 염상섭의 정치의식을 암시하는 대목도 비판의 여지가 있다. 이 시기의 염상섭의 작품에서는 가부장적인 남성이 중심적인 인물로 등장한다기보다는 여성들이나 새로운 세대들의 연애의 서사가 등장한다는 점에서 염상섭 소설의 정치의식을 중산층 남성의 보수주의로 곧바로 치환하는 것에는 문제가 있다고 말할 수 있을 것이다. 이 시기 염상섭의 문학은 "'중간파'라는 붉은 호명"을 통해 배제되거나 구국문학으로의 동원의 대상으로 간주되는 상황이었다.[8] 그러한 상황에서 염상섭은 해방기 자신의 정치적 입장을 연애의 서사와 윤리를 통해서 지속시켰으며, 그것을 '보수주의'라고 규정하는 것은 부당해 보인다. 또한 뒤에서 살펴보겠지만, 삼열이 등 청년세대의 분석에 대해서도 동의하기 어려운 지점이 있다는 점을 지적하고 싶다.

김경수가 주제론적으로 범주화하여 연속성을 부여하고 최애순이 중산층의 풍속으로 재구성한 『젊은 세대』와 『대를 물려서』는 연애와 결혼의 서사를 통해 정치적인 의식을 피력한 작품으로 해석될 필요가 있다. 특히 이들 서사가 해방기 『효풍』의 정치적 비전과의 유비관계 속에서 해명되

---

8) 이에 대해서는 이종호, 「염상섭 문학의 대안근대성 연구」, 성균관대학교 박사학위논문, 2017, 92-95쪽.

어야 한다는 사실을 강조하고자 한다. 이 말은 염상섭이 해방 직후 지니고 있던 정치와 윤리, 사상과 세계관을 『효풍』에서 연애와 혼사의 서사 구조를 통해서 제시했던 것처럼 1950년대에도 자신의 정치적 윤리와 사상을 동일한 방식으로 지속하고 있다는 뜻이다. 앞서 살펴본 비평론에서 염상섭이 제기한 '민주국가의 건설'과 '(국토) 통일'에 봉사하는 문학이란 해방기 이래 좌우합작을 통한 신생 민주국가의 건설을 염원했던 중도파적 이념을 견지했던 염상섭의 신념이 50년대적 상황 속에서 변형된 형태로 피력된 것이라 할 것이다. 『젊은 세대』와 『대를 물려서』의 연애의 서사를 통해서, 『효풍』과의 유비 관계를 형성시키면서 염상섭은 미국 문화의 헤게모니와 그에 대응한 한국사회의 가치관의 문제, 청년 세대의 세계 인식과 모랄을 제시하며 냉전 체제하 남한의 중산층 지식인의 중도적이고 민주적인 정치의식을 나름의 방식으로 문제화하고 있다. 요컨대 그는 '민주국가 건설과 통일'과 관련된 자신의 비평론을 작품을 통해서 구체화했다. 그렇다면 우선, 해방기와 1950년대 한국사회의 변동상을 『효풍』과 『대를 물려서』에 그려진 문화지리의 비교를 통해서 살펴보자.

2. 혼종적 공간에서 균질 공간으로의 축소와 정주자의 문화지리

여기서는 우선 『효풍』이 재현하는 소설의 심상지리와의 차이를 통해서, 남한이라는 공간으로 축소된 1950년대 염상섭 소설의 문화지리를 검토해 보기로 하자. 『효풍』이 다루는 세계는 대한민국 건국 직전의 한국 사회로 식민지의 기억과 미국 헤게모니 하의 새로운 가치들이 혼재되어 있는 상황이다. 염상섭의 『효풍』에 등장하는 인물들은 일국적/일민족적 제한성 속에 갇혀 있지 않다. 그들은 구제국에서의 이동과 기억, 미군정 진주 이후의 새로운 세계의 변화상과 연동되어 있다. 한 마디로 이 소설이 재현해내는 대한민국 건국 직전 서울의 문화지리는 이동하는 자들의 크레올(잡종)의 문화이다. 식민지 시기 하와이에 거주했던 재미조선인 이진석, 조선을 고향으로 태어난 재조일본인에서 남편을 쫓아 조선인으로 변신한 취송정의 마담 가네코, 구한말 운산광산을 경영했던 브라운 1세와 그의 아들로 조선에서 자라 군정청 관계자로 돌아온 브라운 2세, 총영사인 부친을 따라 일본에 3년, 상해에 2년 체류했던 미군정 무역사무관료 베커, 여기에 미국 유학을 한 김관식 등 다양한 국적과 종족의 이동하는 인간들이 등장한다.9) 이념적으로도 우익청년단으로부터 좌익 청년단체, 지하 공산당원 이동민과 그에 동조하는 최화순, 중도파적 이념을 지닌 박병직 등 다양한 스펙트럼의 인간과 집단들이 등장한다. 무엇보다도 삼팔선 너머의 북한도 비가시적인 형태로 서사의 구조 내부에서 작동하고 있다. 『효풍』의 세계는 박병직에 의해 제시되었던 '분단극복을 위한 조선학'의 비전에서 알 수 있듯이, 남북한을 아우르는 심상지리를 배경으로 한다.10) 이후 한국사회의 정세 변화에 따라 염상섭 문학은 '분단극복을 위한 조선학'으로부터 '부르주아 독재의 혼탁상을 그려내기 위한 남한학'으로 축소되는 과정을 밟게 된다.11)

---

9) 그들 사이의 의사소통도 구제국의 일본어, 새로운 제국의 영어, 그리고 조선어 등 각자가 구사할 수 있는 이중언어의 체계 속에서 이루어지고 있다. 일례로 혜란과 일본인인 가네코, 베커의 대화는 '해방 이후 아무데서도 들어보지 못하던' 일본말로 이루어지는 '희한하게' 여겨지는 소통이다.

10) 염상섭의 『효풍』이 대한민국의 심상지리에 대응하는 양상으로 축소 변형되어 가는 과정을 보여주고 있음을 분석한 연구로는 정종현, 『제국의 기억과 전유』, 어문학사, 2012, 119-142쪽을 참조할 것.

『대를 물려서』[12]는 자유당 독재의 혼탁상을 그려내는 '남한학'의 세계를 다루는 텍스트라고 할 수 있다. 이 작품이 구성하는 소설의 문화지리에서 우선 인상적인 것은 한국전쟁이라는 미증유의 전란을 통해 민족 전체가 뒤섞이는 이동을 경험한 직후를 다루고 있는 소설임에도 불구하고 그러한 이동과 유동성의 흔적이 대부분 삭제된 채 '일상'의 안정감 위에 구축되어 있다는 점이다. 『대를 물려서』에서는 주인공 익수의 부친인 안도가 납북된 것으로 설정되고 서사의 전개 중에 빈번하게 환기됨으로써 한국전쟁이 서사에 개입된다. 그렇지만 전체적으로 식민지와 북한이라는 타자의 기억과 이동의 맥락은 『효풍』의 세계와 비교해 보면 봉인되고 괄호쳐져 있다. 이를 통해 이데올로기적으로 단일한 세계가 구성되고 있다.

과거의 혼종과 이동, 이념의 기억을 대체하는 것은 정주자 도시민의 일상이며 여가이다. 이 작품에는 도시 중류층 가정의 삶의 양태들이 잘 묘사되어 있다. 흥미로운 것은 이들의 여가와 문화생활이다. 이 소설에서는 도시민의 일상에 틈입한 유락의 여가생활을 확인할 수 있다. 소설 속 청년들은 주중의 저녁, 주말의 여가에 만나서 데이트를 하고 음악회, 가요, 영화 등의 대중문화를 즐긴다. 익수와 신성은 '명동의 시공관'의 음악

---

11) 안서현은 「'효풍'이 불지 않는 곳 : 염상섭의 『무풍대』 연구」(『한국현대문학연구』39집, 한국현대문학회, 2013. 4)에서 『효풍』과 『난류』 사이에 위치하는 미완의 장편연재소설 『무풍대』를 소개 분석하며 '조선학'에서 '남한학'으로의 변화를 포착한 바 있다. 이 텍스트를 통해서 염상섭의 단정 수립 이후 현실인식 변화 및 창작을 통한 현실대응의 양상을 파악할 수 있는데, 『효풍』 이후 염상섭 소설이 쇄말적인 일상과 세태의 묘사로 떨어지고 말았다는 기존의 평가가 수정될 필요가 제기된다. 이 소설은 한반도 전체 문제에 대한 관심이 남한으로 축소되며 냉전적 사상지리로 귀속되어 가는 어떤 사태를 보여준다. 『젊은세대』, 『대를 물려서』 연작은 이러한 『효풍』→『무풍대』의 계보를 거쳐 축소된 남한의 1950년대의 사회상에 대한 염상섭의 정치적 의식을 드러내 주는 작품들이라고도 말할 수 있을 것이다.

12) 염상섭, 「대를 물려서」, 『자유공론』 1958.12~1959.12. 이하 『대를 물려서』는 이 해제 글이 실려 있는 글누림 판본(2017)에서 인용함.

회를 듣는가 하면, 작품 속 인물들은 정릉 안 북한산 밑 물터에서 물놀이를 즐기거나, 창경원에서 놀이를 한다. 대천과 부산 송도의 해수욕은 도시민의 봄과 여름의 일상으로 묘사된다. 염상섭의 장편에 등장하는 1950년대의 도시민의 생활은 실존주의 소설이 흔히 형상화하는 전후의 현실처럼 빈곤과 기아 및 생존으로 구성된 동물적 세계가 아니라 전쟁의 상흔이 지워지고 일상의 감각을 회복하고 있다.

여기서 주목해야 하는 것은 이러한 여가 및 젊은 세대의 의식의 중요한 부분이 미국문화와 관련을 맺고 있다는 점이다. 『대를 물려서』에서 익수를 자신의 딸과 결연시키려는 옥주는 딸 신성의 생일날 익수를 초대하여 반도호텔에서 저녁을 대접한다. "차차 미국인들이 꼬여 들어 붐벼"가는 반도호텔 식당에서 이들은 얼마 전 다녀간 마리아 앤더슨의 이야기[13]와 미국 악단의 최근 소식을 담소하다가 서로 "그러구 보니, 무슨 유행이나 허영으루가 아니라 우선 미국에라두 갔다 와야 얘기가 되지 않겠에요."라고 질문하고 "그러문요. 졸업하면 아무래두 미국쯤은 한번 갔다 와야지."(20쪽)라고 답한다. 그것이 긍정적이든 부정적이든 미국(문화)은 한국사회의 현실에 깊숙이 틈입해 있다. 염상섭은 1950년대 전통적인 가치와 관습 등이 미국식 문화와의 접촉을 통해 변화하는 과정을 응시하고 있으며, 그 변화를 전적으로 긍정하거나 부정하지 않고 그 충돌과 변화의 양상을 '사실적'으로 묘사하는 데 주력하고 있는 것으로 보인다.

---

13) 미국의 흑인 성악가인 마리아 앤더슨은 한국전쟁 휴전 직전인 1953년 5월에 방한했다. 「흑인가수 「앤다-슨」양 착부(着釜) 「너무나 기쁘다」고 환영에 사의(謝意)」, 『동아일보』 1953. 5. 29에서는 마리아 앤더슨이 일본 NHK 초청으로 일본 공연차 來日했다가 미국대사관의 요청으로 육군병원 등의 전선의 미군들을 위문 차 내한한 사정을 적고 있다. 50년대 말의 서사시간에 '얼마 전' 다녀간 마리아 앤더슨을 말하고 있거니와 한국전쟁기 이후에 마리아 앤더슨이 내한했는가는 더 확인이 필요해 보인다.

여기서 염상섭 소설이 묘사하는 중류층의 여가 문화와 소비가 곧바로 그들의 시대에 대한 비판의식의 부재를 의미하지는 않는다는 사실을 인식할 필요가 있다. 오히려 그러한 일상의 영위를 가능하게 하는 일정한 정도의 소득과 그에 비례한 교육과 교양은 당대 권력과 사회에 대한 비판적 인식을 형성하는 기반이다. 우선 이 소설들에도 전후 한국 사회의 문제가 각인되어 있다는 점을 눈여겨 볼 필요가 있다. 이를테면 『대를 물려서』의 전작이라고 할 수 있는 『젊은 세대』에서 동재와 이혼한 선도가 운영하는 바느질방은 전쟁미망인들의 신난한 노동의 삶으로 채워져 있고[14], '미국행'과 '가호적'을 통한 병역의 회피가 비판적으로 제시되어 있다. 무엇보다도 그들 중류층의 일상은 "지금 세상에, 훔치지 않구 처자식 길르는 재주는 누가 가졌기에!"[15]라는 말로 요약될 정도의 부패와 혼돈 위에 기초해 있다. 1950년대 중류층의 일상을 가능하게 하는 경제적 기초는 달리 말하자면 그 특정 계층의 정치적 의식을 구성하는 기반이기도 했다. 이러한 도시 일상을 누리는 도시민들의 더 나은 생활에 대한 경제적 욕구와 더 많은 자유 및 민주에 대한 갈증을 채워주지 못하는 정치의 후진성에 대한 반감이 이 연작들이 쓰여진 지 불과 몇 달 뒤의 4·19로 이어졌다고도 말할 수 있을 것이다. 그렇다면, 『대를 물려서』의 분석을 통해 보다 구체적인 염상섭 소설의 정치의식

---

14) 한국전쟁 미망인에 대한 무대책에 대한 선도의 다음의 비판을 보라. "국회는 무얼 하구, 정부는 무얼하는 거애요? 젊은 것들이 어린 것을 끼구 헤매는 걸 보면 참 딱해요…"(염상섭, 『염상섭 전집 8-젊은 세대/대를 물려서』, 민음사, 1987, 146쪽) 『미망인』과 『화관』을 통해서 확인할 수 있듯이, 전쟁미망인, 양공주 등 전후 한국사회와 젠더적 문제에 대한 관심은 염상섭의 지속적인 테마 중 하나였다.
15) 염상섭, 『염상섭 전집 8』, 90쪽.

과 윤리의 문제에 대한 논의를 진행해 보자.

3. 미국 헤게모니하 주체의 구성과 민주주의의 윤리화

『대를 물려서』의 주인공인 안익수는 납북된 협상파 제헌의회 의원인 안도의 아들이다. 그는 대학에서 수학전공을 한 수재로 대학원을 졸업했으며, 고등학교의 독일어 시간도 맡아 출강하고 있다. 동경유학 출신으로 태동호텔 여사장인 옥주는 유학시절 결혼할 뻔한 안도의 아들인 익수를 자신의 딸인 신성과 결혼시키고 싶어 한다. 옥주의 눈에 안익수는 "과학만능(科學萬能)시대가 또 한 번 되돌아와서 원자시대요 우주시대요 하며 세계의 과학자가 머리를 싸매고 야단인 것을 보면, 익수를 풋내기 수학선생이라고 얕잡아만 볼 수 없을 것 같고, 예술입네 음악입네 하고 서둘러 대는 신성이에게는 어느 의미로 중화제(中和劑), 진정제(鎭靜劑)로 익수 같은 똑똑한 수재면서도 실제적인 인물이 알맞을지 모른다는 생각도 드는 것"(18쪽)[16]이다. 그렇지만 익수에게는 이미 정혼한 것과 다름없는 연인이 있다. 안도의 정치적인 동지인 국회의원 한동국의 딸 삼열이가 그 대상이다. 소설 속에서 안도는 안익수를 통해서 "아버지가 계셔서 정치적 생명이 계속 됐더라두 만년야당(萬年野黨)으로 계셨을"(20쪽) 거라고 말해지는 인물로 "협상파니 뭐니 해서 끌려가신 거"(21쪽)라는 데에서 알 수 있듯이, 좌우합작과 남북협상을 지지했던 해방기의 특정한 정치적 신념을 대표하는 인물이다. 소설 속 여주인공 격인 삼열의 부친인 한동국은 안도의 친구이자 독립운동경력이 있는 정치인이다. 무소속 후보로 국회

---

16) 염상섭에게 원자와 우주비행 등으로 표상되는 과학은 큰 충격이었던 듯하다. 스투푸니크호 등의 발사가 성공했던 시기와 소설의 연재가 겹쳐져 있는 것을 알 수 있다. "유도탄 이야기인지, 우주비행 이야기인지. 시대는 이런 시대"(25쪽)라고 적고 있다.

의원에 당선되었으며, 태동호텔 여사장 옥주로부터 100만환의 정치자금을 제공받고 내연관계에 있다. 한동국과 옥주의 관계는 염상섭 소설에서 즐겨 사용하는 애정이나 윤리의식이 거세된 훼손된 삶의 형식을 잘 보여준다. 한동국을 대하는 옥주의 심정에는 "돈 백만 환을 들였으니까 그 값은 빼야 하겠다는 이해타산"(68쪽)이 존재한다. 또한 한동국은 태동호텔의 외딸인 신성이를 자신의 둘째며느리로 삼았으면 좋겠다는 마음을 지니고 있는데 그것은 "당자의 위인이 탐낼 만도 하려니와, 겉으로 보기에는 아무것도 아닌 듯싶지마는, 이 태동호텔의 건물은 그만두고라도 명동거리의 지대(地代)만 해도 지금 시세로 얼마나 되겠기에! 그것이 도틀어 나중에 뉘 것이 되겠느냐는 것을 생각할 제, 당대의 주인인 박옥주 여사의 눈이야 아직 시퍼렇지마는, 누구나 욕심이 아니 날 리 없으니 한동국 영감을 나무라기만 할 수도 없다."(30쪽)고 설명된다.

이처럼 더 이상 도덕적이지 않은 옥주와 한동국의 면모를 그리면서도, 작가는 한동국에게 최소한의 정치적인 모랄의 형상을 부여하고 있다는 점에 주목할 필요가 있다. 한동국은 "예전에는 지사연(志士然)했는지는 몰라도 독립운동도 했고, 해물지심(害物之心)이 없는 사람이라, 두루춘풍으로 지내니, 뉘게나 실인심(失人心)한 일이 없"(30쪽)는 인물로 제시되며, 선거에서도 무소속으로 입후보하여 당선된다. 친구인 안도의 형상이 겹쳐지며 한동국은 소설 속에서 해방기 협상파의 이력과 '야당성향'의 정치가로 묘사된다. 이러한 한동국의 국회의원 당선을 도움으로써 어떤 이익을 도모하려는 사업가적 수완을 지닌 여성이 옥주인 셈이다. 그녀는 '여성동지회'를 만들어 한동국을 여당에 입당시키려 하고, 그 자신이 이 조직을 이용하여 추후에 정계에 입후보하려는 야망을 지니고 있다. 그렇지만, 한동국은 뜻대로 움직이지 않고 오히려 '무소속이 채를 잡고 경영한다'고

호텔이 잘 운영되지 않는다. 한동국이 여당이 된다는 것은 일종의 훼절이자 전향으로 암시된다. 옥주 여사의 여당 입당 권유에 "가만있소 세상은 언제까지나 ××당 천하란 법은 없으니까, 나두 반도호텔 ××호실을 차지하구 들어앉을 날두 있을께니, 이렇게 축객일랑 마소."(223쪽)라며 무소속으로서 자신의 정치적인 윤리를 고수한다. 서사의 결말에서 "허지만, 어디 여당으루 전향을 하자니 저편이 달가워하여야 말이지. 핫하하…… 그것 두 늙은 총각이 장가가기가 어렵고, 젊은 과부가 개가하기가 어려운 거나 마찬가진가 봅니다."(320~321쪽)라며 씁쓸한 너스레를 통해서 박옥주에게 자신이 여당에 입당하지 못하는 사정을 토로하는 장면에서 그 정치적 윤리성이 지극히 수동적이라는 사실을 암시하고는 있지만, 여전히 그는 무소속 국회의원으로 시종한다.

옥주 여사와의 내연관계에도 불구하고 한동국이 보여주는 정치적인 윤리 감각은 서술자를 통해서 긍정되거니와 그것은 친우 안도와 연관된 해방기 협상파의 정치적 입장의 고수로 암시된다. 특히 이러한 정치적인 입장은 안도 – 익수라는 혈연을 통해서 익수의 갈등과 선택을 거치며 그 모랄의식이 더욱 강화된다. 익수는 삼열과 신성의 사이에서 갈등한다. 익수와 삼열의 약혼식은 두 번씩이나 유예되며 그러한 유예의 저간에는 익수와 신성과의 관계에 대한 오해가 개입되어 있다. 신성은 어떤 세속적인 가치를 표상한다. 옥주는 익수에게 미국(혹은 독일) 유학의 경비 지원을 반복적으로 암시하거니와 이러한 암묵적인 제안에 익수는 무의식적으로 동요한다.

신성이를 데리고 미국으로 가서, 신성이는 음악 공부를 하고 자기는 원자과학 로켓 제작……우주정복에 실질적 계획이 무엇인지라도 들여다

보고 왔으면 하는 꿈이 성취되는 것이요, 구라파로 건너가서 독일, 오스
트리아를 휘돌아오면 얼마나 좋겠는가! ……(48쪽)

위의 인용은 삼열과의 약혼이 유예되면서 익수의 내면에 떠오르는 독
백의 장면이다. 1950년대 미국 헤게모니 하의 남한에 위치해 있는 익수는
서구의 과학 문명에 지속적으로 매혹되고 그것을 실현할 수 있는 물질적
매개인 태동호텔의 무남독녀 신성에게 흔들린다. 소설을 보면서 독자들
은 흥중의 진정성과 속물적 세속성 사이의 경계의 지점에서 유영하고 있
는 익수의 면모를 확인하며 그가 그렇게 순정한 도덕성의 소유자만은 아
니라는 사실을 알게 된다. 그렇지만 신성이라는 서구 지향의 출구가 주는
매혹 속에서 익수는 끝내 익사하지 않으며 독자는 소설의 결미에서 익수
가 삼열이를 선택하는 도덕적 귀결을 암시받게 된다. 태동호텔의 사무실
겸 침실에서 마주친 익수와 한동국 영감은 같은 차를 타고 비 내리는 서
울을 가로질러 집으로 돌아가게 된다. 익수는 '마음을 저려 하며' 내일 찾
아뵐 것을 약속하면서 마음속으로 "신성이와 얼싸안고 싶던 충동을 참아
낸 것이 얼마나 다행하였는가 싶은 생각"(324~325쪽)을 하며 소설의 서사
가 끝맺음 된다. "훼손된 가치를 아랫세대에 강요하려는"[17] 옥주 등의 구
세대의 욕망은 익수와 삼열의 결연의 암시를 통해서 좌절되는 반면, 안도
등의 협상파의 정치적 신념은 익수의 회심을 통해서 "대를 물려서" 이어
진다.

염상섭은 『젊은 세대』에서부터 출세의 코스로 인식되어 유행처럼 번지
는 부박한 미국행에 대해서 비판적인 입장을 취했다. 염상섭 소설에서 미

---

17) 류보선, 「역사삼각의 상실과 풍속으로의 함몰」, 『염상섭전집』 8, 해설, 민음사, 1987,
459쪽.

국이라는 표상이 늘 문명과 찬탄의 대상으로 일관되었다고는 말하기 어렵다. 아니 오히려 미국은 주체구성의 타자로서 기능하는 측면을 가지고 있다. 가령 『젊은 세대』에서 미국행은 신구세대를 막론하고 중요한 화두로 등장한다. 이후 결혼하여 가정을 이룰 은행원 강필원과 영어교사 송숙희가 북한산 물놀이에서 만나 나누는 다음의 대화는 염상섭의 미국에 대한 정치적 감각의 한편을 엿보게 한다.

> "잘 압니다. 한데 선생님, 영어를 그렇게 잘하시면서 미국 바람이라두 쐬구 오세야 하지 않겠습니까."
> 강필원이는 인사 끝에 한마디 생색을 내는 것이었다.
> "바람이나 쏘이려 간대서야 그야말로 바람이나 나서 오게!"
> 동재가 말을 받았다.
> "참말 그런가 봐요. 주마간산(走馬看山)으루 구경만 하구 오면 눈만 높아졌지 별수 있에요."
> 아직도 덜 깨인 이 반(半) 노인들의 귀에는 희숙이가 주마간산이란 문자를 쓰는 데에 좀 놀랐다. 그러나 중학교 선생님의 관록을 여기에서 보였다.
> "사실이 그렇지. 지금 저 사람들의 원조로 데려간대야 견학이나 단기유학 정도이지, 기본적 연구를 시키는 게 급한 게 아니라구 생각할 거니까. 그러니 뭐, 미국 가서 고생해 가며 간판만 얻어 와서 뭘 하나! 어서 시집갈 사람은 시집가구 장가갈 사람은 장가가서 일찌감치 안온한 생활의 토대나 잡지!"[18]

미국 바람이나 쐬고 와야 한다는 말에 '바람이나 나서 온'다는 중년 지식인들의 말장난은 그대로 염상섭 세대가 지닌 당대 미국화와 미국행에

---

18) 염상섭, 『젊은 세대』, 글누림, 113쪽.

대한 비판적 인식을 보여준다. 이 대화는 미국이 적극적으로 수행한 원조와 견학의 정책에 따른 미국행의 붐과 미국 간판의 습득이 출세의 코스로 여겨지던 당대의 사회상을 비판하고 있는 대목으로 읽을 수 있다.[19] 송숙희와 강필원의 결혼식장의 풍경도 인상적이다. 서술자는 이들의 결혼식장인 "안방 문 위에 조그만 태극기를 사다가 붙이는 것을 잊지 않았다."[20]고 쓰고 있다. 생활의 미국화와 미국행의 유행 속에서 그것을 비판하는 송숙희 강필원 부부의 새로운 삶의 출발의 장소를 '태극기'로 장식하는 것은 섬세하게 읽어야 할 장면이다. 여기서 해방의 첫 감격을 담고 있는 「해방의 아들」에서 조준식으로 귀환하는 마쓰다에게 서술자인 '나'가 선물하는 태극기의 장면을 연상할 수 있을 것이다. 물론 해방된 탈식민지 국가에서 도래할 신생국가를 상징하는 태극기와 한국전쟁을 통해서 단독정권의 핵심적인 표상으로 자리잡은 태극기 사이에는 거리가 있는 것이다. 실제로 협상파적 입장을 견지한 염상섭은 단독정부 수립과 한국전쟁을 거치며 대한민국의 내부로 자신의 사상지리를 축소 재조정한다. 이 사상지리는 크게 보자면 냉전의 사상지리의 경계와 겹쳐진다.[21] 그렇

---

19) 한국사회의 미국화 및 무분별한 미국행에 대해서 염상섭이 비판적인 시선을 드러내는 것은 틀림없지만, 그것이 남한이 위치한 진영 안에 제한되어 있는 것이라는 점을 인식할 필요가 있다. 강인철은 친미주의를 매개로 한 '반공주의-자유민주주의-근대화'라는 시민종교 신념체계를 1950년대의 인식론적 구조로 분석하거니와 염상섭이 그리고 있는 세계상 역시 이러한 기본 구조가 헤게모니화한 생활세계의 면모이다.(1950년대 국민 형성 및 통합의 기초에 대한 논의로는 강인철, 「한국전쟁과 사회의식 및 문화의 변화」, 윤해동 외 편, 『근대를 다시 읽는다』 1, 역사비평사, 2006을 참조.) 염상섭의 미국에 대한 인식과 표상이 돈이 있다면 구입 가능한 상품으로서의 유학 등으로 물상화할 수밖에 없었던 것은 미국에 의한 지배의 문제를 직접적으로 언급하지 못하고 경제적이고 문화적인 것으로, 또 세대적인 것으로 전환시켜 표현할 수밖에 없었던 사정과 관련된다. 염상섭은 삼팔선이 미소냉전의 구축에 의해 촉발된 것임을 알고 있었으나 그것은 50년대적인 상황에서는 끝내 언설화될 수 없었다.
20) 염상섭, 『젊은 세대』, 196쪽.
21) 염상섭은 해군 정훈장교로 한국전쟁에 참전하거니와, 전후의 비평에서 반공에 대한

지만, 태극기에 대한 강조와 반공이 곧바로 당대 정권에 대한 지지를 뜻하는 것은 아니다. 태극기는 단독정권 수립파 및 자유당 정권의 기호만이 아니라, '대한민국'의 수립 혹은 추인에 관여했던 중도파와 협상파 등 여러 정치세력들이 만들고자 했던 국가의 기호이기도 하다. 이런 점에서『젊은 세대』의 태극기 장면과 익수가 삼열이를 선택하며 암묵적으로 미국행을 포기하는 서사는 염상섭이 생각하는 대한민국이라는 주체성의 형성에 대해 시사하는 바가 있다. 우리는 이러한 주체성의 기호로서의 태극기와 익수의 면모에서『효풍』의 세계인식과 혜란의 모습을 떠올릴 수도 있다. 100만원짜리 지참금을 지닌 신부로 만들어준다든가, 혹은 미국 유학을 주선하며 혜란의 주위에 친우이면서 새로운 지배자의 모습으로 어른거렸던 베커와 미국의 매혹은 신성을 매개로해서 익수라는 남성 인물에게 반복된다.『대를 물려서』의 익수, 삼열, 신성의 관계는『효풍』의 병직, 혜란, 화순 혹은 혜란, 병직, 베커의 삼각관계를 종합적으로 재현한다. '조선도 원자의 나라'가 된다면 미국행을 하겠다는 베커 제안에 대한 혜란의 답변, 그리고 삼팔선이 터지는 공부나 하겠다는 병직의 정치적 태도는 익수의 선택과 '삼팔선이 터져야' 그 우울이 사라지리라는『젊은 세대』의 인식을 통해 여전히 1950년대적 사회적 현실에서도 유효하게 지속되고 있음을 확인할 수 있다.

특히 삼열이가 가지고 있는 '성'과 결혼에 대한 가치관은 눈여겨 볼 대목이다. 삼열은 "외국 유학을 하겠다든지 출세를 해 보겠다는 생각보다는 어서 시집이나 가서 안온히 가정을 지키고 들어앉았고 싶어 하는"(36쪽) 가치관을 지닌 인물로 설정된다. 그렇다고 해서 그녀가 전통의 틀에 얽매

견해를 피력하고 있다.

어 있다고 말하는 것은 사태의 일면만을 보는 것이다. 그녀는 혼전에 익수에게 몸을 허락하고 약혼식이 지연됨에도 불구하고 익수에게 매달리지 않고 온전한 애정의 회복을 약혼과 결혼의 전제로 당당히 제시한다. "몸을 바쳤느니, 몸을 버렸느니 하는 그런 생각은 조금도 없다. 그야 피할 수 있으면 피했어야 좋았고 또 그래야 옳은 일이지마는, 결코 큰 실수를 했다거나 무슨 꼬임에 빠졌다거나 하는 그런 후회는 조금치도 없다. 자기도 남자와 대등한 입장에서 애욕이나 생리적 충동에 끌려서 자기의 책임 아래에 한 노릇이니, 지금 와서 누구를 나무랄 일도 아니요 원망할 일은 못 된다고 아무 굽힐 것 없이 태연히 생각"(224~225쪽)한다. 1955년 6월의 이른바 '박인수 여대생 간음사건'에서 법은 보호할 가치가 있는 정조만을 보호한다는 판사의 후일담이나 '처녀성을 함부로 취급하는 부녀'라는 저널리즘의 도덕주의적이면서도 선정적인 질책 등의 사회적 반응을 상기해 보면, 삼열이의 발언과 그에 대한 서술자의 우호적인 시선은 진취적이기까지 하다. 말 그대로 그녀는 성적 자기결정권을 가지고 연애와 결혼을 수행하는 근대적 주체이다. 그녀는 신성에게 흔들리는 익수에게 두 달 동안의 근신과 테스트를 제안하고 약혼을 미룬다. 그녀는 '어른들끼리의 언약'과 '두 집의 체면'을 생각하는 아버지의 결혼관에 대해서 "저의는 일생의 문제인데, 한때 체면이나 일가나 친지간에 창피스럽다는 생각으로 함부루 할 수야 없"(230쪽)다는 자신의 견해를 피력한다. 염상섭이 기대한 새로운 시대의 모랄과 인간형이 무엇이었는가를 확정하기는 어렵지만 이러한 삼열에 대한 호의적인 시선과 더불어 익수가 회심하고 그녀에게 돌아가는 서사의 결말을 통해서 우리는 그 윤곽이나마 가늠할 수 있다. 여기서 신성에게 책임질 일을 하지 않았다는 익수의 도덕적 안도감이 한동국 영감 앞에서 이루어지는 결말의 대목을 주의 깊게 볼 필요가 있다. 『효풍』

의 김관식 노인 앞에 마주 앉은 병직이 모스크바도 워싱턴도 아닌 '조선에 살자는 주의'를 피력하고 '삼팔선이 어떻게 하면 소리 없이 터질까'하는 공부를 다짐하는 장면은 혜란과 최화순 사이의 애정의 혼선을 정리하고 혜란에게 돌아오는 서사와 결부되어 있다. 김관식 노인과의 유비관계에 있는 한동국 앞에서 신성이라는 미국과 출세의 매혹을 견디고 자신의 도덕적 위치를 재확인하는 익수는 삼팔선이 터질 공부와 '조선학'이라는 주체구성의 학문을 다짐하는 병직의 다른 모습이라고 해도 무방할 터이다. 요컨대, 이 소설은 남한이라는 심상지리에서 다시 쓰여진 『효풍』의 50년대 버전이라고도 말할 수 있을 것이다.

4. 염상섭 소설의 일상성과 역사성

염상섭의 1950년대 소설에 대한 당대 및 이후 연구자들의 비판의 핵심은 그의 작품에서 역사성과 시대의식이 사라지고, 풍속이 전면화한 통속소설로 퇴화했다는 비난을 공유하고 있는 것처럼 보인다.[22] 이 글에서는 이러한 저간의 평가에 대해 반론하며 그가 여전히 해방기의 정치적 비전과 윤리를 연애의 서사를 통해서 관철시키고 있으며, 그러한 문학이 '민주주의 건설과 통일'을 지향하는 일종의 '민족문학'이자 '국민문학'의 비평론과 관련되어 있음을 살펴보았다. 달리 말하면, 염상섭 소설의 정치의식은 해방기와 1950년대에 단절되지 않았으며, 그 정치적 의식의 진보성

---

22) 가령, 이전 민음사 판 전집 『대를 물려서』에 대한 훌륭한 해제글을 남긴 류보선의 평가도 결론적으로는 염상섭이 보여준 "새로운 세대의 삶에 대한 긍정 역시 풍속적인 차원 이상의 것이 되지는 못한다"(류보선, 앞의 글, 460쪽)는 것이다.

을 익숙한 연애의 서사를 통해서 제시하고 있었다.

기존 평가들이 언급하는 역사가 영향을 끼치지 못하는 '일상성'이라는 비평은 염상섭 소설이 국가의 통치성과 규율권력에 의해 완전히 장악되지 않는 민간사회의 생활세계를 드러내는 데 남다른 특장을 지니고 있다는 점을 환기시킨다. 염상섭은 역사가 전면적으로 장악하거나 영향을 끼치지 못하는 가치 지속적인 시공간에 주목할 줄 아는 작가였다. 이 말은 동시에 그 생활세계의 일상성의 부조를 통해 그 안에 흔적을 남긴 시대성과 역사성을 드러내는 리얼리즘의 작가였다는 말도 된다. 일상성과 역사성은 양립 불가능한 개념은 아니라고 할 수 있다. 1950년대 서울의 중류층의 생활세계는 한국전쟁과 미국화, 자유당의 독재에 의해서 영향 받는 역사적 시공간이면서 동시에 민족 특유의 가치와 생활습관이 교차되어 있는 지속의 공간이기도 하다. 앞서 살펴본 두 소설의 세계는 이러한 일상성의 생활세계의 묘사이면서 동시에 강한 정치적 역사성을 배경에 두고 있다고 말할 수 있다. 염상섭이 소설을 연재할 당시 사회에 대해 지니고 있었을 정치적 윤리 감각은 『경향신문』 폐간에 대한 조용하지만 노기 서린 칼럼을 통해서도 확인할 수 있다.

그러면 하물며 국권을 찾고 허울로만이라도 민주주의를 걸고나가는 오늘에 신문 정책이 얼마나 졸렬하였기에 사실 여하는 차치하고 유력지거나 무력지거나 폐간을 이이(易易)히 단행하는 데까지 이른 것은 상식으로는 판단할 수 없는 일이다. (중략) 하여간 우리가 지금 민주주의의 몇 학년생이나 되었는지는 선진국이 평가해주어야 할 노릇이지마는 두말할 것도 없이 우리 국민이 원하고 또 정상적 민주정치의 제일보가 양편 소사(訴事)를 듣자는 것이지 외짝 송사(訟事)만 듣자는 것이 아닌 바에야 한쪽 입을 틀어막는다는 것은 강압적 함구령으로밖에 보지지 않는다. 벌할 것은 얼마든지 벌하고 제약할 것은 제약하더라도 말문만은 터놓아야 민주국가의 형면(形面)만이라도 설 것이 아닌가 한다. 또 만일 이것이 전례가 되어서 언제나 여야가 자리를 바꾸는 때면 보복적(報復的)으로 언론기관의 존폐가 엎치락뒤치락하게 되는 날이면 언론의 자유란 공염불이나마 멀미가 나게 될 것이요 민주주의의 장미가 쓰레기통에서커녕 시비(施肥)가 과하고 손독이 들어서 움도 못 틀 것이다.[23]

1959년 4월 30일 이승만 정권은 경향신문을 폐간 조치했다. 경향신문은 자유당 정권의 정적인 민주당의 장면을 지지하는 당파성을 띠고 있는 야당지로, 발행부수 20만을 자랑하던 당대 제 2위의 신문이었다. 정권은 경향신문 칼럼란인 <여적>에 실린 주요한의 부정선거 및 시국비판을 빌미삼아 '미군정 법령 88호'를 적용하여 폐간하는 무리수를 감행하였다.[24] 염상섭은 인용문의 앞부분에서 경향신문 폐간 사태를 식민지 시기의 전 기간 중 가장 극악했던 식민 말기의 조선·동아 폐간에 비유하며, 자유당 정권의 언론 탄압을 일본 식민지 통치의 말기적 형태 이상의 폭압으로 비판하고 있다. 이러한 비판에는 경향신문이 염상섭 자신이 몸담았던 언론사라는 점도 작용했겠지만, 무엇보다도 염상섭이 내걸었던 문학의 사명인 민주국가 건설이라는 시대적 소명을 강하게 자각한 발언이라고 해도 무방할 것이다. 앞서 검토했던 염상섭의 소설 속 인물들이 사는 일상성의 세계는 이러한 역사성, 시대성을 함축하고 있는 생활세계였다. 그 세계에서 새롭게 대두하는 젊은 세대에 대한 모랄의 탐색과 기대는 타락한 정치현실과 가치체계에 대한 비판을 전제한 것이다. 염상섭은 소설을

---

23) 염상섭, 「논단 : 여론의 단일화냐」, 『동아일보』, 1959. 5. 9.
24) 경향신문 폐간에 대해서는 최서영, 『한국의 저널리즘 120년의 역사와 사상』, 커뮤니케이션북스, 2002, 390-392쪽 참조.

통해서 비록 타락한 가치에 훼손된 측면이 있지만 여전히 긍정적인 모랄을 유지하고 있던 중류층의 시민들과 젊은 학생들에게 민주국가 건설의 주체로서의 가능성을 엿보고 있었다고 말할 수 있다. 잘 알다시피 그러한 기대는 1년여 뒤에 정치적 혁명을 통해서 가시화되었다.

염상섭(1897~1963)

한국근대문학이 계몽주의적 성격을 벗어나기 시작한 1920년대에 처녀작을 발표한 염상섭은 분단된 남한 사회에서 1963년에 작고하기 전까지 동시대 삶을 증언하면서 내일을 꿈꾸었던 탁월한 산문정신의 소유자였다. 식민지 현실과 분단 현실의 한복판에서 생의 기미를 포착하면서도 세계 속의 한반도를 읽었기에 우리의 삶을 이상화시키지도 세태화시키지도 않았다. 처녀작「표본실의 청개구리」를 비롯하여「만세전」,「삼대」,「효풍」등은 이러한 성취의 산물로서 우리 근대 문학의 고전으로 자리 잡은 지 오래다. 제국주의적 지구화의 과정에서 동아시아 및 비서구가 겪는 다양한 문제를 천착하여 보편성을 얻었던 그의 문학세계는 이제 더 이상 한국인만의 것은 아니다.

작품 해설 정종현

인하대학교 한국학연구소 조교수.
저서로『동양론과 식민지 조선문학』,『제국의 기억과 전유』등이 있음.

대를 물려서

초판 1쇄 인쇄 2017년 12월 20일
초판 1쇄 발행 2017년 12월 28일

지 은 이 염상섭
펴 낸 이 최종숙
펴 낸 곳 글누림출판사

책임편집 문선희
편   집 이태곤 권분옥 홍혜정 박윤정
디 자 인 안혜진 최기윤 홍성권
마 케 팅 박태훈 안현진 이승혜

주   소 서울시 서초구 동광로46길 6-6(반포4동 577-25) 문창빌딩 2층(우 06589)
전   화 02-3409-2055(대표), 2058(영업), 2060(편집)
팩   스 02-3409-2059
전자메일 nurim3888@hanmail.net
홈페이지 www.geulnurim.co.kr
등록번호 제303-2005-000038호(2005.10.5)

정   가 20,000원
ISBN 978-89-6327-501-7 04810
      978-89-6327-327-3(세트)

출력 / 인쇄 · 성환C&P 제책 · 동신제책사 용지 · 에스에이치페이퍼

* 이 도서의 국립중앙도서관 출판예정도서목록(CIP)은 서지정보유통지원시스템 홈페이지(http://seoji.nl.go.kr)와 국가자료공동목록시스템(http://www.nl.go.kr/kolisnet)에서 이용하실 수 있습니다.(CIP제어번호: CIP2017033533)